aufbau *t*

AUFBAU VERLAGSGRUPPE

Snorre Björkson

Präludium für Josse

Roman

Aufbau-Verlag

ISBN-10: 3-351-03085-1
ISBN-13: 978-3-351-03085-8

1. Auflage 2006
© Aufbau-Verlag GmbH, Berlin 2006
Einbandgestaltung Andreas Heilmann, Hamburg
Druck und Binden Clausen & Bosse, Leck
Printed in Germany

www.aufbau-verlag.de

Erfunden sind alle in diesem Roman vorkommenden Personen mit Ausnahme derer, die in historischen Zusammenhängen genannt werden, und Öllmann, über dessen Herkunft ich nichts zu sagen weiß.

»non insequor hostis; nympha, mane!«
Ovid, I, 504

Für ... ,
die immer schon wieder weiter war

Präludium [spätmittelalterlich, von lat. praeludere, vorher, zur Probe spielen; frz. prélude, ital. preludio, engl. prelude; deutsch auch übersetzt als Vorspiel] ist seit den Anfängen im 15. und 16. Jahrhundert in erster Linie das Vorspiel auf einem einzelnen Instrument [namentlich Tasteninstrument oder Laute].

Riemann, Dreibändiges Musiklexikon, 12. Auflage, 1959

Ouvertüre

Das gefachte Holz mit dem eisernen Fischmaul gibt einen lauten, dumpfen Ton. Sofort umhüllt mich der Geruch von altem Mauerwerk, dunklen Bänken, Vorhängen und Büchern.

Von oben scheint Licht herab.

Wenn ich jetzt wieder nach draußen ginge, könnte ich den Dezember riechen, Krähen in den leergewehten Bäumen hören, die diesig-kalte Luft auf der Haut spüren.

Bald ist Winter, bald ist Schnee, verspricht die Luft, lachen die Krähen.

Aber ich gehe nicht nach draußen, nicht zurück. Das dumpfe Geräusch der Tür hat das Lachen der Krähen aus der Luft gelöscht. Jetzt ist es vollkommen still.

Was für ein Tag: Mein sechsundzwanzigster Geburtstag! Aber das wissen die beiden da oben ja nicht, die beiden, die auf mich warten. Mein Orgellehrer, Kantor Böhm, und Kreiskantor Eckhart. Meister Eckhart.

Heute ist meine D-Prüfung für den kleinen Orgelschein. Der Steinfußboden knirscht, und für einen Moment ist es, als ginge ich über einen gefrorenen See. Ich greife schnell nach der Klinke und öffne die Tür zu der Holztreppe, die zur Empore führt.

Mein Fuß berührt die erste Stufe ...

Die Stufe knarrt.

»Psst, die Treppe ist so laut.«

»Ja, ich hör das.«

Sie blieb einen Moment in dem schmalen Treppenhaus stehen, das grüne Notenbuch unter dem Arm, lächelte.

So nah, beinahe hätte ich etwas zu dir gesagt, Josse.

»Das gibt auch Leute, die sagen gar nichts, und das zwei Wochen oder länger, das ist auch anstrengend.«

Es gibt auch Leute, die können an Land nicht sprechen, so wie die Seejungfrau. Die sind fremd in dieser Welt.

»Hier: Dies Präludium, das solltest du mal versuchen, das ist nicht schwer.«

Schritt um Schritt eilt das Knarren mir voraus. Ich folge der Treppe um die Ecke. Da hängt die große Uhr mit den Einstellungen für die Glocke und tickt. Wenn man jetzt weiter nach oben geht, gelangt man in den Turm. Aber das lohnt nicht: Da oben ist es dunkel und staubig, und in dem Fenster mit dem Bleigitter hängen ein paar verhungerte Spinnen. Und hier ist ja bereits die Tür. Dann bin ich auf der Empore, bei der Orgel.

Dann ist Licht.

Ich öffne die Tür, und noch ehe ich hinausgetreten bin, erkenne ich die Stimme von Achim Böhm:

»Ah, da ist er ja, Holtes de Vries, mein Schüler.«

»Moinmoin«, sage ich, ziehe die Tür hinter mir zu und gehe zur Orgel.

»Einmal Moin reicht!« brummt Meister Eckhart.

Sein Bauchansatz wölbt die beige Strickweste nach vorne. Graue Haare winken über das kahle Mittelfeld auf seinem Schädel, so als wollten sie sagen: Hier geht's lang.

»Ich bin Kreiskantor Eckhart, die meisten sagen Meister Eckhart, haha, aber das muß nicht. Freut mich, Sie kennenzulernen, junger Mann. Setzen Sie sich doch. Is ja heute Ihre Orgel.«

Er erhebt sich hüstelnd von der Orgelbank, auf der er bis eben mit dem Rücken zu den Manualen gesessen hat. Es sieht aus, als habe er Rückenschmerzen. »Und Geburtstag haben Sie ja auch!« sagt er.

»Oh, woher wissen Sie das denn?« frage ich.

»Wir haben das gerade auf deiner Anmeldung gesehen, gratuliere!« erklärt Achim, wobei er mit der Hand seine Brille berührt, die quadratische Reflexion über der Nase festschiebt. Er hat die glatten schwarzen Haare kürzer als sonst.

»Ja, ich gratuliere auch«, sagt Meister Eckhart und läßt sich auf einen Stuhl nieder. Der Stuhl knarrt. »Dann wollen wir mal hören, was das heute für eine Geburtstagsmusik gibt.«

Ich lege meinen Mantel über einen der vielen grau lackierten Stühle mit den braunen Sitzkissen. Dann gehe ich zur Orgelbank, setze mich, ziehe, ohne die Schnürsenkel zu öffnen, die Schuhe aus, indem ich die Füße gegeneinanderschiebe. Dann drehe ich mich zum Manual. Die Bank ist etwas niedrig, aber ich mag nun nicht mehr aufstehen und sie auf die richtige Höhe kurbeln. Ich müßte meine Schuhe wieder anziehen oder in dicken Wollsokken vor der Orgelbank stehen. Ich spiele immer in Sokken. Aber heute hat eine meiner Socken ein Loch. Ich ziehe die Füße schnell unter die Bank und spüre, wie ich die Pedale zu fassen bekomme. Ich nehme die Noten aus dem Baumwollbeutel. Ich stelle die Noten auf das Pult oberhalb der beiden Manuale und warte.

I

Präludium

1

Ich war nie mit ihr tanzen.

Ich bin auch nie mit ihr im Kino gewesen.

Ich habe nie Popcorn in den nächtlichen Himmel geworfen für ihren schönen Mund.

In jenem Jahr, als ich Josse das erste Mal traf, wohnte Vater noch bei uns. Natürlich hat das nichts miteinander zu tun. Es hat sich nur in meiner Erinnerung miteinander verbunden wie eine nicht mehr zu löschende Synapse, eine versteinerte Spur im Korallenriff meines Gedächtnisses, so als wäre es mit Josse anders gewesen, wenn Vater geblieben wäre, oder als wäre Vater geblieben, wenn es mit Josse anders gewesen wäre. Vielleicht hätte es wirklich anders sein können, wenn ich ein klein wenig mutiger gewesen wäre.

Angefangen hat es auf einem Friedhof ...

Die Glocken schlugen schon. Unsere Schritte knirschten auf dem Weg aus feinem Kies. Dunkelroter Schorf, der sich am Schuh reibt, klebenbleibt und sich ein kleines Stück weiter wieder legt.

Mein Großvater hatte seine Tuba in dem selbstgenähten grauen Beutel auf den Rücken geschnallt, und in seinem schwarzen Wollmantel und mit dem Elbsegler auf dem Kopf sah er aus wie ein alter Seemann, der nach langer Fahrt seinen Seesack nach Hause trägt. Ich trug mein Baritonhorn in einem beigen Kunstlederbeutel in der

einen Hand und in der anderen die abgegriffene Leder-
tasche mit den Notenständern und den dicken Posau-
nenbüchern. Nicht ohne Stolz trabte ich neben dem alten Mann durch die Reihen dunkler Marmorsteine, die
Spalier stehenden Namen der Toten, und ich dachte, daß
es seltsam aussehen mußte, als ob die Toten einen ehrfurchtsvoll begrüßten und nicht umgekehrt, weil doch
eigentlich die Lebenden ehrfurchtsvoll über den Friedhof gehen sollten.

Ich versuchte mir im Vorbeigehen Namen einzuprä-
gen. Ich las den Namen Eschen und auf einem anderen
grauen Stein hinter einem Geburtsjahr schwarz umrissen
das Wort Lyck. Die Schaufel des ostpreußischen Elches
leuchtete kurz auf und verschwand hinter einer Hecke.
Für einen Moment hatte ich vermeint, das Geweih winken zu sehen. Ich drehte mich noch kurz um nach dem
Stein, geriet für den Bruchteil einer Sekunde aus dem
Schritt, so daß ich beinahe stolperte, ging dann aber weiter, als ob nichts wäre.

Wir spielten an diesem Tag in einer kleinen Nachbar-
gemeinde, welche früher mit unserem Dorf, einer jener
zweigestückelten Ansammlungen von rotem Backstein
und hellem Klinker, deren Name keine Rolle spielt, ein
gemeinsames Kirchspiel gebildet hatte und die mit dem
Fahrrad in weniger denn zwanzig Minuten zu erreichen
war, vorausgesetzt, die Schranke an dem kleinen, die beiden Dörfer voneinander trennenden Bahnübergang war
nicht verschlossen. Es war November, Volkstrauertag und
nicht weit vor meinem sechzehnten Geburtstag.

»Heute spielst du das erste Mal mit, Holtes, kannst du
denn alles?« fragte mein Großvater, nicht besonders besorgt, aber sich doch noch einmal vergewissernd, wie es
seine Art war. Und ich antwortete: »Och, Großvater, das
wird schon angehn.«

»Hast du denn noch geübt?« fragte er weiter. Offensichtlich hatte ihn meine Antwort nicht beruhigt.

Möchte ja sein, ich würde mich verspielen. Möchte sein, die Stints, Trompete, Trompete und Tenorhorn, würden sagen, das hätten sie sich gleich gedacht, nur zweimal an der Übestunde teilnehmen sei zuwenig.

Möchte sein, Stints Tenorhorn hat nur drei Ventile, mein Bariton aber vier.

»Herr Stint bläst wie der Wind!«
hatte Hannes gesagt, als ich das erste Mal zum Posaunenchor gegangen war. Da möchte man meinen, ich müßte besser spielen, hab ja ein Ventil mehr.

Ich hatte die vergangenen zwei Wochen jeden Tag mehr als eine Stunde geübt. Ich hatte sogar mein Mundstück in der Tasche meines Mantels mit in die Schule genommen, war zwischen den Unterrichtsstunden in der Pause mit dem Mundstück an meinen Lippen durch die Flure gegangen und hatte versucht, möglichst viele verschiedene Töne zu erzeugen, denn den Ansatz üben kann man auch ohne Instrument, der Mund weiß es ja nicht, daß an dem Mundstück kein Baritonhorn dran hängt.

»Ich übe immer, das weißt du doch. Alles so gut probieren, wie es geht«, sagte ich, als zwischen den Wacholderbüschen und Eibenhecken die weiß getünchte Kapelle sichtbar wurde.

Die anderen vom Posaunenchor warteten bereits unter dem Vordach der Kapelle, hatten schon die dünnen, verchromten Notenständer aufgeklappt und pusteten, mehrheitlich tonlos, Stint junior entfuhr ein Staccatosignal, die Mundstücke ihrer Instrumente warm.

Großvater stellte seine Tuba verkehrt herum auf den Boden und nahm seinen Elbsegler ab, so daß seine kahle, lange Stirn mit dem weißen Haarkranz aufleuchtete. Reihum wurden wir nun begrüßt:

»Moin, Herr de Vries.«

»Moin, Ute.«

»Guten Tag, Herr de Vries.«

»Guten Tag, Hannes.«

Und so weiter.

»Moin, Holtes.«

»Moin, Ute.«

Sie klappte ihr Waldhorn unter den Arm, drückte es an den Parka, an dem die Flagge entfernt war.

»Schön, daß du da bist!«

»Na, Holtes, das kriegen wir schon hin. Hauptsache, das gibt nicht gleich Regen.«

Hannes aus Holtebüttel, ein guter Esser, Anfang Zwanzig, mit rotblondem Bart, der Stolz seiner Mutter und einer von Utes vielen Verehrern, einer jener Menschen, die auf eine geheimnisvolle Weise mehr Platz einnehmen, als ihrem Körperumfang ohnehin entspricht. Die dazu immer einen flotten Spruch auf den Lippen haben. Einer, der sich selbst einen alten Friesen nannte: »Für mich als alten Friesen ist das auch adderdütschen Tüünkrååm!« Hannes spielte Bachtrompete, und es war selbstredend eine große Ehre, daß wir mit ihm spielen durften. Sein kleines Instrument war das einzige, das ordentlich geputzt war und glänzte. Er muß ja auch am wenigsten putzen, dachte ich, als ich mein Instrument, das die eine oder andere fahl angelaufene Stelle zeigte, aus dem Beutel befreite. Tatsächlich massierte Hannes bereits wieder das golden glänzende Rohr seiner Bachtrompete mit einem Tuch. Gleichzeitig blies er in das Instrument und bewegte die Ventile auf und ab. Zu seiner Rechten stand eine junge Frau. In den Händen hielt sie eine Posaune. Ich sah die Frau nur flüchtig an: Glatte, mittelblonde Haare, eine Art herausgewachsener Pony, die Haare in der Mitte gescheitelt und nach hinten gekämmt. Sie wahrscheinlich

18

etwas älter als ich. Ich nahm die Notenständer aus der Tasche, reichte meinem Großvater den seinen und klappte meinen auf, was mir nicht sogleich gelang, denn wenn man die schmalen Alubügel in die falsche Richtung auseinanderfaltet, versperren und verbiegen sie sich ineinander, und Hannes sagte schon »Klappt nicht?«, aber da hatte ich es geschafft, und es klappte. Ich zog den Notenständer hoch und drehte die Schraube fest. Dann stellte ich das Buch aufgeschlagen auf den schmalen Sims.

»Ich hab auch noch Hilfe aus Verden mitgebracht!« sagte Hannes.

Die Frau mit der Posaune wanderte an meine Seite.

»Das wird schon klappen. Ich spiel deine Stimme mit!« sagte sie.

Ich sah große blaue Augen unter einer klaren Braue. Eine eher schlanke Gestalt in einem dunklen Mantel über einer ausgewaschenen Jeans.

Ihre Posaune war nur mäßig geputzt.

Ich sah auf meine Noten, jetzt, da sie neben mir stand. Im Winkel meiner Augen den verschwommen schimmernden Zug ihrer Posaune. Wurde ich rot?

Ich wurde an den Strand gespült.
Es war kalt, und ich konnte noch nicht sprechen.
Ich wußte nicht, daß ich an den Strand gespült worden war.
Ich dachte, ich läge noch auf dem Grund der See.
Über mir das Licht der Gezeiten.

»Wenn du was nicht kannst, drückste einfach die Taste und läßt den Ton weg«, sagte Hannes noch. »Hauptsache, du weißt, wo du bist. Oh, ich glaub, es geht los.« Dann vergrub er das Trompetenmundstück irgendwo in seinem rotblonden Bart.

19

»Alles fertig?« flüsterte Ute, ließ ihre Hand im Schalltrichter verschwinden und wies mit ihrer spitzen Nase eine Runde. Sie blies ihren dunkelblonden Pony hoch, nahm eine gespannte Haltung ein, ähnlich einem Läufer am Startbrett, und winkte mit ihrem Horn:

»Auf mein Zeichen. Ein, zwei, drei, und ...«

Wir spielten eine kurze Intonation und begannen dann mit unserem Choral *Liebe, die du mich gefangen*. Wie viele Töne ich an dem Tag weggelassen habe, weiß ich nicht mehr.

Ein Schwarm Krähen stob lärmend auf.

Ob die Gemeinde mitsang oder nicht, konnten wir da draußen nicht hören, wohl aber den langen Snack der Pastorin, der durch die Lautsprecheranlage bedächtig blechern über den Friedhof schallte. Sie redete über alles, was ansonsten über das ganze Jahr verteilt wird: Leben, Leiden, Demokratie, Freiheit, Musik, Frieden, Liebe, Jesus, den lieben Gott und so weiter. Nur Weihnachten hatte sie vergessen.

Bald hörte ich nur noch halb zu. Ich blickte vorsichtig zu der jungen Frau mit der Posaune.

Ihre Augen schimmerten türkis, als sich der Himmel verdunkelte.

Die Pastorin drinnen sagte gerade: »Wir wollen nicht vergessen«, als es anfing zu regnen: kleine, klare Kiesel, die vom Himmel fielen. Wasser, das sich schnell auf dem Flachdach sammelte, Applaus prasselte, und dabei einen Vorhang zuzog. Wasser, das hastig Gesichter auf die grauen Steinplatten malte, dunkel verwischte und zwischen den Steinen kleine Rinnen bildete, die sich in unsere Richtung bewegten. Wasser auf dem Kiesweg. Wasser in den Eibenhecken. Wasser im Wacholder. Perlenkettenwasser. Wasser, das sich selbst beklatschte. Wasser, das Steine und Namen wusch.

20

»Ich hoffe, wir müssen jetzt nicht noch zum Schluß im Regen ›Ich hatt' einen Kameraden‹ oder die Nationalhymne spielen«, brummte Hannes los.

Ute winkte fröhlich ab. »Wir sind ja ein Kirchenposaunenchor, und für die Nationalhymne sind genug Leute erschossen worden.«

»För mi as olen Fresen is dat ook adderdütschen Tüünkrååm. In meinem Herzen gehöre ich zu den Niederlanden. Na, Holtes, was meinst du?«

»Ja, äh, ich auch«, sagte ich, weil ich daran denken mußte, wie mein Vater mit uns auf Terschelling einen Drachen gebaut hatte, und es war ein windiger Tag gewesen, mit grauen Wolken und Sonne, die dazwischen in langen Vorhängen über die See glitt, und Sand wirbelte auf, und es war Bevrijdingsdag gewesen, und jemand hatte eine Flagge gehißt, und ich war stolz, weil noch nie jemand Mof zu mir gesagt hatte und alle doch immer gesagt hatten, in den Niederlanden wirst du als Moffe beschimpft, und mein kleiner Bruder hatte den Drachen losgelassen, und der Drachen war in die Brandung gefallen, und ich hatte nasse Füße bekommen, weil ich nur Turnschuhe anhätte, aber die Schnur war naß und vertüdelt gewesen und, als ich sie auseinandermachen wollte, gerissen, aber Hannes sagte:

»Ich meine, ging doch schon ganz gut, oder?«, weil er etwas ganz anderes gemeint hatte, nicht die Niederlande, nicht den Befreiungstag, nicht den aufgewirbelten Sand von Terschelling, sondern die Musik, und ich antwortete noch einmal, diesmal ohne ihn anzusehen, glaube ich: »Ja, ging ganz gut.«

Da sagte sie, ihre Posaune mit beiden Händen haltend, so als wolle sie gleich weiterspielen: »Wir kennen uns vom Sehen. Wir sind auf derselben Schule. Ich mach nächstes Jahr Abi, und du?«

Ein Splitter traf meine Haut, Regentropfen rannten über meine Hand, schreckten Gedanken auf.

»Ich, ich bin gerade in die zehnte Klasse gekommen.«

»Und wie lange spielst du schon Baritonhorn?« fragte sie weiter.

Beinahe hätte ich gesagt: Zwei Tage, oder: Zwei Jahre. Ich sagte: »Zwei Wochen.«

Dann packten wir unsere Instrumente, die Notenständer und die Bücher zusammen. Auch sie klinkte ihre Posaune auseinander und ließ die Einzelteile in einem rechteckigen braunen Koffer verschwinden.

Kennst du Terschelling?

Ja, doch ich war nie da.

Dort gibt es Sand und Wasser und Licht.

Ist das weit von hier?

Nicht weit.

Gut, ich hab Zeit.

Wie heißt du?

»Das hätten wir ja mal wieder geschafft!« Hannes aus Holtebüttel lachte einen Auftakt. Ute federte zwei Schritte auf den Auftakt zu: »Danke, daß ihr da wart, bei dem Wetter!«

»Aber Ute, für dich spiele ich am Nordpol!«

»... Herr de Vries?«

Herr Stint reichte meinem Großvater die Hand.

»Wir sind mit dem Rad hergekommen!« sagte mein Großvater.

»Na dann, Holtes, auf Wiedersehen!« sagte Herr Stint zu mir.

Eine kleine rötliche Hand zeigte in meine Richtung. Ich nahm die Hand entgegen. Sie war kühl.

»Auf Wiedersehen!«

Die Hand zog sich zurück. Die Hand verschwand in einem dunklen Lederhandschuh. Ich zog den Reißverschluß meiner Baritontasche zu. Ich nahm das Instrument vor meine Brust. Ein zu groß geratenes Baby.

»Habt ihr beide noch was vor?«

Ich sah zu Ute, Hannes und der Frau mit dem Kasten. Ein hellblauer Posaunenchoraufkleber.

Sie hatte lange, mittelblonde Haare, ein offenes, aber nachdenkliches Gesicht, große dunkelblaue Augen. Blau oder türkisblau.

Geheimnis zwischen Steinen. Naßkalte Novemberluft, gräuliches, milchigtrübes Regenlicht. Nur die Toten haben bereits ihren letzten Namen. Ihren Namen hatte ich nicht.

Dann sagte mein Großvater etwas, ich sah noch einmal zu der kleinen Gruppe, die sich eben auch anschickte, eine Bewegung zu machen und aus dem Rechteck der Vorhalle hinaus in den verebbenden Regen zu rücken. Ich drehte mich um und folgte ihm, der schon den groben, graugespannten Stoff auf seinen Rücken gehängt hatte, und wir gingen zu unseren Rädern. Bald standen wir vor der heruntergekurbelten Schranke, auf der noch Regen glänzte und die mich immer an eine dänische Lutschstange erinnerte. Auf der anderen Seite, wo der Weg weiterführte, sah man nun, da die Jahreszeit dem *Landgasthaus* die Deckung der Linden entzog, die breite grüne, mit weißen Linien mehrfach einen Rahmen bildende Tür verschlossen, hinter den fahlen Butzenscheiben unter den zur Seite gewinkelten Gardinen taube Lampenschirme stehen. Das vom ausgedünnten, halb transparenten Gezweig versteckte Schild *Bundeskegelbahn* las man durch die Zweige hindurch, ergänzte, was fehlte. Von den beiden Bäumen, die jenseits der Schranke wie zur Begrüßung einen Bogen über den Landweg wölbten, der großen, noch nicht gänzlich kahlen Eiche und dem dahinter wie in den

Schutz gerückten Ahorn tropfte der Vormittag auf die blauschwarz schimmernden Pflastersteine. Ein unregelmäßiges klatschendes Geräusch. Ich spähte zum Turmhäuschen hinauf, von dessen Wand wie ein Wappen das Zeichen Bf prangte, ob jemand anwesend war, vermeinte hinter dem getönten Glas den Schemen eines Einzelgängers zu entdecken, während wir das leise Surren zu erlauschen suchten, warteten, daß der stündliche Zug, von Bremen oder Norddeich kommend, durchgefahren war in Richtung Süden.

2

Es gibt einen gefährlichen Ort, und das ist da, wo die Fuge in die Grundtonart zurückfällt, wenn die dritte Stimme, meist ist es die Tenorstimme, mit dem Hauptthema einsetzt.

Kontrapunkt (lat.-mlat.; Note gegen Note)
1. Technik des musikalischen Satzes, in der mehrere Stimmen gleichberechtigt nebeneinanderher geführt werden
2. etwas, das einen Gegenpol zu etwas anderem bildet
3. eine Art schwarzes Loch im Innern der Fuge

In dem Moment beginnt sich alles zu drehen, das Stück, eben noch aus zwei einander gegensätzlichen Gedanken bestehend, wird zu einem Wirbel. Dort ist der Raum am entferntesten, am undurchdringlichsten zugleich. Ich weiß, daß der Raum um mich existiert, jedoch: Er existiert nicht. Dort, wo der Kontrapunkt sich weitet, langsam um mich kreist, verschwindet die Jetztzeit sichtbar zwischen den dünnen Linien. Die Augen werden Ohren.

»Holtes, kannst du mir das mal erklären? Holtes!«

Der Kontrapunkt war falsch, das konnte nicht sein. Die Tonart stimmte nicht, die Dissonanz war ungewollt, mathematisch nicht erklärbar.
»Holtes, schläfst du?«

Ein Geschichtslehrer stand vor meinem Tisch. Wie war er da hingekommen? Ich klappte das Buch zu, sah nach vorn, dorthin, wo der Mann in der grünen Kordhose stand. Die Klasse tuschelte.

»Ich hab gar nicht bemerkt, daß die Stunde bereits angefangen hat«, sagte ich.

»Das glaube ich. Gib mir das, was ist das?« fragte Herr Spier und faßte es bereits an, das heilige Buch. Er hielt es hoch und starrte auf den Titel.

»Johann Sebastian Bach: ›Die Kunst der Fuge‹. Aha. Was heißt Fuge auf deutsch, Jan!«

»Flucht?«

»Hör mal zu, Holtes: Die Kunst der Flucht – das paßt zu dir!«

Das Buch knallte auf meinen Tisch.

»Bin ich froh, daß nächste Woche Projektwoche ist!« sagte er noch und wandte sich zurück in den unergründlichen Raum, aus dem er so unerwartet gekommen war.

»Ich auch«, rief ich ihm nach, piano.

Noch einmal drehte er sich um: »Was?« rief er zurück, mezzoforte.

Ich sagte: »Ich bin auch froh, daß nächste Woche Projektwoche ist.«

Noch am selben Tag stand ich in der Pausenhalle vor dem Aushang mit den Projektgruppen. Heute sollten die letzten Wahlzettel abgegeben werden, und ich hatte mich noch immer nicht entschieden zwischen Englisch-Theaterspielen, Feuchtbiotop anlegen mit Wulfilas oder Lehmofen bauen bei Doktor phil. Heinrich Vesbeck, der uns in unserer Zelle, wie wir den kleinen Lateinraum zu nennen pflegten, von Baucis und Philemon vorschwärmte: »Damals gab es noch echte Liebe!« Vor der Tafel stehend, in Richtung Fenster blickend und, als wäre ihm von dort aus eine andere Erkenntnis zugekommen, sich selbst korrigierend: »Na ja, wahrscheinlich war das schon damals selten, sonst wären ja auch nicht die Götter beeindruckt gewesen. ›Welt, du willst betrogen werden‹, sagten schon die alten Griechen. Hausaufgabe zu morgen: Ablativus absolutus!« Dann kramte Doc Vesbeck ein Hustenbonbon aus seiner Hosentasche und wickelte es aus.

»Holtes, du könntest, wenn du wolltest.«

Er lobte stets im Konjunktiv. Er sagte leider nie, was ich könnte, wenn ich wollte, die Grammatik lernen, die Götter beeindrucken oder die Welt betrügen. Und wie um das eben Gesagte noch zu verstärken, trat er an das Fenster, wobei er die Hände auf seinem Rücken solidarisch verknotete, und sprach:

»Ach, die Zeit, sie fliegt so schnell dahin. Wenn ihr wüßtet, wie schnell die Zeit fliegt.«

Dann schritt er durch die schmale Versammlung von Lateinschülern, selten waren wir mehr als zehn, trat wieder an das Lehrerpult, nahm seine Brille ab, fischte ein Stofftuch aus – auch er trug eine Kordhose – der Tasche, um die Brille zu reinigen, derweil er mit brillenlos müden Augen noch einmal in die Runde spähte, den Blick, so schien mir, länger bei mir verweilen ließ, und bei mir so das Gefühl weckte, ein Eingeweihter zu sein in jenes unaufhaltsame Fortfliegen der Zeit, von dem er gesprochen hatte. Und oft kam ich mir, wenn ich, nach einer unregelmäßigen Verbform gefragt, gerade mit den Händen unter dem Tisch einen Fingersatz erinnert hatte, den Pony über die Augenbrauen stranden ließ, den Blick nach unten gerichtet, in die Leere schaute, mein verlegenes Grinsen spürte und nicht unterdrücken konnte, wie ein Verräter vor, und ich dachte: Später, wenn ich nicht so müde sein werde, meine Augen weniger fahrig sind, mein Geist weniger hungrig, meine Hände weniger unruhig, meine

Stirn weniger blaß. Später würde ich all diese Tabellen verstehen, würde den ganzen Brugmann auswendig lernen, würde das große Latinum nachholen, würde ein Gelehrter sein und würde ihm antworten:

»tuli« – ich habe getragen. [1]

So hatte ich bereits eine halbe große Pause auf die Liste neben dem grau gerahmten Vertretungsplan gestarrt, dort, wo das Licht in quadratischen Fluchten durch die Decke fällt. Hinter mir auf der gegenüberliegenden Seite des Pausenflures lagen, tiefbraun in die Wand eingelassen, sämtliche Kontinente der Erde. Ich meinte deren Anwesenheit durch den Raum zu spüren. Vielleicht war das der Grund, weshalb ich mich nicht entscheiden konnte?

Asien ist eine große Fläche, die ich manchmal morgens mit der Hand berühre.

Da traf ich sie das zweite Mal.

Ich erkannte ihre Stimme sofort. Urplötzlich aufgetaucht aus dem Niemandslärm der Pause: dem Cluster der Stimmen, die sich im Flur zwischen den schlanken Säulen mit den kleinen schwarzen Fliesen zerteilten und im schwachen Echo wiederfanden. Das Geräusch des Kopierers auf dem Gang. Die Tür, die sich zum Sekretariat öffnete. Die Stimme des Hausmeisters mit Akzent.

Ich habe ein schlechtes Gedächtnis für Gesichter, aber ein gutes für Stimmen. Ich mache manchmal die Augen zu, wenn ich mir unsicher bin, woher ich jemanden kennen soll, um besser auf die Stimme achten zu können. Ihre Stimme war klar und präsent. Unverbindlich, gleichwohl freundschaftlich. Beinahe zärtlich. So hatte ich es

---

1 So scheint mir im nachhinein meine Schulzeit ein Leben im Konjunktiv gewesen zu sein, ein Vorübereilen an Möglichkeiten, deren ich nicht habhaft wurde und die nun, noch Jahre später, wie uneingelöste Schulden in meinen Träumen Platz nehmen.

schon im Nachherbst auf dem Friedhof empfunden. Ich wurde rot, genau wie damals im November. Weil sie eine schöne Frau war? Ich weiß gar nicht, ob sie das war. Ich weiß nicht, wann eine Frau schön ist.

Ihre Stimme stellte sofort eine gemeinsame Geschichte her und weckte in mir den Wunsch, irgendwie zu ihr zu gehören. Wie? Ich wußte nicht, wie. Ich fühlte mich ertappt.

Ich hatte nicht mehr an sie gedacht. Aber als sie mich ansprach, war es so, als hätte ich die ganze Zeit unentwegt an sie gedacht, ohne mir dessen bewußt zu sein, als hätte ich mir eine Geschichte mit ihr ausgemalt, als wäre mein Schreibtisch voller Briefe für sie, als hätten wir eine Geschichte zusammen, Josse und ich, oder ein Geheimnis oder als kennten wir uns schon sehr lange. Als wären wir gerade erst gestern zusammen im Kino gewesen. Als würde sie sagen: Hier, du hast das bei mir vergessen. Gleich würde sie irgend etwas aus der Tasche kramen und es mir reichen: ein Buch, einen Schal, ein Tuch, einen Schlüssel, einen Brief an sie, den sie nicht geöffnet hatte. Ich fühlte mich von ihr durchschaut. Ich überlegte sogar einen Moment, was ich bei ihr vergessen hatte. Aber ich war ja noch nie bei ihr gewesen. Vielleicht hatte ich irgend etwas auf dem Friedhof vergessen?

»Moinmoin, na? Kennst mich noch? Wir haben vergangenes Jahr zusammen gespielt.«

Den Posaunenkasten hatte sie auch dabei.

»Weißt du noch?« sagte sie.

»Ja, ich weiß noch«, antwortete ich.

»Ich heiß Josse!« sagte sie, und ich hörte zum ersten Mal ihren Namen. Ein seltsamer Name, wie ich fand, zumal für eine Frau, denn ich hatte mal von einem Heiligen ähnlichen Namens gelesen.

»Holtes, ich heiß Holtes!« sagte ich.

»Ich weiß, ich kenne deinen Großvater. Er macht doch ab und zu Lektorendienst und predigt und so?«

»Woher weißt du das?«

»Ich spiele in Verden Orgel. Dein Großvater war auch schon bei uns im Gottesdienst«, erklärte sie, und dann fügte sie hinzu:

»Holtes heißt du? Das ist ein schöner Name.«

»Das bedeutet Sohn des Waldes!«

»Ich heiße Barkholt mit Nachnamen. Das bedeutet Birkenwald.« Sie sah einen Moment auf die Liste. Ihr Gesicht reflektierte matt auf dem Plexiglas über dem Vertretungsplan.

»Jetzt fangen sie mit solchen Sachen wie Projektwochen an«, sagte sie dann. »Wo ich schon bald mit der Schule fertig bin. Das hätten sie sich auch schon früher überlegen können. Und? Hast du dir schon ein Projekt ausgesucht?«

»Nej, hab ich noch nicht.«

»Spielst du noch mehr Instrumente?«

»Ich spiele Konzertgitarre. Und auch ein bißchen Klavier. Aber Klavier nur so, ohne Unterricht, nur so ein bißchen halt.«

Ich sagte *nur ein bißchen*, denn eigentlich hatten wir kein Klavier zu Hause, nur ein altes Harmonium, das etwas zu tief gestimmt war, mit ächzenden Bälgen, die mich an meine ostpreußische Oma erinnerten, die Asthma gehabt hatte, aber nicht besonders schwer, nur wenn sie Treppen hatte steigen müssen, dann hatte man es bemerkt. Meine Eltern hatten gesagt, sie würden mir vielleicht ein Klavier kaufen, wenn ich Harmonium spielen könnte. Aber auf einem Harmonium kann man nur Choräle spielen, und meine Oma hatte auch immer Choräle gesungen, im Singkreis, und sie hatte bis zum Schluß ihre langen, dünnen Haare in einem Dutt getragen und, bevor sie die Rezepte mit in ihr langsames Vergessen genommen hatte, zu jeder Feier Mohnstriezel und Bienenstich gebacken, von mir mit ganz viel Sahne gegessen, und der Tee war immer viel zu dünn gewesen, und ganz früher, als ich ein Kind gewesen war, hatte das *Östlind & Almquist* bei meinen Großeltern gestanden, und ich hatte meinen Kuchenteller während einer Geburtstagsfeier auf dem Harmonium abgestellt, vor das Bild, welches »unseren seligen Herrn Doktor Luther« zeigte. Ich hatte mich mit jemandem unterhalten und in einem alten Gesangbuch geblättert, und als ich dann aufsah, zum *Östlind & Almquist*, war mein Kuchen fort. Mein Teller stand dort, aber der Kuchen war fort, und ich wußte nicht, wer ihn gegessen hatte, und traute mich nicht, zu fragen. Eine gewisse Unsicherheit war in mir entstanden, ob nicht er, der selige Herr Doktor Martin Luther, den Bienenstich mitsamt der Sahne gegessen hatte, jedenfalls sah er doch, wenn ich mich nicht täuschte, noch etwas beleibter aus als eben noch. Auf jenem *Östlind & Almquist* aber kann man höchstens den Anfang der *Mondscheinsonate* spielen, jedoch nur ganz langsam, was den Mond besonders schaurig macht, auf keinen Fall aber kann man das *Regentropfenprélude* spielen, und schon gar nicht den jazzigen Teil der *Pathetique* mit den Oktavbässen, den ich gerne versucht hätte.

»Dann nimm doch Nummer siebzehn: Schulband!« löste sie mich aus meinen Gedanken an *Östlind & Almquist*. »Das habe ich auch gewählt. Annette, eine Freundin von mir, ist da auch bei. Dann können wir zusammen spielen.« Sie sagte das fast wie eine Frage. Oder wie jemand, der sagt: Es liegt an dir.

Dann verabschiedete sie sich, da sie nun zum Domgymnasium rüber müsse, weil sie dort am Musikleistungskurs teilnehme. Ich sah ihr nach, wie sie zwischen den

Säulen verschwand. Der Kopierer machte ein Geräusch. Es klingelte zur Stunde.

»Holtes de Vries ist wieder der letzte«, sagte die Sekretärin mit dem Blinzeln hinter der Brille unterhalb der gebleichten Welle. Ich reichte ihr den Zettel über den Tresen.

»Siebzehn« stand da, sehr deutlich mit dem Füller geschrieben, und mein Name und meine Klasse.

Die Tür zum Schulleiter stand offen, so daß zu sehen war, wie beschäftigt er war, daß er sogar das Telephon klingeln ließ.

»Das habe ich mir ja fast gedacht«, sprach die halb mütterliche, nasale Freundlichkeit über den Tresen zu mir.

»Wieso?«

»Nichts für ungut. War nur so dahingesagt. Du hast ja keinen Zweitwunsch angegeben.«

»Haben denn viele dasselbe angekreuzt?«

»Kann ich nicht sagen. Wird schon klappen.«

Der Schulleiter im Nebenraum griff zum Telephon.

»Womit kann ich helfen?«

Draußen hatte sich der Gang beruhigt. Die Stunde hatte längst begonnen. Ich zog die Tür hinter mir zu. Ein schwarzer Splitter traf mein Auge: Die Fliese bewegte sich ruckartig zurück in die Säule. Ich blinzelte in Richtung Asien. Der Kopierer summte seinen Wachtraum. Ich öffnete das große Glas in Richtung Treppenhaus.

3

In der darauffolgenden Woche geschah es – oben in
Raum 210, in dem ich mich früher einmal hatte ein-
schließen lassen, weil ich wußte, daß der kleine Flügel un-
verschlossen geblieben war, bis mich die Putzfrau fand,
mein Spiel unterbrach –, daß Josse und ich das erste Mal
gemeinsam am Klavier saßen. Später rückten wir, beinahe
aneinander gewöhnt, dichter, wurden auch nicht verlegen,
wenn sich die Stimmen und damit unsere Hände kreuz-
ten, sich unsere Finger berührten. Aber jenes erste Mal
entfaltet in meiner Erinnerung einen Raum, der in seiner
Deutlichkeit von späteren Malen nicht eingenommen werden kann. Dieses erste Mal gemeinsam am Klavier bleibt
für mich auf eine besondere Weise bedeutsam und ist mir
bewußter als vieles, was zwischendurch geschah, ähnlich
meiner Erinnerung daran, wie wir, Josse und ich, viel später zum letzten Mal gemeinsam Klavier spielten, wobei ich
nicht die Hoffnung auf eine Wiederholung aufgab, wohl
wissend, daß ja das erste Mal unwiederholbar und bereits
vor langer Zeit geschehen war: Wir hatten gerade geprobt,
es hatte zur Pause geklingelt, und bis auf Josse, Annette
und mich hatten alle den Musikraum verlassen. Ich spürte
einen Druck. Nur leicht. Josse war mit ihrer Posaune an
den Klavierschemel, auf dem ich hinter dem kleinen hellbraunen Schulflügel saß, herangetreten und hatte mir den
Metallzug in den Rücken gedrückt.

»Hej, du sollst nicht immer meine Stimme auf deinem
Klavier mitspielen!« hörte ich sie sagen.

»Tu ich das?« fragte ich ertappt, denn wirklich war ich Josses Tönen mit meiner linken Hand auf den Tasten gefolgt.

»Laß die Waffe fallen!« forderte sie mich auf, und tatsächlich überlegte ich einen Moment, ob ich nun die Hände hochheben sollte. Josse trat neben den Schemel, so daß wir uns ansehen konnten.

»Hier, bei ›Hotel California‹, hast du die ganze Zeit meine Baßstimme mitgespielt!« sagte sie sehr ernst.

»Ach was«, wehrte ich ab. »Deine Posaune ist doch viel lauter.«

»Aha, meinst du?«

Sie machte einen halben Schritt zurück, um mehr Platz für den Zug ihrer Posaune zu haben. Dann ließ sie ein lautes, blökendes Glissando erklingen. In dem Moment sagte Annette, sie werde mal eben eine smöken gehen, und legte ihre Trompete in den Koffer. Annette drehte sich um, und ihr hellblonder Pferdeschwanz mit der viel zu großen roten Schleife wippte in Richtung Tür. Sie stellte einen Stuhl in die Tür, damit sie nicht zufallen konnte, denn zum Flur hin war nur ein Knauf angebracht. Ich wartete, bis Annette den Raum verlassen hatte, hörte noch halb ihre Schritte im Treppenhaus.

Dann sagte ich: »Willst du nicht mal Klavier spielen?«

»Wir könnten doch was zusammen spielen«, schlug Josse vor, legte ihre Posaune auf den Flügel, und ich nahm ein dünnes Heft aus meinem Stoffbeutel und stellte es auf das Pult.

»Hier, ich hab was mit!« meinte ich.

Josse griff nach den Noten: »Oh, Old-Joe!«

Ich sagte: »Das spiele ich gerade zur Zeit.«

Und sie: »Das italienische Konzert. Gut. Wollen wir was versuchen? Das Allegro?«

»Vielleicht zuerst einmal das Largo?«

»Willst du links oder rechts spielen?«

»Ich glaube, oben.«

»Gut!«

Sie saß bereits neben mir auf dem Klavierschemel. Ich fühlte ihren rechten Arm meinen linken Arm streifen. Ich blickte geradeaus auf die Noten.

Josse begann mit der Baßstimme, ganz langsam und bedächtig. Die Stimme wanderte hoch in meine Richtung, wanderte wieder zurück. Als die Eröffnungskadenz sich schloß, war ich dran. Ich räusperte mich. Nun kam ich mit der Melodiestimme dazu.

Der kleine Triller nach unten. Dann wandern die Stimmen aufeinander zu und wieder auseinander.

Wir spielten.
Die Pausenklingel ertönte.
Wir spielten.

Annette kam wieder: »Na, ihr zwei Hübschen? Sind die anderen noch nicht zurück?«

Wir hörten sofort auf.

»Das scheint so!« sagte Josse.

Ich blickte hinaus, durch den Rahmen mit dem weißen Kreuz, das das Haus mit dem rotbraunen Dach und den kleinen Fenstern gegenüber in Rechtecke zerschnitt.

»Hast du heut abend noch was vor?« fragte Annette und lehnte sich, den Blick auf Josse gerichtet, auf den Flügel.

»Moritz holt mich ab, und du?«

»Ich dachte, wir könnten heut abend noch was zusammen machen. Wir könnten noch zusammen weggehen. Lars kommt nachher noch. Wir könnten ein Bier trinken gehen oder so.«

Lars war der Verlobte von Annette. Und Moritz? Er hat Josse an dem Tag abgeholt. Mehr weiß ich nicht von einem Moritz. War es ihr Freund? Ich hatte ihn bald wieder vergessen.

Verwandelt schien mir die Welt in dieser Zeit, nicht mehr wirklich Schule. Herausgewachsen aus dem Alltag, entwickelten wir eine Wichtigkeit, eine Ernsthaftigkeit, die dennoch niemals schwer wurde. Josse, Annette und die anderen: der ewig Halfzware Shag drehende Schlagzeuger mit der hellbraunen epigonenhaften Hippiefrisur und dem dicken Schnauzer und Prinz Eisenherz mit seiner Flying-V, beides Typen aus Josses Jahrgang. Der Lehrer, der, je nachdem, Baß oder Gitarre spielte und bei uns, obgleich wir ihn duzten, nur der Lehrer hieß, was ein Kompliment war, weil er es drauf hatte. Die Geigerin mit dem sandfarbenen Haar und der finnischen Nase, die von einigen in der Schule Petting-statt-Pershing genannt wurde, weil ihre Jacke über und über mit Buttons gespickt war, was schon damals nur noch halb für modern angesehen wurde.

Und ich, der ich in den Breaks beim Blues immer zu früh oder zu spät den Auflösungsakkord spielte.

Weil ich Angst hatte, mich zu verzählen, zählte ich, und das war's dann: Ich flog raus!

Wenn irgend jemand sagte: »Spiel zwischen Drei und Vier, und dann lande auf der Eins!« ...

Dann war es vorbei. Was war die Vier, in einer Pause aus Nichts?

Laut: »Eins!«
Break!
Leise: »Zwei, drei, vier!«
Laut: »Hä?«

36

»Weißt du, was der Flow ist?« fragte Josse.

»Ja, das ist, wenn beim Jazz der Schlagzeuger eine halbe Stunde immer dieselben Achtel auf der High-Hat spielt!«

»Der Flow ist der Moment, wo du nicht darüber nachdenkst, daß du es bist, der da spielt. Sag mir: Wieviel Takte hat ein Blues-Schema?«

»Äh, weiß ich nicht!«

»Brauchst du auch nicht zu wissen. Alle anderen wissen das. Du nicht. Du spielst es einfach. Hör nicht auf das, was die anderen sagen, hör nur auf die Musik und spiel! Du kannst es.«

Zum ersten Mal schien mir Schule etwas mit dem wirklichen Leben zu tun zu haben. Was ist dann das wirkliche Leben, wenn nicht Musik? Nahrungssuche und Nahrungsaufnahme, so dachte ich mir, haben nur den Zweck, den Körper am Leben zu erhalten, der Musik erschaffen soll. Ich war bemüht, in die Reihe der Älteren hineinzuwachsen, oft in der Unsicherheit, vielleicht enttarnt zu werden. Ich fragte Petting-statt-Pershing, mir altersmäßig am nächsten, ob sie schon Doppelgriffe spiele, weil ich wußte, daß dies etwas Schwieriges sei. Sie bejahte, sie habe gerade damit begonnen, wollte aber keinen »vorgeigen«. Einmal nannte ich Josse im Übermut zur Begrüßung eine »Hexe«. Man achte darauf, wie sie kunstvoll ihre Nase kraust. Wie sie zuweilen »Hej« sagt. Wie sie, wenn sie – die anderen sind schon anwesend, aber noch nicht an die Instrumente verteilt, ein Kabel wird noch verlegt, jemand sagt »Hallohallo?« – in den Raum taucht, den »Guten Morgen« begrüßt, den Posaunenkasten abstellt, mir ihre Augen öffnet. Der Schlagzeuger antwortet: »Kein Anschluß unter dieser Nummer«, aber Josse sagt: »Moin, du!« Sofort überlege ich, worüber wir gestern zuletzt sprachen.

Einmal in dieser Woche ging Josse mit mir auf den Flur zu den Naturwissenschaften. Vom Musikraum aus sieht man bereits am Ende des Ganges das kleine, in die Wand eingelassene, völlig von Algen durchwucherte Aquarium und darüber die Uhr. Tritt man durch eine gläserne Tür auf den Flur in Richtung Aquarium, so gelangt man bald zu der Vitrine mit der Biologiesammlung. Dort versuchte Josse, mir Posaunespielen beizubringen. Vor der Glasvitrine schob ich den Zug hin und her, verwundert, wie schwer es war, den richtigen Abstand bis zum nächsten Ton zu finden, während Josse abwechselnd »höher« oder »tiefer« sagte und mein Blick jedesmal, wenn ich mich verspielte, verlegen in die Vitrine schweifte.

Dort sah man einen aufgeschnittenen Ameisenhügel, eine Bienenwabe, ein halbes Wespennest, die Sammlung mit den Schmetterlingen, welche, da sie unbeschriftet, also namenlos waren, im Laufe des kommenden Frühjahres von mir mit verschiedenen Namen belegt werden sollten: Kornblumenseidenfalter, Gelber Jossefalter, Großer Brautkleidschmetterling, Gezackter Notenfalter, Barockbündchenfalter, Kleines Herbstblatt. In einem eigenen Kästchen, wie mir schien, aus gutem Grund abseits der Schmetterlinge, waren verschiedene Gliedertiere ausgestellt, darunter kleine und große schwarze Skorpione, ein Riesentausendfüßler, ein Gürtelskolopender, eine riesige behaarte Vogelspinne, ein Taschenkrebs, eine Strandkrabbe. Weiter gab es in der Vitrine eine Sammlung bunt besprenkelter Vogeleier, die ohne Notiz auf einem Haufen lagen wie Steine an einem Strand. Eine Elster hob unbeweglich ihre Flügel. Ein stolzer Rabe schien jedes Wort zu belauschen und sich jeden falschen Ton zu merken. Ein Fasan stand reglos im unteren Drittel des Schranks wie in einem überfüllten Lift, der jeden Moment steckenbleiben könnte. Oben sammelten sich Buchfink, Goldammer und andere Singvögel stumm in einer Reihe. An den Füßen des Sperbers war ein kleines Schild angebracht, auf dem in schwarzer Tusche, schwer lesbar, ein lateinischer Name vermerkt war, der nach Vergleich mit dem Buche nicht richtig sein konnte, dann das Zeichen ♀ sowie, nebst einem noch unleserlicheren Signum, die Jahreszahl 1953, ein Jahr, in dem das Gymnasium am Wall noch eine reine Mädchenschule war. Ein Eichhörnchen klammerte sich an einen halben Zweig mit künstlichem Moos und blickte mit weit aufgerissenen schwarzen Augen hinaus auf den Flur, als bäte es um Auslaß.

Dort stand ich, halb in der träumerischen Hoffnung, die Tiere mit meinem Spiel zum Leben erwecken zu können, halb auch in der Befürchtung, ebendieses könnte geschehen und die seltsame Mischung von Tieren würde in eine chaotische Unruhe fallen und aus dem Glasschrank heraus durch den Flur stürzen, Buchfink und Goldammer aufgeregt zwitschernd emporfliegen, das Eichhörnchen über die Fliesen springen, die Schmetterlinge in einem Farbrausch um meinen Kopf schlagen, der Rabe würde heiser meinen Namen rufen, die Elster mir schreiend die Haare ausreißen, während die vielbeinigen Gliedertiere sich aus dem Schrank fallen ließen und über den Fußboden kröchen.

Am letzten Tag der Projektwoche sollten wir ein kleines Konzert auf der Aulabühne geben. Ich kann nicht sagen, wie viele Schüler da waren, vielleicht zweihundert, vielleicht auch mehr als doppelt so viele, sicher waren fast alle Lehrer da, weil es vor dem Konzert eine kleine Ansprache über Sinn und Zweck der Projektwoche gab und weil zwar kein Lehrer auf der ganzen Welt gerne einem anderen Lehrer bei einer Ansprache zuhört, aber auch kein Lehrer dies gerne zugibt. Der Direktor hatte seine

Ansprache beendet, ein mäßig interessiertes Klatschen verebbte, Petting-statt-Pershing stand vorne mit ihrer Geige und sprach in das Shure, und ein metallischer Klang mit etwas zuviel Höhen und einem unschönen Hall ging durch die Aula:

»Das nächste Stück heißt Blues-nicht und ist von Holtes!«

Das war keineswegs abgesprochen. Ich spürte, wie ich rot wurde und wie ich Angst bekam, Josse würde sehen, daß ich rot wurde. Meine falschen Einsätze hatten immerhin den Anlaß für den Namen gegeben.

Wir spielten. Dominante, Subdominante, Break!

Leise: »Zwei, drei ...«

Wieso starrten mich alle an?

Vier, fünf, zwei ...

Nun spielte ich, da ich überhaupt kein Gefühl mehr hatte, in welchem Abschnitt des Taktes ich gerade sein könnte, die Töne mitten in das Nichts hinein, außerdem noch viel zu langsam. Jetzt mußten die anderen zählen, um den Takt irgendwie wieder gerade zu machen. Flying-V starrte von der Bühne aus in den Zuschauerraum, als starre er ins Nichts. Der Schlagzeuger sah mich an, grinsend und erwartungsvoll einen Stick über der High-Hat schweben lassend. Der Lehrer wippte mit dem Kopf, als zähle er. In dem Moment rettete mich Josse, indem sie ein langes Glissando mit ihrer Posaune spielte, bis die Band wieder mit der Eins einsetzte. Josse setzte die Posaune ab und grinste mir zu, so daß ich ihre schönen Zähne sehen konnte. Ich grinste verlegen zurück und hämmerte in die Tasten. Das Stück war zum Glück bald zu Ende, und es wurde brav geklatscht. Danach spielten wir noch ein paar Songs aus der Jugend des Lehrpersonals, »My trouble seemed so far away«, sowie ein Stück, das der Lehrer aus Dmaj7 und Cmaj7 zusammengebastelt hatte und welches bei uns einen Streit um einen passenden Namen entfacht hatte. Ich nannte es »Invisible visitors on a Sunday afternoon«, Josse nannte es »The time between the tea«, der Lehrer nannte es »Fly«, und der Rest der Band sagte: »Ach so, ihr meint ›Wordless song with two different harmonies‹. Sagt das doch gleich!«

Das Stück begann mit einem langen Klavier-Intro, bevor die Band mit dem lebhaften lateinamerikanischen Rhythmus einsetzte. Es war die letzte Nummer unseres Programms, und diesmal saß Josse am Flügel. Ich spielte dafür ihre Posaune, wobei ich mich allerdings auf ein Solo mit den Grundtönen beschränkte. Während ich spielte, dachte ich an die Elster und an das Eichhörnchen. Ein Schatten schien über die Bühne zu huschen und war verschwunden. Josse aber spielte wunderschön. Noch heute höre ich zuweilen unvermittelt diese beiden Harmonien aus der Erinnerung auftauchen. Kaskaden von Läufen auf einem Klavier, zerbröckelnde Akkorde, die mich an das durch dichte Baumkronen gestanzte Sommerlicht erinnern, und für einen Moment ist es, als sähe ich ihr Gesicht versunken hinter dem Fächer der Töne lächeln.

Nach dem Konzert bauten wir noch eine Stunde ab. Der Blick ging derweil über die blauen Rückenpolster im Zuschauerraum der Aula. Rechts von den Stühlen, an ein kleines Gitter gelehnt, hinter dem dunkel im riesigen Fenster der Abend begonnen hatte, derweil das Licht des leeren Raumes nun Reflexionen auf den Scheiben hervorbrachte, standen noch ein Junge und ein Mädchen ins Gespräch vertieft. Sie, das aschblonde, glatte Haar fiel ihr ungebunden herab, hielt sich mit den Händen am Metall fest und zog sich mit einemmal auf die obere Strebe des Gitters, so daß sie ihren Schulkameraden überragte, indessen er, gut sichtbar waren seine fein geschwungene

Nase und die vollen braunen, leicht gewellten Haare, die Füße am Boden behalten hatte und sich nun umdrehte, jedoch, so schien es, ohne sie direkt anzublicken, das Gesicht vielmehr zum Fenster gewandt. Er hielt ein Papier oder eine Mappe, zu einer Röhre gerollt, in seinen Händen und schlug damit einige Male spielerisch an die Metallstäbe, während sie weiter miteinander sprachen. Dann, als habe sie von ihm ein Zeichen erhalten, sprang sie, wobei sie einen Fuß wie eine Feder benutzte, von den Gitterstäben, und beide verließen lachend den Saal. Vorbei. Wir aber waren richtige Mucker für einen Abend. Die Hände dunkel gefärbt von dem über den staubigen Holzboden gezogenen Kabel.

Aufbauen ist geiler!

Ich hasse es, abzubauen, genauso wie ich es hasse, das Teegeschirr in die Küche zu bringen, wenn ein guter Freund da war. Wenn etwas zu Ende geht, stirbt man. Die fetten schwarzen Verstärker in den Musikraum zurückgeschleppt, und das war's: »And there is no place I'm going to.« Wir saßen noch im Musikraum zusammen. Irgend jemand hatte Sekt mitgebracht und ein paar Gläser auf den Flügel gestellt. Alle lachten, was alles schiefgegangen war. Der Lehrer und Prinz Eisenherz stritten, wer der beste lebende Gitarrist der Welt sei. Der Schlagzeuger drehte seinen Halfzware Shag zu einem winzig kleinen Drumstick zusammen und begann, damit auf den Stuhl zu klopfen. Im Musikraum durfte er nicht smöken, aber er drehte schon auf Vorrat, denn gleich würde er mit Petting-statt-Pershing mal kurz raus, eine rauchen und knutschen gehen. Josse warf mir einen Blick zu, und mit diesem Augenblick wurde mir auf eine seltsame Weise bewußt, daß ich der Jüngste war. Ich trank keinen Sekt und fühlte mich von ihr durchschaut. Wie sie mich ansah, über das Glas hinweg, nachdem sie mit Annette angestoßen hatte.

4

Nach der Projektwoche sah ich Josse ab und an auf dem
Schulhof, oder wir begegneten uns im Treppenhaus, dort
wo Bereich B und C, die zehnte Klasse und die Oberstufe,
aufeinandertreffen.
Josse lächelte und grüßte:
»Moin, Holtes!«
Und ging vorbei mit ihrem Posaunenkasten.

Mittlerweile war es Frühling geworden. Über Ostern kam
mein Freund Mattens aus Göttingen nach Hause. Ich
hatte ihn, den Älteren, einige Jahre zuvor bei einem Ra-
clette-Essen im Hause von Pastor Myra kennengelernt.
Bald hatten wir eine Freundschaft begonnen, die vor-
nehmlich aus langen, zuweilen nur der Dorfstraße, zuweilen anderwärts durch die Feldmark, die kleinen Eichen-
wälder, den dunkelgrünen Wiesenpfaden nahe der Aller
folgenden Spaziergängen bestanden hatte. Wir hatten
Gräser geknickt, Kühe befragt, das dunkle Wasser des
Flusses gerochen, manchmal einen Namen genannt, während wir den Stacheldraht runterbogen oder unterhalb
des Kuhzaunes ein Ducken versuchten, während ein Fuß
im morastigen Grund wühlte, nach vorne rutschte, wenn
wir einen Pfad durch die Auen falsch eingeschätzt hatten.
Manchmal hatten wir auf dem Heimweg in der herauf-
ziehenden Dämmerung ein Lied versucht. Andernzeits
hatten wir Stunden mit Gesprächen verbracht, begleitet
von dem dunkelbraunen Teegeschirr in Mattens' geräu-

migem Zimmer, im Hintergrund ein kleines Lied, welches, den Wechsel der Jahreszeiten besingend, zweistim-
mig gesetzt und nur von einer einzigen, behutsam einen
Rahmen bildenden Gitarre untermalt, von der Schallplatte durch den Raum knisterte. »Kennst du eigentlich
Morley?« hatte ich den Freund gefragt. Vergangenes Jahr
hatte Mattens sein Theologiestudium begonnen, und ich
hatte ihn seit dem Winter nicht mehr gesehen. Wir trafen uns am Abend auf dem Osterfeuer. Ich entsinne mich,
daß er einen neuen, handgestrickten Norweger trug, der
ihm in der Nähe des Feuers bald zu warm wurde. Er war
aber zu stolz, ihn auszuziehen, und meinte, es würde bestimmt bald kalt werden. Seine glatten Haare, in denen
schon, da, wo sie früher einen Wirbel besessen hatten,
die leichte Andeutung einer Geheimratsecke zu erkennen war, waren seit dem Winter länger geworden. Er blies
des öfteren seinen Pony von den Augenbrauen fort.

Mattens erzählte, daß um fünf Uhr morgens Gottesdienst in Verden sei, mit einem großen Frühstück im Ge-
meindehaus hintendran. Da wolle er hin und ein paar alte
Bekannte treffen. Und da war auch Josse.

Es ist nicht nötig, einen evangelischen Gemeindesaal zu
beschreiben. Jeder, zumindest in Norddeutschland, hat
schon einmal so einen Saal gesehen. Der Fußboden ist
meist aus grauem Linoleum, selten aus alten Holzdielen,
bei größeren Gemeinden ist es manchmal neues Parkett.
Die Fenster sind groß, man kann sie auf Kipp stellen, aber
mehr auch nicht, denn es stehen Pflanzen davor, die pfle-
geleicht sind, manchmal sind es Kakteen. Die dunklen Ti-
sche sind immer furniert. Das Furnier ist meistens dun-
kelrot, selten, wenn die Tischplatte hell ist, braun, aber
immer schon am Rand gesplittert. Die Konfirmanden haben ihre Initialen hinterlassen, und unter den Stühlen
klebt Kaugummi. Es gibt immer ein Klavier, das ver-

44

schlossen ist, und außerdem gibt es immer einen Schrank, der nicht verschlossen ist. In dem Schrank befinden sich immer Gesangbücher und Notenständer. Manchmal hängt an der Wand ein großes, schlichtes Holzkreuz, selten ein Kruzifix mit Jesus, denn der evangelische Glaube ist eine Religion der Bilderstürmer, und wenn man das große Holzkreuz aus den Gemeindehäusern entfernte, würde es vielleicht nicht mal jemand bemerken, solange nur der holzgerahmte Druck von dem Ölgemälde mit unserem seligen Herrn Doktor Luther noch über der Tür hängt.

Der Gemeindesaal hatte sich schon halb geleert, und die älteren Frauen und der braunbärtige Diakon hatten bereits damit begonnen, von einigen Tischen das Geschirr abzuräumen. Hannes wedelte mit der Thermoskanne in meine Richtung.

»Na, Holtes, wie isses? Noch eine Tasse Tee?«

»Ja, einen kleinen nehme ich noch, danke!«

Er schraubte die Tülle frei, goß mir ein, nicht ohne sogleich mit einem seiner Bekenntnisse zu beginnen: »Für mich als alten Friesen: Tee ohne Klüntjes, das ist nur halbe Sache. So wie Liebe ohne ... Na, das wollen wir hier nicht sagen. Holtes ist ja noch nicht volljährig.«

Er drehte den Deckel wieder fest, stellte die Kanne ab, und da niemand lachte, sagte er noch: »Na, Leute, habt ihr kein' Hunger mehr? Sonst muß der Küster nachher wieder die ganzen Stullen alleine fressen.«

Da nahm ich all meinen Mut zusammen und sagte, nicht ohne den Satz vorher im Kopf wenigstens zehnmal hin und her geworfen zu haben: »Früher, da gab es keine Bachtrompeten, hab ich mal gelesen. Die Trompeter der alten Zeit, die konnten auf ihren Instrumenten durch eine spezielle Technik, die ein besonderes flaches Mundstück erfordert und Clarin-Blasen genannt wird, die Solopartien in den oberen Naturtönen ausführen.«

Hannes sah mich einen Moment verdutzt an. Dann sagte er: »Du bist ja ein ganz Plietscher. Wo hast du das denn her? Das stimmt, so war das früher. Da mußten aber auch noch bei der Orgel die Kalkanten treten, und wenn der Herr Bach so eine große Fuge spielte, dann hatten die nachher Muskelkater. Das wär doch mal was: Josse spielt am Sonntag volles Register, und unser Holtes tritt die Luft in die Bälge. Da mußt du aber mehr essen, Junge, sonst machst du schon beim Präludium schlapp!«

Für einen Moment schien sich der Raum um mich sehr schnell zu drehen, bis Mattens nach einem kurzen Seitenblick zu mir fragte: »Ist noch Kaffee da?«

Hannes schraubte die nächste Thermoskanne auf und hielt sie hoch über Mattens' Tasse. Ein blasser Strahl, der schnell versiegte.

»Oh, das war wohl der Rest!« Mattens grinste.

»Macht nichts!« erwiderte Hannes. »Nu ist es auch schon sieben Uhr. Tied to Bedde gåån! Ja, so 'ne Familienfeier, mit Ostereiersuchen – und die ganze Fresserei: Das braucht schon die ganze Kraft. Deswegen geh ich jetzt auch mal, also, Leute, schön wach bleiben!«

Hannes erhob sich, klopfte auf den Tisch und ging.

»Du bleibst noch, Holtes?« fragte Mattens, nachdem Hannes verschwunden war.

»Ja, ein bißchen«, antwortete ich und wurde schon wieder rot. Wenn Mattens nun auch ginge, so hätte ich meinen Grund verloren, hierzusein. Er erhob sich bereits und rückte seinen Stuhl ran. Dann nahm er seinen Teller und den von Hannes, stellte das Geschirr samt den Untertassen und Tassen übereinander und balancierte es in Richtung Küche, wo er auf halbem Weg von einer der älteren Damen abgefangen wurde:

»Ich nehme das mal. Das ist doch nicht nötig, junger Mann!«

46

Mattens bedankte sich, kam dann noch einmal an unseren Tisch zurück.

Mattens: »Tschüs!«
Wir: »Tschüs! – Tschüs!«

Als er hinausging, sah ich ihm nach, bis die Tür hinter ihm zufiel. Dann wanderte mein Blick langsam und müde von der Tür des großen Saals über die Wände mit den halbhohen Paneelen und der gelben Tapete zu dem orangen Hungertuch, fiel dann auf einen verlassenen Tisch mit einem Teller mit zerschlagenen bunten Eierschalen.

Josse fragte: »Und, was machen wir nun?«, und ich sagte: »Ich weiß nicht!«

Was für eine dumme Antwort. Aber ich wußte wirklich nicht, was tun. Ich hatte die ganze Zeit gewartet, daß die anderen gingen, so daß ich mit ihr allein sein könnte, wenigstens für ein paar Minuten, und keine Idee gehabt, was wir dann machen sollten.

»Wir könnten ja einen kleinen Spaziergang an die Aller machen«, schlug sie vor.

Wir gingen die Große-Fischerei-Straße mit ihrem schiefen Kopfsteinpflaster und dem schmalen Gehweg hinunter, vorbei an alten Häusern, die sich im Fachwerk krümmten, so als wollten sie, von Schmerzen geplagt, den einen oder anderen Stein ausspucken. Windschiefe bunte Fassaden mit den in Waage gehaltenen nachträglichen Doppelverglasungen.

Wir gingen über Steine, die einem ihre dunkelgrauen Katzenbuckel entgegenstrecken, an denen der Fuß stolpern kann, wenn man, im Gespräch vertieft, unsicher ist, aufmerksam zugleich sein will. Und nichts Dummes sagen will. Und nicht dumm gehen will.

Dort gelangt man ans Ufer der Aller, wo es befestigt ist, schroff zum Fluß abfällt und wo das Wasser dunkel aussieht und tief, wie es gegen die Mole drückt.

Wir spazierten eine Zeitlang in der Nähe des Ufers, wobei sich der Weg bald der Aller näherte, bald mehr entfernte, so daß wir durch Gras gingen, bis Josse mir bedeutete, daß wir uns ihrer Lieblingsstelle näherten.

»Hier kannst du das Wasser hören«, sagte sie, als wir die kleine Böschung zur Aller hinabstiegen. Sie setzte sich ans Ufer, dort, wo im Gras eine sandige Mulde frei war.

»Meistens sitzt du an dem größten Fluß und kannst gar nichts hören. Je tiefer der Fluß, desto leiser das Wasser.«

In die Aller hing ein umgestürzter Baum. Die Wurzeln wiesen am Ufer in die Luft. Der Stamm reichte als Andeutung einer Brücke ein Stück weit über den Fluß. Die Krone mit Zweigen und Astwerk ragte halb aus dem Fluß, machte dort die Bewegung des Wassers sichtbar. Der Baum lebte noch. Er hatte schon kleine Blätter.

Wir saßen zwischen dem taunassen Gras und dem Sand und sagten nichts. Für eine lange Zeit.

Sahen aufs Wasser und so.

Mit den Mädchen aus meinem Jahrgang mußte man immer reden. Mit Josse nicht. Ich riß einen Halm vom frischen Gras ab.

Den Halm von meiner Hand zu deiner Hand wandern lassen, Josse?

Ich blickte auf das Wasser und schwieg.

»Nicht weit von hier treffen sich die Aller und die Weser. Bist du da schon einmal gewesen?« fragte sie.

»Nej, noch nie.«

»Das ist schön dort. Da mußt du mal hin!« meinte sie.

»Wie weit ist das denn?« fragte ich.

»Kommt drauf an! Zu Fuß ist es weiter als mit einem Boot. Wenn du der Strömung folgst, gelangst du schnell ans Ziel.«

»Und was gibt es dort?«

»Überflutungen«, sagte Josse. »Dort sind häufig Überflutungen.«

Ich spielte noch immer mit dem Grashalm in meiner Hand. Wie oft, daß man den Ort nicht kennt, der nahe ist, nicht beachtet, Plätze übersieht, Stimmen überhört. Mein Gedanke, jeden Ort zu bereisen, ein Fremder zu werden, um noch einmal zu sehen, was ich sonst schon kannte und übersehen hatte. Ich zog den Grashalm, wickelte ihn um meinen Finger. Nach einer Weile sagte sie:

»Schau mal, die Bäume gegenüber!«

Ich sah über den Fluß hinweg. Am jenseitigen Ufer standen in lichtem Abstand mehrere Laubbäume. Ich konnte nicht erkennen, was für Bäume es waren, aber sie schienen sämtlich von derselben Art zu sein. Die dünnen Kronen waren noch kahl.

»Wenn es Winter ist, dann werden die Bäume umgedreht«, sagte sie. »Das, was nun als Wipfel so blank rausguckt, sind in Wirklichkeit die Wurzeln. Und im Frühjahr werden die Bäume wieder umgedreht.«

»Und wer macht das?«

»Kleine Trolle aus dem Wald, Waldtrolle, Holtes.«

Nachdem sie das gesagt hatte, stand sie auf, zog Schuhe und Socken aus und stieg auf den umgestürzten Baumstamm. Leichtfüßig schritt sie über den Baum. Gradlinig, ohne Zögern ging sie den Weg, den sie eingeschlagen hatte. Bei der Krone setzte sie sich und hielt die Hand in das wirbelnde Wasser.

»Komm auch!« rief sie. »Ist ganz leicht.«

»Ich seh dir zu.«

»Nun komm!«

Ich wartete einen Moment. Dann ging ich auch auf den Baum. Der Stamm ruckelte unruhig, und das Wasser rauschte. Ich war gerade zwei Schritte gegangen, da hielt ich wieder an und setzte mich. Josse kam zurück.

»Du hättest die Schuhe ausziehen sollen. Dann geht es ganz leicht. Hast du nasse Füße?«

»Das geht schon.«

Sie balancierte über mich hinweg. Dann drehte sie sich zu mir und sagte: »Komm mit mir!«

Josse gab mir ihre Hand, an der kühle Wassertropfen klebten. Ich stand auf. Der Stamm federte. Ich spürte den leichten Druck von Josses Hand, die mich hielt. Josse lächelte. Zusammen gingen wir zurück ans Ufer. Während sie sich die Socken und die Schuhe wieder anzog, fühlte ich, wie mir die Wärme in den Kopf schoß. Als Josse fertig mit ihren Schuhen war, kam sie näher und sagte: »Du kannst ja mal ein Präludium auf deiner Gitarre für mich spielen. Im Gottesdienst. Wenn du magst, nächsten Sonntag. Hast du Zeit?«

5

Präludium (lat. praeludere, vorher, zur Probe spielen)
1. Probespiel der Musiker
2. Eingangsstück auf einem einzelnen Instrument (namentlich Tasteninstrument oder Laute)
3. ein nicht genauer definierter Vorrat an Tee und Worten, der erst konsumiert werden muß, bevor man sich küßt

Die Glocken verstummten. Ich wartete noch und schloß die Augen. Nein, dies war der letzte Ton. Jetzt war ich an der Reihe. Jetzt warteten die Leute auf das Orgelvorspiel. Jetzt würde ich spielen. Meine rechte Hand zitterte etwas. Ich sah zu Josse. Sie lächelte und nickte leicht. Ich begann. Ich spielte das Choralvorspiel zu *Jesus bleibet meine Freude*. Ich fing langsam an, wurde zwischendurch etwas schneller, und zum Schluß hatte ich mich eingewöhnt und ein brauchbares Tempo gefunden. Josse nickte zustimmend.

Sie drehte sich um und intonierte bereits den Eingangschoral. Ich stellte die Gitarre vorsichtig ab und nahm neben der Orgelbank Platz, um besser ihr Spiel beobachten zu können:

Ihre Hände, die über das Manual wandern.

Ihre Füße, die in dicken Socken hin und her huschen.

Ihre Augen, die konzentriert auf die Noten blicken.

Ihre Hand, die ein Register rauszieht.

Ihre Hand, die ein Register reindrückt.

Ich hatte mir etwas von Bach gewünscht, und sie spielte als Ausgangsstück die kleine g-moll-Fuge, die so genannt wird, weil sie weder die große Fuge ist noch die ganz kleine, die schon fast nicht mehr gilt und nur für Anfänger gedacht ist. Diese sogenannte kleine Fuge ist schon ziemlich schwer zu spielen, weil sie groovt.

Ja wirklich, sie groovt.

Wer es nämlich nicht wußte, der wird es wissen, wenn er versucht, diese Fuge zu spielen: Bach ist Jazz.

Man muß aufpassen, daß man nicht zu tanzen anfängt, und das gehört sich natürlich nicht bei Old-Joe. Aber wie soll ich da still sitzen, wenn die Töne durch die Hände fließen, durch meine Beine in die Füße, in meinem Bauch federn, in meinem Hintern brummen, alle Gedanken fortziehen, Sätze aufblitzen und verbrennen lassen? Wenn Bilder in mir aufströmen wie küselndes Wasser, Regentropfen, Sonnensprenkel, Kaleidoskoplicht, kaum schnappbar, gleich wieder ein anderes Bild, ein anderer Ton? Bei mir über die Orgel müßten sie das Schild hängen:

Swing tanzen verboten

Anders würde ich kaum ruhig auf meinem Platz bleiben. Dabei ist es nicht einmal nötig, Bach jene Verwandlung anzutun, wie es Jacques Loussier einst tat. Nein, es ist Old-Joe himself. Das panta rei seiner Musik. Ein Fluß der Töne, bei denen spürbar wird, was Fuge heißt: Flucht! Gedankenflucht! Flucht nach vorn! Bach klingt in den seltensten Fällen komponiert, anders als Beethoven, der Verbündete meiner Kindheit, der mich so oft gerufen hatte, wenn meine Eltern, einander anschweigend, am Eßtisch gesessen hatten, von wo ich mich mit der Bitte, aufstehen zu dürfen, ihre Antwort nicht abwartend, in mein Zimmer zurückgezogen hatte, um die Symphonien zu dirigieren. Beethoven, bei dem spürbar bleibt, wie die Struktur dem Genius abgerungen ist. Endgültig stehen seine Symphonien da, aus Stein gehauen für alle Ewigkeit, kein Ton weniger, aber auch kein Ton mehr. Bei Bach ist es, als trete der Komponist hinter seine Musik zurück. Bachs Musik ist eine Einladungskarte. Bach selbst ist ein großer Komponist und zugleich ein großer Gastgeber.

»Hej, wo gehst du hin?«
»Zu Bach!«
»Wow, dann nimm mich mit! Ist da noch Platz?«
»So viel Platz, wie Töne sind im Universum!«

Wo ich da so saß und Josse beim Spielen zusah, war ich ganz ruhig, aber in mir bewegten sich Galaxien.

Nach dem Gottesdienst nahm Josse mich mit nach Hause. Ihre Eltern hatten einen kleinen Neubau mit dunkelblauen Dachziegeln und weißem Klinker in der Händelstraße. Ausgerechnet Bach und Händel. Die zwei, die sich niemals begegneten.

Von dem Vorgarten des Hauses erinnere ich nur noch einen großen Spierbusch, der damals noch nicht zu blühen begonnen hatte, aber in den darauffolgenden Wochen mit dem weichen Duft seiner übereinandergeschichteten Schneefelder mich das Wort *jungfräulich* assoziieren und meine Hand im Vorbeigehen für einen ganz kleinen Moment nach dem Busch ausstrecken und über die Blüten streichen ließ. Dieser Gedanke machte mich etwas verlegen. Wie Josse es wohl auffassen würde, wenn ich sagte, ich fände, die Spiere habe einen jungfräulichen Duft?

Josse bugsierte mich mit einem kurzen Hallo vorbei an ihren beiden jüngeren Schwestern und dem noch jüngeren Bruder nach oben in ihr Zimmer unter der Dachschräge und hieß mich dort warten.

Ich saß auf dem Boden und sah mich um. Ein kleiner, einfacher Plattenspieler stand auf dem Teppich. An der Wand mit der Dachschräge hingen einige Plakate. Auf einem war das graubärtige Gesicht von Ernesto Cardenal mit der Brille und der Baskenmütze zu sehen. Ein Gedicht war zweisprachig abgedruckt. Ich sah vor Josses Bett einen aufgeschlagenen Ringblock aus grauem Recycling-Papier liegen, einen Füllfederhalter, der über den noch leeren Linien leicht zu schweben schien. Ich sah ein Photo mit seltsamen trüben Farben: Es zeigte ein junges Mädchen, höchstens zehn Jahre alt, unzweifelhaft Josse. Ihre Haare waren noch etwas heller. Sie stand vor einem großen Gebäude, das mir von irgendwoher bekannt vorkam. Ich konnte es nicht einordnen. Im Hintergrund waren hohe gotische Fenster, und man konnte dunkelrote Backsteinfarbe und Efeu erahnen. Ich hörte Schritte die Treppe hochkommen, rückte zurück in die Mitte des Raumes.

Als Josse den Tee auf einem Tablett brachte, kam ihr, sie wollte gerade mit dem Fuß die Tür randrücken, ihr Bruder hinterher. Ein Bengel von vielleicht zehn oder elf Jahren, ich mag mich irren, und er war schon zwölf, mit einem kurzgeschnittenen, dunkelblonden Pony. Neugierige Augen.

Angeblich suche er irgend etwas.

Josse schickte ihn wieder fort. Sie machte hinter ihm die Tür zu und setzte sich zu mir.

»Wie lange spielst du schon Gitarre?« fragte sie, während sie den Tee in die Cups goß.

»Ich hab wegen Mattens angefangen. Wir haben beim Fahrradfahren festgestellt, daß wir beide Lieder von Märte Kadinsky kannten. Seit zwei Jahren habe ich Unterricht für klassische Gitarre.«

»Und willst du später mal was mit Musik machen?«

54

»Was, ich? Das kann ich nicht!«

»Wenn du es willst, mußt du es versuchen. Sonst klappt es nie!«

Sie goß mir Tee nach. Ich sah auf Ernesto Cardenal an der Wand. Er sah sehr freundlich aus.

6

Am Sonntag darauf ging ich wieder zu Josse in die Kirche. Die Gitarre ließ ich zu Hause. Ich wollte nur Josse spielen hören und sehen, wie sie da saß auf der breiten Orgelbank, ihre Füße in dicken Wollsocken über die Pedale liefen, wie sie im Choralbuch oder in einem der großen Notenhefte blätterte.

Danach gingen wir am Allerufer spazieren. Stromaufwärts, wo die Böschung des Flusses anwächst, das Ufer im Grün verschwindet, je mehr man sich von der Innenstadt entfernt. Wo die kleinen Plätze mit den geheimen Sandstränden sind, bis die von Schilf und Bäumen umgürtete Uferzone eins wird mit weiten, sumpfigen Wiesen, auf denen das Gras und das Wasser hoch stehen und der Weg immer beschwerlicher bis ganz unmöglich wird. Stromabwärts, am Bollwerk entlang, wo die kleinen Häuser mit den schmalen Grundstücken fast bis ans Wasser reichen. Und manchmal, wenn der Schnee schmilzt, wenn der Regen steigt, kommt die Aller, um nach den Häusern zu sehen, gräbt sich mit ihren grünen Fingern einen Hafen und leckt an den Fundamenten. Und im Sommer sitzen manchmal abends Menschen dort wie an einem Kai, trinken Bier, rauchen eine Zigarette und sehen auf die dunkle Spur. Und manchmal liegt dort am Ufer ein Boot und lädt zur Mitfahrt ein. Und weiter stromabwärts, wo der Fluß schließlich, nachdem er wie zum Abschied an einer großen, dunklen Pappel und einer Bank vorbeigezogen ist, in einem weiten Bogen die Stadt verläßt, durch Wiesen sich windet Richtung Eissel, wo er möglicherweise die Weser treffen wird.

Wir folgten dem Fluß mit dem Finger auf einer Landkarte in einem großen Plexiglasschaukasten.

Mein Finger ein Strom.
Dein Finger ein Strom.
In der Landkarte unserer Hände, weißt du?

Josse und ich gingen zusammen in den Dom, wo wir eine ganze Weile in den dreifachen romanischen Bögen des Kreuzganges saßen. Mit den Händen fuhren wir, gleichzeitig unsere Finger in Kreisen aufeinander zubewegend und in Kreisen wieder voneinander entfernend, den beiden einander zugewandten labyrinthischen Schnecken nach, die, an die Form altgermanischer Fibeln erinnernd, in den oberen Teil einer Säule gearbeitet waren. Eine in Stein gehauene Allegorie der Tugenden befindet sich im Kreuzgang, dort, wo es weiter zum Dom geht, aber im Innenhof kann man auf einer niedrigen Steinmauer im Duft von kleinen Rosen und Lavendel sitzen und die neuen weißen Fenster in dem alten braunen Fachwerk bestaunen. Man sieht auch drei der großen gotischen, vielfach unterteilten Fenster des Doms. In die Mitte des Hofes, der früher der klösterliche Friedhof war, führen von vier Seiten kleine Wege, die sich zu einem andächtigen Kreis vereinigen. Das Einladende an solchen Orten ist, daß man dort schweigen kann. Diese Orte haben ihre Geschichte, die man nicht kennen muß und dennoch erspürt, als sei sie in die hellroten Ziegel der Mauern eingeschrieben. Man weiß, daß vormals schon – Jahrhunderte sind darüber verflossen – andere Hände das Schneckenmuster auf der Säule berührt haben. Man muß diese im Meer der Zeit versunkene Geschichte gar nicht kennen, will es vielleicht auch nicht. Wenn man still dort zu zweit gegangen ist, ist man selbst Teil dieser Geschichte geworden.

Beinah jeden Sonntag fuhr ich nun mit dem Rad zur Kirche und wartete auf Josse. Dann sagte ich zu ihr, ich wäre zufällig in der Gegend gewesen, aber das war natürlich dumm, das konnte ich schließlich nicht jedesmal sagen. Niemand fährt zufällig am Sonntagmorgen mit dem Fahrrad nach Verden, einer verschlafenen Kleinstadt mitten in Niedersachsen. Ich fuhr auch einmal so vorbei in der Händelstraße, mitten in der Woche, ohne Grund, und war ganz erstaunt, als sie überhaupt nicht erstaunt schien und mich hineinbat.

»Du hast Glück«, sagte sie. »Ich bin eben erst vom Orgelunterricht aus dem Dom zurück. Komm rein!«

Sie mußte ja denken, ich sei verrückt.

Wirklich, sie hatte gar keine andere Chance, als das zu denken. Sie hätte ja auch in der Tür stehen und fragen können, was ich wolle. Ich hatte mir mindestens zehn Antworten überlegt, und nun sagte sie einfach: Komm rein!

Wenn man Angst hat, der Tee könne beim Runterschlucken gluckern. Oder der Magen knurren. Oder daß man pupsen muß. Oder dauernd aufs Klo. Oder die Füße schlafen ein. Man weiß nie genau, wie man sitzen soll. Wenn man aus dem Fenster sieht und am Himmel Mondfische fliegen.

»Schau mal!«

Könnte ja sein, du findest auch ...

Was nicht bedeutet, daß das etwas zu bedeuten hätte.

»Weißt du, wer den Fächer der Seelilie bemalte, bevor sie aus dem Schiefer gebrochen wurde?«

»Früher war der Mond, es ist berechnet, näher der Erde.«

»In den Kratern findet man die Spuren versunkener Zeit.«

»Bei Tage, was selten ist, sieht man Meere und Berge.«

»Der Mond hat keine Atmosphäre.«

»Das All stirbt.«

»Das dauert noch, bis dahin hab ich Abi.«

Wir verstanden uns. Wir verstanden uns gut. Wir konnten zusammen schweigen.

Wir konnten dem Regen lauschen hinter dem halbgeöffneten Fenster.

»Fis-moll in Fünfachtel!«

»Bist du sicher?«

»Nein!«

»Magst du, wie es riecht, wenn der Regen beginnt, der Teer sich dunkel verfärbt?«

»Ja, das mag ich. Du wirst naß werden, wenn du jetzt fährst.«

»Das macht nichts.«

Wir hatten beide Namen, in denen Bäume vorkommen.

Andererseits:

Sie machte bald Abitur, ich schrieb noch nicht einmal Klausuren. Sie hatte schon einen Führerschein, ich hatte mir gerade ein neues Fahrrad gekauft. Sie hatte schon einen Freund oder nicht oder schon mal einen gehabt oder nicht. Ich fragte nicht danach. Besser nicht! Später!

Ich jedenfalls hatte noch gar nichts.

Ich hatte bleiche, mit roten Kratern übersäte Beine, versteckt in altmodischen Hosen, zudem war ich mindestens drei Jahre jünger als sie, daran würde sich so schnell nichts ändern.

Wenn ich aufs Rad stieg, ihre Haustür hörte, das In-den-Rahmen-Zurückfallen, das Stück Eisen, das sich ins Rechteck zwängt, den Raum versperrt, Josses Art, die Tür zu schließen, beinahe vorsichtig, wenn ich schon die Einfahrt des Hauses verließ, dann um die Ecke bog, jeder Mensch, jeder Zweig, jeder Stein konnte von meinem Gesicht die Verwandlung lesen:

Wenn ich von Josse kam, war ich ein Waldprinz, und meine Luftpumpe war eine Querflöte.

Wenn ich von Josse kam, war ich Paganini, und meine Luftpumpe war der Bogen.

Wenn ich von Josse kam, war ich Holtes de Vries, und meine Luftpumpe war eine Luftpumpe.

7

Am 5. Mai gab es bei uns Pfannekuchen mit Pindakaas, und mein Vater hißte zum Ärger unserer Nachbarn die niederländische Fahne. Stolz flatterte der rot-weiß-blau gestreifte Stoff, der doch nur ein Stukje über die Bäume hinaus lugte, im Wind, der Wolkenfelder eilig von Nord nach Süd schob. Das Jahr zuvor war Vater am 1. Mai mit uns an die See gefahren wegen meiner Bronchitis. Dieses Jahr hatte ich leider keine Bronchitis. Ich hätte natürlich lieber eine Bronchitis gehabt. Wir sangen für Kerst, meinen kleinen Bruder, *Klein, klein Kleutertje*, das ich auf Terschelling, »Mag ik alstublieft om een liedje vragen?«, von dem älteren Ehepaar mit dem Wohnmobil gelernt hatte. Kerst wollte am liebsten immer Urlaub auf Terschelling haben, und er liebte Pfannekuchen mit Pindakaas.

Er wollte, daß *Mams* ein Photo von uns machte: Kerst, Holtes und Papa de Vries vor der Fahnenstange mit einem großen Teller Pfannekuchen. Einen Moment überlegte ich, Josse einzuladen.

Hej, magst du Pfannekuchen, dann komm her.

Aber natürlich: Ich rief sie nicht an. Ich würde sie noch einladen. Später.

8

Einmal waren Josse und ich oben im Turm gewesen und hatten uns Geschichten über die verhungerten Spinnen erzählt. Die Treppe knarrte. Das grüne Notenbuch unter dem Arm, blieb sie stehen und sah mich an.

»Psst, die Treppe ist so laut«, flüsterte sie.

»Ja, ich hör das.«

So dicht beieinander.

Ihre Augen wanderten im Halblicht zu meinen Augen. Man kann sich immer nur auf ein Auge konzentrieren.

Zwischen ihre Nase und meine paßte nur noch das grüne Notenbuch.

Beinahe hätte ich etwas gesagt.

Sie: »Was willst du?«

Ich erinnere mich, wie einmal eine Taste festklemmte. Einem Vorwurf gleich, bildete sie zwischen den anderen Tasten eine tonlose Lücke.

»Oh, das ist sicher Buxtehude«, sagte Josse und begann die Holzverkleidung der Orgel abzubauen.

»Die Taste heißt Buxtehude?« fragte ich.

»Manchmal heißt sie Buxtehude. Wenn Buxtehude mir einen Streich spielen will.«

Josse drehte bereits an einer Schraube.

»Versuch mal«, sagte sie, während sie noch schraubte.

Ich drückte die Taste. Jetzt blieb der Ton hängen.

»Oh, das wollte ich nicht«, sagte ich.

»Aber das macht doch nichts«, lachte Josse, drehte noch etwas, und die Taste kam wieder frei.

»Willst du mal die Orgel sehen?«

»Die Orgel sehen?«

»Komm mit!«

Sie führte mich um die Orgel herum und öffnete eine Holztür.

»Komm«, sagte sie und ging vor.

Wir zwängten uns in einen kleinen Raum mit Pfeifen. Sehr nahe dabei ihr Haar, der dunkelblonde Grasgeruch, das unfertige Getreide, das zum flüchtigen Rüberstreichen reizt.

»Hier wohnst du?« fragte ich.

»Hier wohnen ein paar Geister. Ich besuche sie zuweilen.«

»Buxtehude!«

»Unter anderem!«

Ich drehte mich um und besah mir das Orgelwerk von allen Seiten.

»Der Geist von Old-Joe«, sagte ich.

Da war der große Balg mit den Gewichten.

»Was sind das für Steine?« fragte ich und wollte einen nehmen. Es waren ganz gewöhnliche Steine, solche, die man auch zum Hausbau verwendet.

»Halt, nicht!« rief Josse. »Du verstimmst die ganze Orgel.«

»Was? Mit dem Stein?«

»Der Stein regelt den Winddruck. Wenn der Winddruck sich ändert, ändert sich auch die Intonation der Orgel.«

»Ach so, ich verstehe«, meinte ich und verstand kein Wort.

Josse zeigte mir die Traktur, die Hebel, die zu den einzelnen Pfeifenregistern führten. Die meisten Pfeifen waren rund und aus Metall, manche aber waren auch ekkig und aus dunklem Holz. Ein unverständliches Durcheinander. Mitten in der Orgel stand zudem noch eine Leiter.

»Schnappst du das?« fragte ich verwirrt. »Ich meine, schnallst du, wie das alles hier zusammenhängt?«

»Meistens«, sagte Josse. »Meistens.«

Manchmal ertappte ich mich dabei, wie ich an sie dachte, wenn ich morgens auf dem Rad saß und zur Schule fuhr. Ich dachte an sie, wenn ich sah, wie die Frau in dem Haus mit dem winzigen Wintergarten und davor noch dem Baum, der seine Zweige über die kleine, helle Kieselsteinmauer reichte, die Vorhänge aufzog. Oder ich dachte an sie, wenn der Bus hielt und die Pendler und die Kinder verschluckte. Oder ich fragte mich, ob ich sie in der ersten oder erst in der zweiten Pause treffen würde, gerade in dem Moment, wenn ich an dem dunkelroten Kaugummiautomaten, wo man auch Ringe aus Plastik ziehen konnte, vorüberfuhr. Ich war mir sicher, daß wir uns zufällig begegnen würden, wenn ich die Biegung der Aller sah, gewahr wurde, wie das Wasser die Farbe des Himmels zurückwarf, als hätte der Fluß genug Licht für alle Zeit. Dann, in der Schule, ging ich scheinbar ziellos die Treppen, bald die eine nach oben, bald die einen Flur weiter folgende wieder hinunter. Ich verteilte meine Gedanken in die Gänge, schickte meine Ohren die Treppen hinauf, ließ meinen Blick entlang der Säulen irren, wanderte die Bereiche entlang. Unauffällig. Dann wieder ertappte ich mich, wie meine Bewegungen hastiger wurden, wenn die Pausenklingel ihr Signal gab, um mich herum bereits das Rücken mit den Stühlen begann, während doch noch etwas notiert werden mußte von der Tafel. Unsauber mit dem Füller, eher einer Kurzschrift ähnlich, die später ich selbst oft nicht zu entziffern vermochte, und eher geritzt als geschrieben. Hier ein Datum, da ein Satz, hier eine Gleichung. Ich preßte die Kappe auf den Füller, schlug ein Buch zu, sprang von meinem Platz auf und verlangsamte dann bewußt meinen Schritt, meinen Puls, meine Gedanken, bevor ich hinausschwamm in die Korridorflut der Schüler. Manchmal löste ich Josse aus einem Gespräch, traf sie mit Annette oder Flying-V auf dem Gang klönend. Manchmal ging ich geschäftig vorbei. Manchmal fand sie mich, mit Blick und Worten eine Geste des Einhakens formend, nahm mich mit auf ihrem Weg, eine Treppe, einen Flur entlang. Ich folgte ihr durch das Labyrinth der Schule bis zu einem Zimmer, wo ich eigentlich gar nicht hinwollte. Ich fand sie bei den Rädern, wenn sie rüber mußte zum Domgymnasium. Ich traf sie in der kleinen Bücherei im Keller mit einem Buch von Shakespeare in der Hand. Wir saßen auf dem Sofa im Treppenhaus, da, wo sich Oberstufe und zehnte Klasse berührten. Manchmal hatte sie Noten dabei.

Einen Sonntag fragte Josse, ob ich ihr beim Nachspiel registrieren könne. Sie wolle die f-moll-Chaconne von Pachelbel spielen, ein einfaches, aber in seiner Einfachheit ungleich kunstvolles Stück.

Seine schlichte Polyphonie und besonders die Echowirkungen, die man mit den Wiederholungen und den Variationen erzielen kann, wirken wie ein langes Gespräch zwischen zwei Menschen über die eine wichtige Frage. Der immergleiche Baß ist das unabänderliche Schicksal, das Zeitfenster, vor dem alles abläuft, vor dem sich die zwei begegnen, zueinanderfinden oder nicht.

Ein Mantra, das sich im Kopf immer weiter wiederholt, auch wenn die Musik bereits verklungen ist. Man wird nachts wach, denkt, man hätte geschlafen, aber man hat gar nicht geschlafen, nur ein Teil von einem, denn der andere Teil war die ganze Zeit wach und hat das Mantra gesungen.

Das Mantra hat den Mond angelockt.

Es ist hell draußen. Eine ernste Helligkeit, so daß man nicht schlafen kann. Alles ist in weißes Licht gekleidet, die Bäume, die Silhouetten der Häuser mit den glänzenden Wänden.

Man kann es nicht abstellen.

Weder das Mondlicht noch die Musik.

Da sie mit dem Stück fertig war und die Noten, ein älteres Heft mit bräunlichem Papier, zusammengelegt hatte, fragte ich: »Ist das schwer?«

»Orgel spielen, oder was meinst du?«

»Ja, mein ich, Orgel spielen, mit den Füßen und so.«

»Willst du mal versuchen?« Sie rückte etwas nach links und zog einige Register. »Komm, setz dich!«

Ich setzte mich zu ihr auf die Orgelbank.

»Sieh: Diese Zeichen hier sind für die Füße. Das ist der rechte Fuß, und das ist der linke. Das bedeutet Spitze und das Hacke. Klar?«

»Klar!«

»Na, dann spiel einen Ton mit dem Fuß.«

»Welchen denn?«

»Ganz egal, irgendeinen!«

Ich trat mit dem Fuß irgendwohin. Ich glaube, es war ein D. Der Ton war laut und brummig. Ich hielt den Fuß einen Moment auf dem Pedal, dann ließ ich den Ton los.

»Nun paß mal auf, spiel noch einmal denselben Ton«, forderte Josse mich auf.

Während ich wieder spielte, schob sie nacheinander, bis auf ein einziges, alle Register rein. Die Klangfarbe veränderte sich, wurde leiser, bis nur noch ein federnder, beinahe unhörbarer tiefer Ton übrigblieb.

»Na, wie klingt das?« flüsterte sie.

»Spööksch«, sagte ich genauso leise.

»Das kommt aus der Tiefe, so wie ein Bordun. Oder eine tiefe Stimme, die immer da ist. Du hörst sie nicht, aber in der Tiefe bebt sie vor sich hin.«

Ich ließ den Ton los.

Josse sagte: »So, nun wollen wir mal sehen!«

Sie begann, in dem schmalen grünen Band mit den kleinen Bach-Präludien zu blättern. Sie schlug ein Stück auf und sagte:

»Hier, dies Präludium, das solltest du mal versuchen. Das ist nicht schwer.«

Dann zog sie erneut einige Register und sah mich an.

»Soll ich?« fragte ich.

»Sicher sollst du«, sagte sie.

Ich blickte nach vorn auf die Noten, suchte mit den Händen und den Füßen. Sehr langsam probierte ich die ersten Takte.

»Du kannst es ja ein anderes Mal wieder versuchen. Ich mach dir eine Kopie, dann kannst du es üben.«

»Hast du heute noch Zeit?« fragte ich hastig.

»Ich muß auch noch üben. In vier Wochen habe ich Aufnahmeprüfung.«

»Was für eine Aufnahmeprüfung?«

»Für Orgel, ich will Kirchenmusik studieren.«

»Du bist nicht mehr lange in der Schule?«

»In zwei Wochen ist schon Abi-Feier.«

»Und wo gehst du hin?«

»Kommt drauf an, wo ich einen Platz bekomme.«

Diesen Tag ging ich alleine spazieren, einen langen Weg an der Aller entlang. Ich ging allein den Weg, wo der

Giersch kleine, leuchtende Sternhaufen im grünen Dik-
kicht bildete. Ich schob allein meine Spur durch das Wie-
senschaumkraut. Die einsame zweifache Spur, die das
Profil in den Sandweg schneidet. Ich fuhr allein durch
die blühenden Gärten. Ich sah allein das Vorspiel des
Sommers. Die violette Klage im Flieder, wo die Spinne
vorm Radfahrer sich duckt.

9

»Stört dich das, wenn ich rauche?« fragte Mattens und packte seine Pfeife und den Tabak aus.

»Nej, wenn's nicht die ganze Zeit ist.«

Ich stellte die Kassette mit Sugar Mountain an. Wir saßen in meinem Zimmer gerade bei einer Kanne Wildcherry.

»Was ist das denn für ein Knaster?« fragte ich, als Mattens bereits reichlich Rauch fabrizierte. Es roch nach Tannennadeln.

»Ach, frag mich nicht, das hilft mir nachdenken«, antwortete er und lehnte sich an meine Zimmerwand.

Während er ruhig und bedächtig an seiner Pfeife sog, hob ich die blaue Landschaft mit dem umflochtenen Griff vom Stövchen und goß uns beiden nach.

»Sag mal«, begann ich nach kurzer Zeit, »du bist doch fast fünf Jahre älter als ich.«

»Jo, das kannst du wohl sagen.«

»Hm, dann kannst du mir ja das ein oder andere vielleicht mal erklären.«

»Was willst du denn wissen?«

»Ja, das mit den Frauen. Ich verstehe das nicht.«

»Ich dachte immer, du wüßtest das besser als ich. Hast dich verliebt, was?« fragte er.

»Och, ich wollt nur mal so fragen.«

»Was denn?«

»Wenn du ein Mädchen gern hast: Gehst du dann hin und sagst ihr das so einfach? Und wie machst du das?«

»Ich dachte eigentlich, das könntest du mir mal erklären. Wer von uns beiden ist denn hier der poetus musicus!«

»Was hat das denn damit zu tun?«

»Mir fällt das bannig schwer, so was zu sagen. Meist schreibe ich 'nen Brief, nachdem ich mich schon ein halbes Jahr zum Pannkoken gemacht habe. Ich hab dir doch von dem Mädchen aus unserem Studentenwohnheim erzählt.«

»Ja, hast du. Und, gibt's was Neues?«

»Tja. Ich hatte so von einer Freundin – so über zwei Ekken, verstehst du? –, also, ich habe gehört, daß sie mich zumindest ziemlich gut leiden kann. Na, nun habe ich so lange gezögert, mich zum Pannkoken gemacht und rumgedruckst und ihr letzte Woche 'nen Brief geschrieben und mit der Post geschickt. Und Freitag, bevor ich nach Hause gefahren bin, da erzählt sie mir, daß sie nun schon einen anderen Freund hat. Tja, so is dat.«

Er zog bedächtig an seiner Pfeife.

»Aha«, sagte ich. »Nun weiß ich Bescheid. Hat mir geholfen ..., glaube ich.«

»Wenn dir so schnell zu helfen ist.«

»Ich glaube, dein Knaster taugt nichts.«

Wie schrecklich Abifeiern sind, wenn in der Aula das Schulorchester mit schiefen Geigen *Jesus bleibet meine Freude* spielt und auf der Bühne Lehrer in ironischen Liedern besungen werden. Die roten Vorhänge seitlich der Fenster sind zu Garben gebunden. Draußen beginnt gerade erst der Vorsommer. Die Luft riecht überall nach frisch gemähtem Gras. Man sitzt weit hinten in einer der oberen Reihen auf einem blauen Stuhl und schaut, und das Mädchen, das man gerade erst entdeckt hat, sitzt am Flügel, und gleich wird sie nach vorne auf die Bühne gehen, weil B ziemlich weit vorn ist im Alphabet. Sie wird ihr Abschlußzeugnis entgegennehmen, und ich werde froh sein, wenn ich nicht tot umfalle in diesem Moment.

Man wird ganz heiß im Gesicht. Man sieht sie mit dem Zeugnis wieder hinter dem Flügel Platz nehmen. Wie sie ihr Zeugnis auf das Pult stellt, als seien es Noten. Man entdeckt ihre Eltern ungefähr in der Mitte des Saals, etwas weiter links.

Danach rauschen die Namen an einem vorbei, man schaut aus dem Fenster, vorbei an den roten Vorhängen über die gegenüberliegenden Dächer, und hört auch schon gar nicht mehr wirklich, wie der Abi-Chor singt: »In der Bar zum Krokodil, am Nil, am Nil, am Nil ...«

Ich habe es noch nie erzählt, aber ich bin tatsächlich an jenem Abend spät zu ihrem Haus gefahren. Ich klingelte nicht. Ich ging auch nicht um das Haus herum, um zu sehen, ob in ihrem Fenster Licht sei. Wirklich nicht.

Ich sah nicht, daß im Garten unter dem Kirschbaum einige Margeriten vom Rasenmäher verschont geblieben waren. Die Kirschen waren noch ganz klein und gelb.

Es war kein Licht an, im ganzen Haus nicht, alles war ruhig. Ja, so war es.

Ein paar Tage später wählte ich die vier Zahlen auf der Drehscheibe. Das Telephon klingelte nur zweimal.

Tüüt -Tüüt!

Dann hörte ich die tiefe Stimme von Josses Vater.
»Barkholt?«
»Ja, hier ist Holtes de Vries. Ist Josse da?«
»Einen Augenblick. Ich rufe sie. Wie war der Name?«

»Holtes. Holtes de Vries.«

»Moment!«

Am anderen Ende der Leitung wurde der Hörer hingelegt. Ich hörte Schritte. Wenig später kam sie ans Telephon.

»Hej?«

»Na, wie geht's?« fragte ich.

»Ja, gut! Ich habe heute Post bekommen. Ich hab die Prüfung bestanden.«

Der schwärmerische Ton in ihrer Stimme. Glücklich!

»Ja?« fragte ich.

»Ich habe einen Platz in Freiburg bekommen.«

»Freiburg? Oh, das ist aber weit weg.«

»Das ist aber eine schöne Stadt!«

»Und wann fängt das an?«

»Oh, das ist im Oktober.«

»Hast du Zeit? Können wir uns treffen?«

»Im Moment nicht. Ich fahr nächste Woche weg.«

»Oh, wo geht's denn hin?«

»Nach Dalarna!« sagte sie fröhlich.

»Ja, denn: Hälsa vänligt! Grüß die Trolle von mir, aber nur die lieben.«

»Und du? Was machst du? Wie geht's dir?«

»Ja, was soll ich machen? Ist ja noch Schule. Ich wollte dich eigentlich zu meiner Mittsommerfeier einladen.«

»Du machst eine Mittsommerfeier?«

»Ja, nur so 'ne kleine.«

»Wer kommt denn?« fragte sie.

Ich sagte: »Ja, vielleicht Mattens. Ich weiß noch nicht. Du bist eigentlich die erste, die ich fragen wollte.«

»Ist aber lieb, daß du mich einladen wolltest.«

»Wann kommst du denn wieder?«

»Ich ruf dich an.«

»Schreibst du?«

»Mal sehen. Hast du das Präludium geübt?«

»Noch nicht.«

»Tu das mal.«

Sie sagte das, als gäbe sie mir eine Aufgabe.

»Ja, denn. Alles Gute und so«, sagte ich.

»Ja, alles Gute. Und danke, daß du angerufen hast.«

»Danichfür.«

»Adjüs!«

»Adjüs.«

Ich wartete.

Dann sagte ich: »Du mußt als erstes auflegen.«

Sie sagte: »Na gut, adjüs!«

Dann legte sie auf, und aus der Leitung kam der kurze, drängende Ton ...

10

Ich wartete und wartete, ob eine Karte käme.

Das gläserne Licht und die Schafskälte des Morgens, die in der Hose an den Beinen hochkriecht. Das Spurenlesen im brüchigen Gewölk und der endlich warme Nachmittag. Die Verlängerung des Abends ins Zeitlose, wenn der Himmel sich geöffnet hat.

Mittsommer gingen Mattens und ich alleine an die Aller. Mattens hatte eine Flasche Met mitgebracht, und wir hatten uns jeder einen Kranz aus dünnen Birkenzweigen, Lindenblüten, Kornblüten und Margeriten gebastelt, den wir nun auf unseren Köpfen trugen. Wir dachten, früher hätten die Menschen das so gemacht, wenn Mittsommer war. Wir hatten uns vorgenommen, so lange zu schweigen, wie es dunkel sei. Es wurde aber nicht wirklich ganz dunkel, jedenfalls vermeinten wir immer noch irgendwo einen Schimmer am Horizont zu sehen. So beschlossen wir irgendwann, sicherlich war es schon fast Mitternacht, nun sei doch die dunkelste Stunde und es wäre an der Zeit, still zu sein. Zu lauschen. Zu warten auf das Licht.

Fast unhörbar der Fluß.

Tiere auf einer Wiese am jenseitigen Ufer.

Pferde oder Kühe.

Schemenhaft der Baum, halb Holz noch, halb schon Gespenst. Takelage eines gestrandeten Schiffes. Mittsommertentakeltroll. Zu wirrem Geäst erstarrter tausendhändiger Elbe. Unmerklich langsames Winken eines nächtlichen Königs.

Die Vögel hatten schon lange zu singen begonnen, ehe Oberon sich in eine Eiche zurückverwandelte und aus dem Halblicht der Nacht die klare Flüssigkeit des frühen Morgen wuchs.

Ich fragte: »Hörst du? Schon die ganze Zeit. Was sind das für Vögel?«

Mattens sagte: »Damit grenzen sie ihre Reviere ab.«

Weil mir kalt wurde – ich spürte es mit einemmal, die ganze Nacht hatte ich nicht gefroren, aber jetzt war es kalt, jetzt, wo das Licht zurückflutete –, erhob ich mich und schmiß meinen Kranz in einem weiten Bogen in den Fluß. Frier das Geräusch in dir fest, wie das Birkenreisig das Wasser berührt. Gleich ist der Kranz schon fort. Könnte ja sein, er schwömme bis Dalarna.

I Dalarna finns många traditioner bevarade.

Svenska är en gren av den germanska språkfamiljen. Könnte ja sein, daß in der Biegung des Flusses eine Nymphe wohnt.

O Huldra, var snäll och hälsa på min flicka.

Der Kranz blieb aber bereits in der nächsten Kurve am Ufer hängen. Ich mußte mit einem langen Stock nach ihm angeln und ihn befreien, damit er seine Reise weiterführen könnte.

Mattens fand das sehr komisch.

Ich nicht. Ich hatte Schiß, ich würde ins Wasser fallen.

Während wir uns auf den Heimweg machten, durch Holunderdolden und Gerüche mir namenloser Büsche, wurde es bereits taghell.

Das flüchtende Geräusch des unentdeckten Tieres ins Dickicht. Wir erschraken.

Was war das?

Weiß ich nicht!

Wir mußten unvermittelt lachen. Vielleicht, weil wir so müde waren.

Ende Juni begann es zu regnen.

Der Sommer, gerade begonnen, schien schon vorbei.

Zur Unzeit war der Winter zurückgekehrt. Lotende Gräue, die das Licht in Falten zwängt.

Warteschleife des Regens ...

Regen, der über Nacht die Kühle sammelt. Regen, der den fünfblütigen Geruch aus der Luft siebt. In den Oasen der Lichtfalze um so intensiver der Duft der Rose am Wegrand. Wie zur Entschuldigung.

Und sie ruft nicht an!

11

Ich lebte zurückgezogen in meiner Kammer und spielte Gitarre. An Orgelunterricht war nicht zu denken. Ich konnte froh sein, daß mir meine Eltern den Gitarrenunterricht bezahlten. Denn ich wußte, daß unser Geld knapp war. Ich wußte auch, daß sie sich nicht so vertrugen, wie es hätte sein sollen. Ich dachte: Wahrscheinlich halten sie durch bis zu meinem Abitur, und das war's dann. Ich kann mich nicht erinnern, sie jemals Hand in Hand gesehen zu haben, nur manchmal scherzten sie wie ein Paar, wenn Gäste da waren, mein Vater für Mams' beste Freundin, *Bitte bedräng Ursula nicht wieder mit deinen Stäbchen,* oder einen alten Freund von der Fachhochschule, *Der Gerber ist jetzt auch schon geschieden,* in seinem Wok süß-sauer gekocht hatte. Dann versuchte mein Vater verlegene Komplimente, lobte einen selbstgeburdaten Rock, die Kürzung der Haare, das falsche Feuer über dem dunklen Abgrund – die rote Pappschachtel war mit dem Bild einer Orientalin mit vollen, runden Hüften bedruckt gewesen, Vater hatte gesagt: *Weil du von Hare Krishna, dem Rammdösigen, betrommelt worden bist.* Mams hatte nicht gelacht, es versprach kein fröhlicher Abend mehr zu werden, gleichwohl sich Paps bemühte – unbeholfene Annäherungen, für die er nachher, die Stimme leise, mehr nach innen gekippt, Rechenschaft abzulegen hatte. *Nein, du bist nicht mein Besitz. Du hast mich falsch verstanden.* Mams' Mama stieg hinab zu uns. Das dumpfe Zuschlagen der Haustür, das kurze Stottern der Autozündung, das laute Gespräch meiner Mutter hatte sie angelockt. Ein ausgedörrter Wels durchschwamm unsere Küche. Ich trug die halb durchsichtigen Glasteller zum Abwasch. Eine Strandgutsammlerin legte ihren Finger auf die erkaltete Platte des Herdes. Wer denn dagewesen war? Ob denn niemand mehr Kartoffeln kochen könne? Im Wohnzimmer wuchs ein Vollmond aus Papier auf dem Fenster, tauchte im Aquarium. Paps stellte das Licht über dem Wasser an. Der Mond verlosch.

»Man stelle sich vor, man werfe zur Hochzeit nicht Reis, sondern Kartoffeln!«

Wozu Mamsma ihre Stimme aus dem Off grundeln ließ: »Das machen die Amerikaner so. Wir haben keinen Reis geworfen. Dafür blieb man früher zusammen. Habt ihr eigentlich Ameisen? Ihr müßt aufpassen. Die Viecher kommen aus allen Ritzen.«

Und im Vordergrund:

»Was meinst du mit ›auch schon geschieden‹?«

Niemals hörte ich meine Eltern nachts. Ich kann mich erinnern, wie ich einmal als Kind, halb nur auf dem Weg zum Klo, stehengeblieben war, halb gelauscht hatte, nicht hatte lauschen wollen. Ich stand nächtens mit nackten Füßen im Flur auf dem dunkelroten PVC, das Fliesen nachahmte und an dem meine Füße klebten. Ein Junge aus meiner Klasse hatte berichtet, er habe seine Eltern gehört, und so stand ich einen Moment angespannt vor dem Schlafzimmer, den Blick auf den fahlen Rahmen der Badezimmertür gerichtet, und wollte nichts hören. Ich war froh, nicht in die Verlegenheit zu kommen, etwas zu hören, und war dennoch stehengeblieben, um zu lauschen. Niemals hörte ich meine Eltern, nicht damals, auch nicht später.

Manchmal, in diesem Jahr gehäuft und mehr als früher, schien mir, saß mein Vater eine volle Stunde, ohne ein Wort zu sagen, vor seinem Nordseeaquarium. Kerst mochte das Aquarium sehr, aber ich dachte, warum, wenn schon, muß es ein Nordseeaquarium sein? Warum konnte es nicht eins sein mit bunten Korallenfischen, mit Seeanemonen und riesigen Rotfeuerbarschen? Niemand sonst hatte ein Nordseeaquarium, und es war mir ein wenig peinlich, wenn ich mir vorstellte, ich würde irgendwann zu Josse sagen müssen: Und hier ist unsere Scholle.

Wenn Vater in seiner Nordsee-Einsamkeit versank, rauchte er zwei niederländische Zigarillos. Er rauchte sonst nicht, nur manchmal mit einem feierlichen Gefühl eine Petite Panatella, die er einer jener flachen hölzernen Schatullen entnahm, welche er sich aus Amsterdam schicken ließ. Dann öffnete er abends erst das Compaenenkästchen, dann das weite Fenster in seinem Arbeitszimmer und rauchte, wofür er die feine Zigarre altmodisch mit einem Streichholz entzündete. Wenn er aber, von diesem Ritual abweichend, vor der Nordsee saß und zwei Zigarillos statt wie sonst nur eines rauchte, dann kam er mir sehr weit weg vor. Einmal hatte ich ihn gefragt, ob er traurig wäre, worauf er mir dann antwortete, daß er nur müde sei. Er, der noch während des Krieges Geborene, schien mir immer noch auf der Flucht zu sein. Wie seltsam, sein Vater und er, sie hatten die gleichen Augen, aber sprachen kaum miteinander. Einmal hörte ich ihn zu meinem Großvater sagen: *Der ganze religiöse Mist hat noch keinen gerettet.* Meinen Großvater muß das sehr getroffen haben. Ich kann mich nicht erinnern, wie und ob er darauf geantwortet hat.

Als Kind, sagte mein Vater einmal, *wäre ich gerne Reiseschriftsteller geworden, aber mein Vater hätte mir die Ohren langgezogen.*

Diesen Satz sprach mein Vater damals ohne Zusammenhang zu mir, vielleicht nur, um mir mitzuteilen, wie gut ich es hätte, vielleicht auch, um mir zu sagen, daß es Wichtigeres gäbe als Musik. Handwerk, Landbau und Flundern, so war's in unserer Familie immer gewesen, und so hatte mein Vater erst Tischler gelernt und war später dann, ich war bereits geboren, zur Abendschule gegangen.

Er sammelte aber eine Menge seltsamer Dinge aus Asien, hauptsächlich aus China. Kleinode, die er in Geschäften kaufte oder sich mitbringen ließ und mit denen er sein Zimmer schmückte. Besonders erinnere ich mich an eine gerahmte Photographie, die einen alten, langbärtigen Mann mit europäisch geschnittenen, aber großen, dunklen Augen zeigte, der eine Tasse Sake trank und seinen Schnurrbart mit einer Art Löffel in die Höhe hob, so daß dieser nicht in den Reiswein gelangte. Es war ein Angehöriger des Ainu-Volkes, die als die Ureinwohner des nördlichen Japans gelten, eine eigene, isolierte Sprache besitzen und laut dem angelesenen Wissen meines Vaters Bären, aber auch Gottheiten der Wasserpflanzen verehren. Und er, mein Vater, der nicht religiös sein wollte und wenig sprach, führte zuweilen hinter verschlossener Tür laute Selbstgespräche mit einer indischen Buddhafigur. Der Erleuchtete, gekleidet in ein mit Drachen und allerlei Mustern verziertes Gewand, barfüßig im Lotus sitzend, ließ eine Hand auf dem Knie ruhen, während er auf der anderen Hand eine kleine Dose balancierte. Im Inneren der schweren Bronzestatue bewahrte mein Vater zuweilen eine Streichholzschachtel auf. Er stellte auch einmal kleine grüne Spielzeugsoldaten vor dem Buddha auf, so daß diese den für sie riesenhaften Mann mit Maschinenpistolen bedrohten. Der Buddha verblieb, davon ungerührt, die Beine kunstvoll verknotet, in seinem stets gleichmütig geduldigen Lächeln, und dies schien meinen

Vater zu beeindrucken. Jedoch beschwerte er sich eines Tages bei mir, daß er von der Buddhafigur nie eine Antwort bekäme.

Ich fragte ihn, warum er denn noch nie in Asien war. Und er antwortete nur: *Mein Sohn, ich habe Angst vorm Fliegen!*

Ich zweifelte keinen Moment an der Aufrichtigkeit dieser Antwort. Er fuhr ja nicht einmal Auto. Auch das schien ihm irgendwie gefährlich. Mams mußte ihn zu seinen Kunden fahren, und ihr war es peinlich. Was sollten die Leute denken? Ein Mann mußte Auto fahren.

»Ihr Männer immer mit euren Ängsten«, sagte Mams, »ihr Provinzteichglotzer. Als ob je eine Undine einem Karpfenteich entstiegen wäre. Wie habe ich es satt, noch immer in dem Dorf zu leben, in dem ich zur Schule gegangen bin.«

»Aber immerhin haben wir uns hier kennengelernt. Weißt du noch, wie wir uns draußen verquasselt hatten und ich dich dann mit zu meinen Eltern nahm? Wir hatten Sauerampfer auf dem Herd stehen. So was essen sonst nur arme Leute. Das war doch sehr romantisch.«

»Was war daran romantisch? Es hat geregnet.«

Zuweilen las er ein Buch. Seltsamerweise erinnere ich mich nur an *Die Geishas des Captain Fisby*. Dies ist um so erstaunlicher, da es lange hersein muß, daß Vater dieses Buch las. Ich war damals gerade erst in die Schule gekommen.

»Männerphantasien«, hatte Mams spöttisch den Titel kommentiert, und dieses Wort hatte sich bei mir festgesetzt, ohne daß ich so recht wußte, was meine Mutter darunter verstand. Mein Vater hatte mir damals zu erklären versucht, dieses Buch sei eine unbeholfene Annäherung zwischen West und Ost. Ich hatte daraufhin in meinem

Zimmer den Globus hin und her gedreht. Immer bewegte sich die andere Seite der Erde weg. Es gelang nicht, schnell genug zu drehen. Wie konnten West und Ost sich jemals annähern? Nachts träumte ich von einer Geisha. Ich sah ihr großes, rundes, weiß gekalktes Gesicht. Zu einer seltsam fremden Musik hörte ich ihre Stimme:

»Kannst du tanzen?«

Eine gewisse Zeitlang dachte ich noch über diesen Traum nach, schien diese Geisha mich zu begleiten, ja, ich hatte das unbestimmte Gefühl, sie wolle mir mit ihrer Frage auflauern, so daß ich mich vor ihrem Gesicht zu fürchten begann. Besonders wenn die abendlichen, von der Lampe scharf umrissenen Schatten durch das Arbeitszimmer meines Vaters huschten, fürchtete ich, ihr zu begegnen. Saß sie nicht dort im Halbdunkel hinter dem Mandarinenbäumchen, dessen kleine Früchte niemals ganz reif wurden, immer säuerlich schmeckten? Auch war meine Klassenlehrerin eine Frau mit schwarzen glatten Haaren und sehr dunklen Augen. Und obschon sie eine Brille trug, wer wußte, ob sie diese nicht abends zur Seite legte und ihr Gesicht mit irgendeiner geheimnisvollen Farbe, einem Puder, einer Creme, weißte? Zumal die bestimmte und direkte Art, mit der sie, erstaunt über meine Rechenkünste, mich ausfragte, wissen wollte, ob ich schon malnehmen könne, und auch ihre dunklen Augen erinnerten mich an jene Geisha aus meinem Traum. Schließlich fragte ich meinen Vater:

»Was machen eigentlich Geishas?«

Worauf er erwiderte: »Sie kochen Tee!«

Das war keinesfalls eine beruhigende Erklärung. Vater kochte auch Tee, Mams kochte Tee, und Mamsma trank so viel Tee, daß man eine Badewanne damit hätte füllen können. Es schien also auf die richtige Weise anzukommen, den Tee zu kochen. Dies machte aber die Geisha aus meinem Traum als mögliche Trägerin von Geheimnissen noch unheimlicher. Nach vielen Jahren, nach denen ich mich an das eigentliche Gesicht meines Traumes gar nicht mehr erinnern konnte, begann ich, das Gesicht der Geisha zu suchen, im flüchtigen Blick dunkeläugiger Frauen nach ihr zu forschen. Ich fand sie nie. Zuweilen blickte ich in die Tasse mit Tee, sah mein Gesicht im rotgoldenen Schimmer über dem hellen Porzellan verwandelt, stellte mir selbst, während die Klippe knisternd sprang, die Frage noch einmal und pustete dann über den Tee hinweg. Kleine Nordseewogen, die ich mit Sahne füllte.

Vater träumte davon, eine Ferienwohnung auf Terschelling zu kaufen. Ich bekam aber mit, wie unsere Mutter ihm öfters Vorwürfe machte, daß er zuwenig verdiene. Sie hatte übrigens auch unsere Terschellingkrabbe, die Vater, Kerst und ich am Strand aufgelesen hatten, weggeworfen, weil sie noch bis Mittsommer in einer Plastiktüte im Flur gelegen hatte, wo der Urlaub doch schon über einen Monat her war, und Mams meinte, die Krabbe begänne zu stinken, dabei hatten wir sie auf Terschelling mit dem Campinggeschirr ausgekocht.

Mams sagte: Würde Papa mehr verdienen, könnten wir mal richtig wegfahren, nicht immer nur in die Niederlande.

Mams sagte: Unsere Möbel sind verbraucht. Sie sagte: Der Putz an unserem Haus ist grau. Sie sagte: Der Garten nicht angelegt wie bei anderen Leuten. Sie sagte: Dein Vater interessiert sich für nichts. Manchmal sagte sie auch, wie dumm sie gewesen und daß sie auf ihn reingefallen sei.

Das hatte sie von ihrer Mutter.

Hätte meine Mutter nicht ausgerechnet den! – jaja, sie hätte den reichsten Bauern haben können, aber sie mußte ja zu diesem Flüchtlingssohn laufen, dem ängstlichen rotblonden Jungen mit dem Sommersprossenarm und der heiseren Ostpreußenstimme, der sich ein Faltboot baute, um auf der Aller nach Hause zu fahren. Aber von der Aller gelangt man nicht einfach so zum Haff, und es gab Dresche für den Fluchtversuch. Zu Hause, da waren sie arm gewesen, aber lange nicht so arm wie hier. Hier hatten sie ja nicht einmal einen Namen. Wenn man de Vries heißt, ist man kein Niedersachse und kein Ostpreuße.

Vaters Gesicht verwandelte sich, wenn die Sirenen losgingen, die Übungen waren an den Sonnabenden. Dann bekam er sofort seinen heimatlosen Gesichtsausdruck.

Vater sagte: Junge, was du auch tust, zieh nie in das Haus deiner Schwiegermutter! Wenn es sein muß, leb mit deiner Frau in einem Zelt, aber zieh nicht in das Haus deiner Schwiegermutter!

Wenn man auf den Wegen genau hinsah, konnte man erkennen, wie das Moos sich streckte, wie Flechten und Gräser die Steine auseinanderschoben, wie etwas ans Licht wollte, das noch halb schlief. Eine Traumzeit drückte von unten gegen die festgerüttelte Linie des Horizontes.

Ein Hurricane war vom Kassettenrecorder aufgestiegen, wirbelte durch mein Zimmer, und ich improvisierte sämtliche a-moll-Läufe, die ich irgendwann gelernt hatte, rauf und runter, bis jemand an die Tür klopfte. Ich hielt das Band an und wartete.

Es klopfte erneut.

»Was ist denn?« rief ich.

Die Tür öffnete sich.

»Mattens ist am Telephon«, sagte mein Vater.

Ich ging zum Telephon, und Mattens und ich verabredeten uns für die Zeit nach dem Abendessen.

Er kam, als wir noch am Tisch saßen. Meine Eltern mochten ihn. So ging es ihm mit den meisten Leuten. Wo wir hinkamen, war Mattens der gern gesehene Freund, bei den Eltern der Mädchen sogar der liebste Schwiegersohn, was aber nicht unbedingt bedeutete, daß er auch bei den Mädchen so einen Erfolg hatte. Aber er wußte sich auf eine beinahe altmodische Art zu benehmen. Es gibt Dinge in meinem Leben, die wären Mattens nie passiert.

Wir tranken noch zusammen mit meinen Eltern einen Tee, dann verkrümelten wir uns in mein Zimmer.

Das erste, was er fragte, als ich meine Tür hinter uns zugezogen hatte, war: »Stört es dich, wenn ich rauche?« Denn im Wohnzimmer durfte man nicht rauchen.

»Hast du wieder deinen Hippie-Knaster?« fragte ich.

»Nej, riech mal: Vanilletobak. Extra für dich!« sagte er ironisch.

»Laß dich nicht zwingen«, meinte ich.

Mit einem Streichholz zündete er sich seine Pfeife an, nahm einen langen, gurgelnden Zug und pustete sogleich, ohne den Rauch tief eingeatmet zu haben, einen dicken, süßlichen Schwaden in mein Zimmer.

»Ach ja, das ist was lecker. Ich sage dir: Wenn du erst mal studieren bist, geht kein Weg vorbei an einer schönen Pfeife. Anders bekommst du keinen klaren Kopf. Hier, guck dir das mal an: Ich habe immer Vokabelkarten dabei.«

Er holte aus der Brusttasche seines grünkarierten Baumwollhemdes einen Stapel kleiner weißer Kärtchen.

»Das hier ist Griechisch. Das ist noch schlimmer als Latein. Verstehst du etwas vom großen Aorist?«

»Wer ist das?« fragte ich.

»Ja, siehste! Das ist Grammatik. Und dieses Zeug hier, das muß ich alles lernen. Sonst wird das nichts mit der Theologie.«

»Ich bin froh, wenn ich erst mal mein Abitur habe.« Mattens pafte eine Zeitlang ruhig vor sich hin.

»Ich habe dir was mitgebracht«, unterbrach er sein Schweigen.

»Ja, was denn?«

»Das Bach-Buch, von dem ich dir erzählt habe.«

»Welches Buch?«

Er griff in den Baumwollbeutel, den er auf die Tagesdecke meines Bettes geworfen hatte, und holte ein dickes oranges Buch hervor.

»Na das von Albert Schweitzer. Stell dir vor: Bach hat mit zwei Frauen zwanzig Kinder gehabt – das macht auf jede zehn –, und trotzdem hatte der noch den Dusel, so viele Hits zu komponieren. Nur ich bin noch Junggeselle. Ich hab's durch, das Buch. Ist auch musikalisch ganz interessant. Da verstehst du ja mehr von als ich. Kannst dir Zeit mit lassen. Ich hab's, wie gesagt, durch.«

»Oh, danke auch!« sagte ich und nahm das Buch. Es wog schwer in meiner Hand. Der Schutzumschlag zeigte den Meister mit einer barocken Perücke, in der Hand ein zum Betrachter hingewölbtes Notenblatt. Auf der Rückseite des Buches hingegen war Albert Schweitzer abgebildet, schemenhaft an einer Orgel sitzend, die Hände zum Spiel bereit am Manual, sein Gesicht mit dem berühmten Schnurrbart und mit den Augen unter den buschigen Brauen halb am Beobachter vorbei in die Ferne schauend.

»Danichfür!« sagte Mattens.

Wenn sich die Wolke entzweit und den Blick freigibt, hat der Abend etwas Türkises, als sei der Sommer noch nicht entschieden. Es ist ein Geheimnis, von dem jeder weiß, welches mir aber niemand zu erklären vermag: Der Sommer fängt an, wenn das Licht wieder zu schrumpfen beginnt. Ich liebe es, ein Buch das erste Mal aufzuschlagen, und in mir wächst ein Stein, wenn ein schönes Buch zu Ende gelesen ist. Vielleicht habe ich mir deswegen angewöhnt, Bücher mehrmals zu lesen und nicht von vorne nach hinten, sondern kreuz und quer. So bleibt mir immer die Illusion, ich könne noch etwas entdecken, was ich noch nicht gelesen habe.

Das Bach-Buch von Schweitzer. Das habe ich immer noch. Ich las es und vergaß beinahe das Warten. Ich las es die folgende Nacht und die ganzen folgenden Wochen. Dabei las ich das Buch nicht von hinten nach vorn. Ich schlug irgendwo auf und las. Ich vermute, ich habe das Buch mehrmals kreuz und quer gelesen. Ich mochte Schweitzers altertümliche Sprache mit diesen urigen Formulierungen, Wörtern, die aus unserer Sprache verschwunden waren, seine Mischung aus, wie mir schien, Verliebtheit und Wissenschaftlichkeit. Ich spürte seine Begeisterung für Bach, seine tiefe Achtung, ohne daß er dabei pathetisch wurde.

Ich stellte mir Albert Schweitzer vor: mit einer fünfmanualigen Orgel im afrikanischen Urwald. Er spielt eine große Fuge. Die Affen brüllen. Riesige Zikaden schnarren einen ungeheuren Basso ostinato. Ein bunter Papagei landet auf einem 32Fuß. Es ist Bachs Geist. Die beiden ersten Menschen, flachschädelig, dunkel und nackt, treten aus dem Dickicht heraus, Hand in Hand starren sie auf den Mann mit dem riesigen Schnurrbart und dem Tropenhelm, der aus einer anderen Zeit zu ihnen geschickt worden ist. Albert Schweitzer ist fertig, und eine einzelne riesige Papageienfeder segelt auf seine Orgeltasten herab.

So stellte ich ihn mir vor. Ich weiß nicht einmal, ob es in Afrika Papageien gibt.

Am Tag nachdem Mattens mir das Buch gegeben hatte, kam er noch einmal, kurz vor seiner Abfahrt nach Göttingen.

»Na, schon gelesen?«

»Die ganze Nacht!«

»Bach, das ist schon eine große Musik. Für uns Theologen gibt es da viel zu lernen. Aber Beethoven. Das geht mehr in den Bauch!«

»Ja, das stimmt, in den Bauch, muß man Beethoven also mit dem Bauch denken?«

»Also, ich denke immer mit dem Kopf, und du?«

»Ja, ich, ich weiß nicht. Ich glaube, mehr so mit den Ohren und den Händen.«

»Aber die sind doch in deinem Kopf verschaltet, oder etwa nicht?«

Ich stand auf und legte eine Beethoven-Kassette in den Recorder. Es ertönte das Allegretto aus der siebten Symphonie. Mattens wußte, was jetzt geschehen würde. In den letzten fünf Jahren, seit dem Beginn unserer Freundschaft, hatten wir uns bereits mehr als hundertmal duelliert.

»Es kann nicht gutgehen, alter Freund«, sagte ich pathetisch, »wenn zwei Freunde die gleiche Frau lieben. Ja, ich will es dir eingestehen. Ich liebe dieselbe Frau wie du.«

Mattens stand auf.

»Das habe ich immer geahnt, du Schuft, daß du mich hintergehst.«

»Glaub mir, es ist mir schwergefallen.«

»Das kannst du jetzt sagen. So wollen wir das Schicksal entscheiden lassen.«

»Gibt es keinen anderen Ausweg?«

»Non posse, non peccare! Ich fürchte, nein, bei aller Liebe: Du weißt, daß die Ehre mehr zählt als die Freundschaft.«

Wir standen unter der alten Weide nahe der Aller.

Schnee lag auf den Wiesen, nur hier und da leuchtete das dunkle, vermoderte Gras auf. Schweigend breitete der Sekundant den kleinen Koffer mit den beiden Pistolen aus. Mattens wählte seine Waffe aus dem schwarzen Sammet. Ich nahm die andere mit einer langsamen, aber entschlossenen Bewegung. Wir stellten uns Rücken an Rücken auf. Zehn Schritte sollten wir gehen. Der Sekundant zählte.

Aber mein Zimmer bot nur für fünf knappe Schritte Platz. Dann stand Mattens bereits vor der Tür und ich vor dem Fenster.

Es hatte wieder zu schneien begonnen. Wir drehten uns um. Mattens hatte den ersten Schuß. Er zog den schweren Hahn des Vorderladers. Der Schuß krachte.

Forte!

Ich war getroffen. Ich taumelte.

Nun war ich an der Reihe. Ich sackte schon halb in die Knie. Mir war schwindelig. Ich schloß die Augen. Ich würde nach dem Gehör schießen müssen.

Ich spannte den Hahn. Ich schoß.

Forte!

Ich öffnete die Augen wieder.

Ich sah Mattens' Beine im Schnee. Ich sah an ihm hoch. Seine blaue Augen zuckten etwas. Auf seiner Brust bildete sich ein dunkler Fleck. Getroffen ließ er die Pistole sinken.

»Verzeih«, murmelte ich, stolperte nach vorne.

»Mein Freund, wo bist du?« rief Mattens und stolperte mir entgegen.

»Hier!« krächzte ich und warf die Waffe weg. Ich hielt mit einer Hand die blutende Wunde. Mich verließ die Kraft. Mir wurde schwindelig. Ich stürzte über Mattens' Tasse, noch halb voll mit Wildcherry. Der Freund stürzte mir in die Arme. Dabei zertrat er die Marzipanschokolade.

»Verzeih, Freund«, sagte er.

»Verzeih«, sagte ich. »Wie können wir so dumm sein. Ach, könnt Gott unser Schicksal ändern. Ach, könnten wir auf ewig als Freunde unter dem Himmel wandern.«

»Wenn Gott uns verzeiht, so wollen auch wir uns alles verzeihen«, röchelte Mattens. »So wie es Luther im vierten Katechismus geschrieben hat.«

»Freunde wollen wir bleiben, wie Gilgamesch und Enkidu«, sprach ich. »Weißt du noch, als wir damals in Rom studierten, unter mittelmeerscher Sonne? Was waren wir zwei für hoffnungsvolle Gestalten. Beinahe wären wir konvertiert, so schön war es in Italien.«

Wir stützten uns aufeinander, beschworen unsere alte Freundschaft, rutschten schwerfällig zu Boden. Ich spürte unter meinem Rücken, wie sich der Wildcherrytee mit der zerquetschten Marzipanschokolade mischte, und auf meiner Brust spürte ich schwer des Freundes Kopf.

»Um einer Frau willen. Das süße Mädchen mit den dunklen Augen und dem Feigenmund«, sagte er.

»Erinnere mich nicht daran. Wie weh tut noch die alte Wunde«, antwortete ich.

»Bist du noch da?« fragte er.

»Ja!« krächzte ich mit letzter Kraft.

Der Schnee fiel jetzt stärker. Mattens' Herz hörte auf zu schlagen und meines auch. Wir waren tot, bis die Streicher und die Holzbläser den letzten Akkord spielten.

Ich war entschlossen, Bach zu spielen, und so hatte ich mir die schwierigsten Stücke besorgt. Warum sollte ich meine wertvolle Zeit mit Studien vernüdeln, wo es galt, eine schöne Frau mit Fugen in Erstaunen zu versetzen?

Ich übte die Lautenfuge. Bei Bach sieht die erste Seite immer einfach aus. Ein kurzer Gedanke wird vorgestellt, zuweilen noch ein Kontrapunkt, und das alles klingt gleich recht eindrucksvoll. Doch bereits auf der zweiten Seite quält man sich durch die Mannigfaltigkeit unerschöpflicher Ausweichdominanten, und man versteht kaum, wie aus ein oder zwei Gedanken so ein Wirrwarr an Ideen entstehen konnte.

Meine Finger weigerten sich jedenfalls, etwas zu spielen, was mein Geist noch nicht begriffen hatte.

Ich quälte mich, und es klopfte wieder einmal an der Tür. Mein Vater kam herein.

»Telephon für dich!«

»Für mich?«

»Eine Frau«, sagte er und stellte mir den grünen Apparat vor die Füße.

Ich wartete, was nun geschehen würde. Vater sah mich an.

»Aber bring den Apparat nachher zurück ins Wohnzimmer«, sagte er und verschwand.

Ich griff nach dem Hörer, ohne die Gitarre zur Seite zu legen.

»Moin?«

»Ich bin das, Josse. Moin! Wie geht's?«

»Das ist ja was. Wo bist du?«

»Bei meinen Eltern. Ich hab doch gesagt, daß ich mich melden würde. Was machst du?«

»Üben, und du?«

»Hast du Zeit?«

»Ja, es sind ja noch Ferien.«

»Woll'n wir uns treffen?« fragte sie. »Ich hab ein paar Tage Zeit. Wir können was zusammen machen.«

Ich sagte nur: »Ja.«

Und sie: »Kommst du vorbei?«

»Wann?«

»Morgen, fünf Uhr, geht das?«

»Morgen, fünf Uhr. Abgemacht!«

12

Ich fuhr mit dem Fahrrad nach Verden. Die Bäume am Wegrand hatten grünere Blätter, der Lichtregen durch ihre Zweige war klarer als sonst. Alles schien klarer zu sein an diesem Tag. Korallenlicht.

Auf dem dunkelblauen Dach klebte ein Kuß aus Moos. Bald schon saßen Josse und ich in ihrem Zimmer. Ernesto Cardenal blickte wohlwollend wie immer. Josses Bruder kam herein. Er sagte, er suche irgend etwas. Josse schickte ihn raus.

Sie sagte: »Meine Socken haben ein Loch, und das sind meine besten Orgelsocken.«

»Tja, dann brauchst du wohl neue.«

»Du kannst mir ja welche zu Weihnachten stricken.«

Klick! Registriert! Niemals vergessen!

»Soll ich noch einen Tee machen?«

Einmal Bordun mit Bourbon-Vanille, Baby!

»Aber nur, wenn du auch willst.«

»Also ja. Ich geh gleich Wasser aufsetzen. Du kannst dir ja währenddessen etwas überlegen!«

»Etwas überlegen?«

»Ich hab ein paar Tage Zeit.«

Josse ging aus dem Zimmer. Ich hörte sie die lange Treppe hinuntergehen. Das dauerte eine Weile. Ich mußte an Albert Schweitzer denken und an Mattens' Buch und an die Geschichten über Bachs Jugend. Da kam mir die Idee. Ich dachte nicht, daß Josse ja sagen würde. Als sie wiederkam, stellte sie die volle Teekanne und eine kleine blaue Schüssel mit Keksen auf den Fußboden. Dann zog sie die Tür ran, nahm zwei Toncups aus dem Regal und setzte sich mir gegenüber auf den Fußboden.

»Magst du?« fragte sie, während sie den Tee eingoß.

Ja, aber das sag ich dir noch nicht. Später!

Ich nahm einen Keks und begann zunächst vorsichtig mit meinem Vorschlag: »Bach, der ist doch auch einmal im Norden gewesen.«

»In Lüneburg. So mit fünfzehn. Er war da zwei Jahre in der Schule. Es heißt, er sei da zu Fuß hingegangen.«

»Zusammen mit einem Freund, ja, ich weiß. Von siebzehnhundert bis siebzehnhundertzwei. Es gibt aber auch die Geschichte, er sei da hingepilgert, weil er unbedingt die nordländischen Orgelmeister hören wollte.«

»Das war später in Lübeck. Siebzehnhundertfünf. Er hat dort Buxtehude getroffen.«

»Wir könnten doch so 'ne Art Bachtörn machen. Wir gehen auch zu Fuß nach Lüneburg. Und danach weiter nach Lübeck.«

»Das klingt schön«, sagte sie. »Morgen und übermorgen habe ich noch was vor. Aber dann habe ich Zeit.«

Sie lächelte und nahm einen der Kekse aus der kleinen blauen Schüssel.

»Dat slumpt!« sagte sie.

Dat slumpt!
Halte am Radweg die Kornrade heilig.
Abgemacht!

Der hellblaue Blick meines Vaters wanderte oberhalb der Teetasse in meine Richtung. Ich erkannte meine Augen, nur etwas heller, und erkannte auch meine Haare, nur etwas dunkler und viel dünner.

»Was willst du machen?« fragte er. »Zu Fuß nach Lüneburg gehen? Wozu ist das denn gut?«

»Ja, wir wollen das so auf Bachs Spuren machen. Der ist auch mal zu Fuß nach Lüneburg gegangen.«

»Aber der kam sicher aus einer anderen Richtung!«

»Ja, aber das spielt keine Rolle.«

»Ich kann dir doch das Geld für'n Zug geben. Und für die Jugendherberge auch. Wenn du unbedingt nach Lüneburg willst.«

»Ja, Geld kann ich sicher brauchen. Aber wir wollen ja zu Fuß gehen.«

»Wozu willst du zwei Tage zu Fuß laufen, wenn du da in einer Stunde mit dem Zug hinfahren kannst.«

»Das verstehst du nicht!«

»Und wo willst du unterwegs schlafen?«

»Draußen, in den Wiesen und so. Ich geh ja nicht alleine.«

»Deswegen mach ich mir ja meine Gedanken, weil du nicht alleine bist. Heutzutage sind die Mädchen anders als zu meiner Zeit. Versteh mich bitte nicht falsch, ich meine eben nur, daß du an alles denken sollst.«

Hätte ich sagen sollen: Ich hab ja nichts mit Josse?

II

Air

1

Es war schon früh hell. Die Vögel in den Bäumen machten einen unvergleichlichen Lärm, im Halbtraum hatte ich sie gehört. Der Wecker hatte mich aus einem nur dünnen Schlaf geklingelt. Ich drehte Jethro Tulls *Bouree* amtlich auf, bis Mamsma mit dem Stock von oben auf den Fußboden hämmerte. Ich beschmiß mich im Badezimmer mit kaltem Wasser, zog meine neue Kordhose an, sonst trug ich immer dunkelgraue Flanellhosen, trank einen starken Kaffee und packte – immer noch mit ziemlich unausgeschlafenen Augen – schnell meinen kleinen Rucksack.

An der Haustür mußte ich meinem vierjährigen Bruder erklären, daß er nicht mitkönne.

»Bist du jetzt groß?« fragte er, als ich bereits in der Haustür war.

»Laß das, stell nicht solche Fragen! Was weißt du davon?«

»Die Leute gehen weg, wenn sie groß sind. Sie ziehen in andere Städte.«

»Aber ich komme ja wieder. Jetzt zieh die Tür ran!«

»Vater sagt, du bist ein Künstler. Nur Künstler gehen zu Fuß nach Lübeck.«

»So?«

»Wo wohnst du da in Lübeck?«

»Ich will nicht in Lübeck wohnen. Ich will mir da nur etwas ansehen.«

Ich klaute ihm die Nase.

»Hier, die nehm ich mit.«

»Laß das! Große Leute klauen keine Nasen.«
Ich steckte sie ihm wieder an.

»Ich muß los, ich komme zu spät. Tschüs.«

2

Im Sommer hat die Aller eine dunkelgrüne Farbe. Die Weide ist dort der vorherrschende Baum. Zwar finden sich auch Eichen, Ulmen und Linden, aber je näher man dem Wasser kommt, desto mehr wachsen Weiden überall. Zuweilen bilden sie mit Brombeerranken, Brennnesseln und dem hohen Schilf einen grünen Wall, der den Strom vor Blicken schützt. Man kann den Fluß dann riechen, ehe man ihn sieht. Zwischen den Bäumen begegnet einem bereits der weiche Geruch des Süßwassers. Ein Geruch, der nur anzudeuten scheint, daß dieser Fluß einmal noch Größeres vorhat, daß er in Richtung See fließt. Doch noch ist es kein Seegeruch. Es ist ein ganz eigener dunkelgrüner Süßwassergeruch, schon Meter entfernt vom Ufer spürbar.

Als ich an den Fluß kam, saß Josse, die Füße im Wasser, auf dem Stamm und wartete. Am Ufer hatte sie ihren Rucksack mit dem Zelt liegen. Die Socken und die Schuhe.

»Hallo, geht's los?« fragte sie.

»Ja«, sagte ich, und wir brachen sofort auf.

Durch Felder und Wiesen ging es geradeaus nach Nordost. Im Wald kamen die Mücken. Es duftete vom Harz der Kiefern. Ich sagte irgend etwas Unsinniges, irgend etwas, woran ich mich nun, Jahre später, nicht mehr erinnern kann, und Josse warf im Scherz mit einem Kienzapfen nach mir. Hinter Visselhövede mischte sich der Gesang der Vögel mit dem Gebingel und Geblöke der Heid-

schnucken. Und hinter Soltau kam noch das dammel-
dösige Gedööns der Panzer dazu. Und ewig rauscht die
Heide. Entlang der Luhe, bis es zappenduster war. Wir
fanden einen Platz an der Kante einer Wiese.

Josse schlief in ihrem Schlafsack. Und ich? Ich schlief
in meinem Schlafsack.

»Hör mal, das Getreide«, sagte Josse.

»Ja, ich hör das.«

»Ich glaube, die Snirren spielen ein Lied.«

»Die was?«

»Na die Grillen. Hör mal: Snirrsnirrsnirr. Klingt doch
wie eine Geige.«

»Was ist denn Snirren für ein Wort?« fragte ich.

Josse antwortete: »Hab ich grade erfunden. Schau mal
da: ein Glühwürmchen.«

Ich sah in die Richtung. Ein schwaches Glimmen, wie
eine liegengelassene Zigarette, lag da am Rand des Feldes. Nein, es war keine Zigarette. Es war etwas ganz anderes. Etwas viel zu Ätherisches, als daß es einem Menschen hätte aus der Hand gefallen sein können.

Ich sagte: »Vielleicht ist das eine besonders kleine
Sternschnuppe, die heruntergefallen ist.«

»Vielleicht«, sagte sie.

»Kennst du die Namen der Sterne?« fragte ich.

Josse drehte sich in ihrem Schlafsack um und sah nach
oben.

»Das ist Kassiopeia.« Sie machte eine kurze Pause. »Der
Große Bär.«

»In den heidnischen Zeiten haben die Leute dazu Wo-
danswagen gesagt.«

»Weißt du, in der griechischen Zeit, da meinte so 'n
Philosoph, den Namen habe ich vergessen, die Sterne,
die Sonne und der Mond, das alles mache immerzu Mu-

sik. Weil sich alles bewege, mache das auch einen Ton, und alles zusammen ergebe eine große Harmonie. Aber weil wir das von Geburt an immer hörten, könnten wir es nicht bewußt hören. Stell dir vor: Jeder Ton aus Bachs Präludien wäre Sternenstaub, der vom Himmel gefallen ist, direkt in seine Orgelpfeifen.«

Einmal, tief in der Nacht, berührte ihre Hand meine. Oder war es andersrum? Meine Hand berührte ihre Hand? Für einen Moment jedenfalls hielt ich meine Hand auf ihrer Hand. Schlief sie? Irgendwann drehte sie sich um und zog die Arme in den Schlafsack. Ich glaube, ich habe die Nacht fast gar nicht geschlafen.

3

Der taunasse Morgen mit dem Geruch von Getreide und Gras. So als wäre die Welt gewaschen worden, nachts in einem Traum.

Wir machten Frühstück, aßen etwas von dem Brot und dem Käse aus der Plastikverpackung.

Josses Hände, die den Geruch der Schafgarbe in die Luft streichen. Die Finger, die in die weißen Riffe tauchen.

Josses Haar, das aufblitzt, wenn sie den Rucksack zuschnürt.

»Weißt du, was ich heute nacht geträumt habe?« fragte ich, während wir dem Sandpfad folgten. »Ich habe geträumt, ich wäre in Freiburg am Hauptbahnhof. Du spieltest da Orgel. Mitten in der Halle. Die Leute liefen alle durcheinander, und du spieltest Orgel. So was! Dann auf einmal war deine Orgel im Zug. Was weiß ich, wozu. Ich wußte, daß der Zug gleich abfahren würde, und ich mußte die Orgel für dich aus dem Zug kriegen. Du warst nicht da. Aber die Orgel: Das waren alles kleine Teile: Pedale, Tasten, kleine Holztüren, die Trakturen, Pfeifen. Ich war bange, ich krieg das nicht hin. Dann auf einmal waren wir in meinem Zimmer. Und dann sind wir spazierengegangen, und du hast unterwegs Bier getrunken. So was ...«

Sie lachte: »Daß du von mir träumst.«
»Und du?« fragte ich.

4

Die Krustenechse ist giftig und kommt in der Lüneburger Heide nicht vor.

Behauptete jedenfalls Josse.

Dennoch fühlte ich mich nicht wohl, als ich barfuß durch das Heidekraut ging. Ich spürte meine Füße deutlicher als am vorherigen Tag. Unter dem linken Ballen schien sich eine Blase zu bilden. Meine Füße ermüdeten schnell. Sicher würde es morgen besser werden, wenn ich mich an das Gehen gewöhnt hatte, dachte ich, aber mir war klar, daß meine Schuhe nichts taugten. Dennoch zog ich sie bald wieder an. Wenn man barfuß geht und dies nicht gewohnt ist, geht man sehr langsam. Ich hatte das Bedürfnis, immer genau hinzusehen, bevor ich einen Fuß nach vorne setzte, sei es, daß ich sonst auf einen Stein, eine Scherbe, eine Biene treten würde.

Die andere Nacht in einem Schafstall: den Weg mit der Taschenlampe bahnen durch das nächtliche Geräusch der Tiere.

Im Heu liegen und denken: Wenn jemand kommt?

Den Wecker stellen. Sie, wie sie sagt: *Wenn dir kalt ist, dann kannst du ruhig näher rücken.*

Mir, dem kalt ist, aber nur ein wenig.

Ein wenig näher rücken.

Ich hatte natürlich vorher darüber nachgedacht, wie es sein würde, mit einer Frau zusammenzusein, aber um ehrlich zu sein, ich hatte es mir nicht vorstellen können.

Meine Gedanken waren darum gekreist, wie ich ihr gegenüber, wer immer sie war in meinen Träumen, meine Gefühle aussprechen würde. Allein das schon schien undenkbar schwer. Manchmal hatte ich mich der Vorstellung hingegeben, wie ich etwas ganz unglaublich Schönes zu einer Frau sagen würde. Dann, in meiner Phantasie, hatte sie, berührt von meinem Wort, geschwiegen, unsere Gesichter waren einander näher gekommen, aufeinander zugeflossen, ähnlicher geworden, von weitem betrachtet: zwei Liebende, die sich zum ersten Mal küßten. Das waren Geschichten. Sie hatten überhaupt nichts mit der Wirklichkeit zu tun, in der ich mich nun befand.

Mit dem Dicht-an-dicht-im-Heu-Liegen.

Ich wünschte, es wäre noch kälter. Am besten so kalt, daß unsere einzige Chance, zu überleben, darin bestünde, aus zwei Schlafsäcken einen zu basteln. Aber so kalt war es leider auch nicht. Es war angenehm kühl, eine sommerliche Kühle, die sich am Tag in den fensterlosen Mauern gesammelt hatte.

Josse und ich sahen uns lange an. Ich spürte es im Dunkeln. Ich machte die Augen zu, hatte aber das Gefühl, sie sei noch wach, und öffnete die Augen wieder. So ging es eine ganze Zeit. In der Nase den Heugeruch beim Einschlafen.

Die Gedanken durch den Heugeruch schwimmen lassen.

Weit fortgehen mit ihr im Traum.

Die Scherben des Nachtwaldes in meinem Kopf, als der Wecker schrillt.

Der Heugeruch beim Wachwerden.

Morgens mit der Hand zum Abschied über das Moos im Reetdach fahren.

Ich, der ich auf dem Weg für Josse, sie blickt derweil sehr ironisch, Luftposaune spiele, alles gebe, in die Knie gehe, den Zug in den Himmel strecke, das Sesamstraßenschlußlied virtuos nach oben transponiere.

Sie, die sagt: »Höher! Tiefer! Eins! Zwei! Das war falsch!«

5

Als wir nach Lüneburg kamen, war der Himmel grau
verhangen. Wir fragten uns durch und fanden bald die
St.-Michaelis-Kirche auf dem kleinen Salberg, dort, wo
Altstadt und Kalkberg aufeinandertreffen.

Der Platz rund um die rote Backsteinkirche war ge-
pflastert mit kleinen Findlingen. Sie führten als breit an-
gelegte Stufen den Hügel hinauf, als stände die Kirche
auf einer Bühne, und jeder der Steine hatte eine andere
Farbe und Form. Um die Kirche standen hohe, schmale
Lindenbäume. Wir umrundeten das Gebäude zur Hälfte.
An der Nordseite fanden sich die Reste des alten Klosters.
Diese Seite der Kirche war stark bewuchert mit Boden-
sträuchern und verschiedenen Bäumen, wovon ich nur
eine Kiefer in Erinnerung behalten habe. Eine große,
dunkle Tür schien ehemals in den Keller geführt zu haben. Sie war unerreichbar, versperrt vom Werk der Pflanzen. Einige Stufen neben der Kirche führten hinauf und
verschwanden, Geheimes andeutend, im grünen Dickicht
über dem Boden.

Wir besahen uns die Innenräume der baufälligen, vom
nachgebenden Boden leicht in sich gekrümmten Kirche.
Wir kamen mit dem Pastor ins Gespräch. Ich fragte, wo
das Internat von Old-Joe sei. Der Pastor sagte, daß das
Haus schon lange nicht mehr stehe. Er zeigte uns aber
draußen den Platz, wo das Internat gestanden haben soll,
direkt vor der Kirche. Wir bedankten uns. Müde dam-
melten Josse und ich durch die schmale Altstadt, zurück

in die Fußgängerzone. Wir gingen, dem Kopfsteinpflaster und den Steinplatten folgend, mal diesen, mal jenen
Weg, scherten uns nicht darum, wenn wir an einer Ecke
wieder herauskamen, an der wir schon gewesen waren.
Einmal, sie blieb stehen in einer Betrachtung und setzte
den Rucksack ab, nutzte ich die Gelegenheit, um einige
Schritte allein zu machen. Bei einem Gemüsehändler erstand ich, mit dem Gefühl, mit dem man sonst Rosen
kauft, eine kleine Packung Halva. Ich hoffte, sie würde
Halva mögen. Ich meinte, alle Frauen mögen Pistazien-
halva. Es dauerte etwas, bis wir uns wiederfanden, so daß
ich eine halbe Stunde umherirrte, denn ich hatte mich
weiter von Josse entfernt, als ich dachte. Ich fand sie nicht
unweit der Stelle, an der ich sie verlassen hatte, jedoch
war sie weitergewandert, schien ganz mit sich und ihren
Gedanken beschäftigt. Sie sah mich erst, als ich schon bei
ihr war, und sah doch ohne jede Anrede meinerseits auf,
als habe sie mich gespürt.

»Hej, da bist du ja!«

Ihr Gesicht hellte sich auf, als sie mich erblickte. Im
Nieselicht schimmerten ihre Augen grünlich. Wechseln-
des Licht im Spiegel ihrer Iris. Seewetterauge nannte ich
sie heimlich bei mir. Für kurze Zeit waren wir voneinander getrennt, doch vertraut geblieben, nicht aufeinander
angewiesen, doch aufeinander bedacht, und in diesem
Moment hatte ich das Gefühl, uns gehöre die Stadt, und
wir gehörten zu ihr. Wir besahen uns nahe der Ilme eine
kleine Buchhandlung, in die man über eine kurze Treppe
hinabgelangt, und ließen uns kluge Bücher über Lüneburg und über die Hansezeit zeigen. Wir betrachteten die
Nachgüsse alter Städtesiegel, die zwar käuflich zu erwer-
ben, jedoch sehr teuer waren, und besonders ich bewun-
derte den Glanz in den Augen und das Lächeln auf den
Wangen des Buchhändlers, eines weißhaarigen, ernsten

Mannes, der hier in seiner kleinen Klause wie versunken zwischen allen Zeiten lebte und mit Bewunderung und Liebe jedes Stück pries. Als wir hinausgingen, war im Himmel eine Lücke entstanden. Schön ist es, wenn die weiße Lichtpause ihre Strähne durch den Regen streicht, die Tropfen, die am dunklen Holz hängen, kurz aufgleißen, ehe sich die Lücke wieder schließt, weiterwandert hoch oben über den Gassen der Stadt.

Wir tranken oben bei Rauno, jenem nicht nur alten, sondern auch altmodischen Café über der Innenstadt, einen Milchkaffee. Bevor der Kaffee an unseren Tisch gebracht war, verschwand ich in Richtung Klo. Wo ich mir, nachdem ich das Waschbecken gründlich gespült hatte, die Zähne putzte und die Haare wusch. Ich rubbelte meinen Kopf mit einem kleinen Handtuch trocken, verstaute alles in meinen Kulturbeutel und ging zurück zum Tisch. Josse blickte mich verwundert an. »Was hast du getan?«

»Ich hab mir die Haare gewaschen?«

»Das sieht man!« Sie grinste.

Die alte Dame und ihr Herr am Nachbartisch lächelten freundlich. Besonders sie nickte kurz zustimmend. Ich setzte mich und versuchte von dem Kaffee, der noch warm war. Ich mußte auf einmal an meinen Großvater denken, ich weiß nicht, warum, vielleicht, weil ich niemals mit ihm in einem Café war.

»Du kennst doch meinen Großvater?«

»Ja, sicher. Herrn de Vries kennt jeder.«

»Der Prediger vom Heidenheiland«, sagte ich und machte eine kleine Pause, ob sie lachen würde. Da sie aber schwieg und mich abwartend betrachtete, sagte ich: »Es ist seltsam, aber wenn er von seinem Glauben spricht, scheint es irgendwie wahr zu sein.«

»Du magst deinen Großvater sehr gerne?«

»Nachdem meine Oma gestorben war, hat mein Großvater ein halbes Jahr lang ihre Regenhaube in der Küche
liegenlassen. Ich meine diese Folie, die alte Frauen manchmal über ihrem Kopftuch oder der Frisur tragen, wenn
sie mit dem Fahrrad im Regen unterwegs sind. Sie lag
noch lange in der Küche, so als würde meine Oma gleich
einkaufen fahren.«

»Ja, das gibt's bei alten Leuten manchmal, daß sie,
wenn sie ihr ganzes Leben zusammen gelebt haben, Teil
des anderen geworden sind. Das ist eine wunderschöne
Geschichte, Holtes!«

»Es ist keine Geschichte!«

Ich sah auf meine Hände, die mit dem Löffel spielten,
und dann auf ihre Hände, die dasselbe taten.

»Findest du es schwer, immer zu sagen, was man meint?«
fragte ich.

»Wie meinst du das?«

»Was denkst du? Jetzt?«

Sie sah mich an. Mein Blick wanderte von ihren Augen
zu ihren Händen, die meinen Händen sehr nahe waren,
und zurück. Ich überlegte einen Moment, welche Farben
ihre Augen hatten. Ich war mir unsicher. Wir blickten auf
die Stadt. Während ich da hinuntersah, auf die vorbei-
schlendernden Menschen, die sommerlich bunt geklei-
deten Körper und die braungebrannten Gesichter, fiel
ich für einen Moment in eine Geschichte, in der wir
beide, Josse und ich, Studierende dieser Stadt waren.
Nach einer langen Zeit gemeinsamen Schauens bezahlten wir unseren Kaffee, nahmen unser Gepäck auf und
gingen wieder hinaus.

Wir besahen uns noch die St.-Johannis-Kirche mit ihren
bunten Fenstern.

Wir nannten sie heilige Mittsommerkirche.

Hier war einst der alte Böhm Organist gewesen, in der Zeit vor Bach.

Am Sande, dort, wo die Fußgängerzone beginnt, war ein Spielmann, er mochte nicht ganz dreißig Jahre zählen, mit noch regenfeuchten, dunkelblonden Haaren, in der Stirn, wo sie zusammenklebten, schon etwas dünner, und einem hellbraunen Vollbart. Er spielte auf einer Querflöte und trug ein weites, altmodisch geschnittenes Leinenhemd, durch das er wie jemand, der aus der Zeit gefallen war, wirkte, wie er überhaupt einen ganz unwirklichen Eindruck an dieser Stelle auf mich machte, besonders auch durch den leise schwebenden Flötenton. Ich kannte das Stück nicht, aber es muß etwas von Bach gewesen sein. Zerlegte Akkorde mit kreisenden Nebentonarten. Eines von diesen Stücken, die, haben sie einmal begonnen, nicht anhalten können. Es muß Bach gewesen sein.

»Schön, nicht? Warte, ich will ihm was geben«, sagte Josse, nahm ihr Portemonnaie und warf ihm zwei Mark in eine kleine geflochtene Schale.

Der Spielmann sagte: »Danke!« und sah uns lange an, wobei sein Blick von mir zu Josse und zurück wanderte.

Dann lächelte er und spielte etwas anderes.

Etwas Langsames.

Es schien zu der gleichen Sonate zu gehören. Wir hörten noch einen Moment zu. Dann gingen wir weiter, Hand in Hand. Die Kontore, die Leute, alles war wie im Nebel. Gar nicht rejell. Und doch: Das war ja wirklich. Oder habe ich es geträumt? Ab und an nieselten einzelne Tropfen. Das machte nichts. Kurz vor Geschäftsschluß kauften wir ein paar Kleinigkeiten für unseren Reiseproviant. Es waren Semesterferien, die Stadt wirkte traumhaft verschlafen. Auch die Kneipen waren fast leer. Wir sahen es am Abend, während wir am Stint ein Bier tranken.

Josse sagte: »Die Griechen haben die Orgel erfunden, nur so zum Angeben. Die Römer haben die Orgel dann im Colosseum eingesetzt. Vielleicht sind Christen dort gestorben, zu den Klängen einer Hydraulis.«

»Pippin hat angeblich eine geschenkt bekommen, Pippin, der Frankenkönig.«

»Weißt du, was ein Barkerhebel ist?«

Ich wußte nicht, was ein Barkerhebel ist. Ich schrieb auf den Rand einer kleinen Pappe, auf der in jenen von den Nazis einst so genannten Schwabacher Judenlettern das deutsche Reinheitsgebot gepriesen wurde: *Magst du Celan?*

»Einiges«, sagte sie, »ist mir aber meistens zu sphärisch, zu schwermütig. Ich kann nicht begreifen, warum sich jemand umbringt. Das Leben ist doch schön. Ganz einfach.«

Was denn ihr Lieblingsgedicht sei, wollte ich wissen.

»Das ändert sich doch, je nachdem, wie man sich fühlt.«

Ich sagte: »Vielleicht gibt es auch Menschen, die all ihre Schönheit fortgeben. Die nicht genug Schönheit für sich behalten.«

Aber das Leben sei zu wertvoll, um es wegzuwerfen, erwiderte sie, gerade wenn man das Schöne wolle.

Zu schön, um wahr zu sein, dachte ich, sagte es aber nicht. Glaubte sie an etwas? An was? Warum spielte sie Orgel? War es die Vielstimmigkeit, die sie liebte? War es die Meditation? Warum fragte ich sie das nicht? Weil ich die Orgelmusik genauso liebte? Weil es überflüssig war zu fragen? Später versuchte ich mich zu erinnern, ob wir jemals darüber gesprochen hatten, wenn meine Ohren den strengen Cantus firmus aus einem altmodisch versponnenen Choralvorspiel fingerten. Die Stimme, die aus dem Nichts hervortritt, das Nichts beklagt, das Nichts besingt, ins Nichts zurückfällt, die offenbare Sehnsucht des Menschen nach Antwort und doch scheinbar sich selbst genügend. Erwarte nichts, und du wirst auch nicht enttäuscht werden. Oftmals, in einer Zeit, in der der Glaube meiner Kindheit schon wie ein entschwundenes Land für mich geworden war, schlich ich in leere Kirchen, lauschte den Übungen einer Orgel, überließ meine Gedanken den Klängen einer einsam aus dem Gewebe der Stimmen herausdrängenden Vox humana. Damals aber fragte ich Josse nicht danach, vielleicht, weil mir die Frage wie ein Einbruch in einen sehr persönlichen Bereich erschien.

»Erzähl mir von Algerien. Wie sind da die Teekannen? Du warst auf Studienfahrt in Algerien? Bevor wir uns kannten.«

»Mit Uta, der Rothaarigen aus der Zwölften, die kennst du doch auch.«

Wer konnte Uta, die hochgewachsene Frau mit dem dicken, rotgoldenen Lockenschopf und den riesigen blauen Augen, übersehen? Einsachtzig große Uta. Einsneunzig große Uta. Zweimeter-Uta.

»Schöne Frau jedenfalls.«

»Jedenfalls ging nachher das Gerücht um, jemand habe für Uta sehr viele Kamele geboten. Uta mochte keine Oliven. Sie hatten ihr zum Frühstück ein riesiges Fladenbrot voll Oliven bereitet, aber sie mochte keine Oliven. Überhaupt nicht. Wie schafft man es, seine Gastgeber nicht zu beleidigen und dennoch zu sagen: Ich esse keine Oliven. Uta hat sie alle gegessen.«

»Wußtest du, daß in Nordafrika die Wandalen gelebt haben?« Doch, das wußte sie.

»Ich war noch nie außerhalb Europas.« Ich erzählte Josse, Terschelling sei auch schön. Die Wandalen wären nie da gewesen, aber die Friesen.

»De Vries«, fragte sie, »woher ist dieser Name?«

»Aus Ostpreußen«, sagte ich.

Sie lachte.

»Ja doch«, sagte ich. »Vom Frischen Haff. Die Friesen ziehen immer am Meer lang, weißt du doch. Man sagt, daher hätten sie ihren Namen. Die Friesen sind die, die am Rand leben. Vielleicht ist einst ein calvinistischer Buß-prediger während der niederländischen Religionsun-ruhen nach Ostpreußen geflohen. Vielleicht ein Melker oder ein Deicharbeiter. Übrigens war ein Vorfahr von mir Fischer und gelangte zu einer gewissen Berühmtheit. Weißt du zum Beispiel, was eine Zeisenlomme ist?«

»Das klingt wie eine vom Aussterben bedrohte Vogel-art.«

»Das ist ein besonderes Boot für den Flundernfang. Es gehört zu den Dingen des versunkenen Landes. Mein Ur-großvater, was der Vater von meinem Großvater war, hat einst, so hieß es früher bei uns, mit seiner Lomme eine echte Nixe gefangen!«

»Und dann?«

»Nichts und. Ich weiß es nicht. Es ist ein Familien-geheimnis.«

»Hat dein Großvater dir viel erzählt über Ostpreußen?«

»Fast gar nichts. Ich muß ihn immer fragen. Es ist, als habe er diese Vergangenheit in einem Schatzkästlein ver-schlossen und den Schlüssel ganz weit weggelegt. Von sich aus öffnet er es nie. Einmal nur erzählte er etwas. Das war während der großen zweiundachtziger Hühnerschlach-terei. Er hatte sich nämlich früher noch Hühner und Ka-ninchen, sogar ein einzelnes Schwein gehalten. Und als er zuletzt die Hühner aufgab und alle geschlachtet wurden, erzählte er von der Kraienbiteri. Eine merkwürdige Sitte von der Kurischen Nehrung, Krähen zu fangen und sie durch einen Biß in den Kopf zu töten. Die Krähen wur-den dann sogar teilweise, angeblich jedenfalls, natürlich hatte man sie vordem gerupft, als Möwen an die Seebäder und in die Städte verkauft. Mein Großvater sagte, er hätte die Krähen nicht leiden können, sie wohl immer etwas unheimlich gefunden, diesen Betrug aber dennoch nicht gemocht. Das Krähenbeißen, das ihm ein Onkel hatte zeigen wollen, hatte er damals als Junge jedenfalls ganz abscheulich gefunden und sich nicht daran beteiligt. Ein andermal, als wir einen Weg über einen regengefüllten Feldgraben suchten, erzählte er mir von Kähnen, wie sie den schmalen Oberlandkanal, der nach Elbing führte, verlassen mußten und auf Trassen, wie mit einer Art Lore, über das Land zum nächsten Fluß geleitet wurden. Das waren die wenigen Male, die er über Ostpreußen sprach. Aber meine Oma sammelte manchmal ihre Kindheitserinnerungen zusammen. Dann erzählte sie von kleinen Orten, deren Namen ich mir kaum merken konnte und die mir alle sehr geheimnisvoll und alt schienen, so wie aus einem Märchen, denn für mich war dieses Land ja genauso wirklich wie England oder die Taiga. Manchmal las sie aus dem dicken Königsberger Kochbuch vor. Ich machte mir einen Spaß daraus, früher. Ich saß auf ihrem Sofa, knabberte an einem Schokoladenkeks und bat: Oma, lies mir ein Rezept vor. Manchmal erzählte sie von den Elen. Daß es hier keine Elche mehr gab, war das enttäuschendste. Ich hätte sie mehr fragen sollen. Ich glaube, sie war dankbar, wenn sich jemand für die alten Geschichten interessierte. Die Ostpreußen sind ja ein ganz eigenes Volk gewesen. Man ahnt noch gar nicht, was damit verlorenging. Damit meine ich nicht das Gerede von den deutschen Ostgebieten. Gleichwohl sind ein Land und ein Volk, das jahrhundertelang die Geschicke Europas mitbestimmte, verschwunden. Preußen war der große nordeuropäische Schmelztiegel. Und Bach war mal bei Friedrich.«

Das wußte sie natürlich. Friedrichs Vater hatte Katte opfern lassen, den schwärmerischen jungen Freund des Prinzen. Ob dieser daran manchmal gedacht hatte, später in Sanssouci? Vielleicht bei einem ruhigen Satz in einem Flötenkonzert?

»Was meinst du«, fragte ich, »wie lange verfolgen einen die Geister der Jugend?«

»Ich bin kein Geist. Ich laß mich nicht köpfen.«

»Nicht mal auf dem Lugenstein, der den heidnischen Altsachsen als Thingstätte gedient haben soll?«

»Nicht mal auf dem Lugenstein!«

»Aber das ist doch eine Ehre. Wenn ich schon geköpft werden soll, dann wenigstens auf dem Lugenstein, und zwar so, daß mein Kopf gleich bis vor das Domgymnasium rollt.«

Das Leben sei zu schön, sagte sie wieder, worauf ich einwandte, man könne ja gerade darum sterben, an der Schönheit.

»Wie das?«

»Wie Julia und Romeo, die aneinander sterben. Die sich umbringen, weil sie denken, der andere sei tot.«

»Das würde ich nicht machen.«

»Ich schon«, sagte ich. »War nur 'n Witz! Früher hatten die Menschen ja ein anderes Verhältnis zum Tod. Denk nur an die Gattin des Konsuls Caesius Paetus, der von Claudius zum Selbstmord gezwungen wird. Wie sie zuerst den Dolch ergreift, sich ersticht und sterbend sagt: Paetus, es schmerzt mich!«

Sie schrieb auf den Pappuntersetzer:
Die Sonne ist ein Cis.

Sie schob mir den Bierdeckel zu. Ich nahm ihn, stellte ihn hochkant, ließ ihn auf der dunklen Holzplatte zwischen meinen Fingern rollen: »Hast du dann dein Abi an beiden Gymnasien gemacht?«

»Das geht schon«, sagte sie. »Aber man bekommt nur ein Zeugnis.«

»Ich war auch mal am Domgymnasium«, sagte ich.

»Ich weiß«, sagte sie.

»Ich finde, die sind da ein wenig was Besseres.«

»Die Musiker sind ganz okay. Du solltest dir überlegen, auch Musik-LK zu machen.«

»Als ich klein war, litt ich an einer ganz schweren Krankheit.«

»Aha?«

»Ja, Legasthenie. Weißt du, was das ist?«

Sie lachte: »Ja, das ist fürchterlich!«

»Ich glaube, es war in der dritten Klasse, ich bin übrigens mit fünf eingeschult worden. War eine Idee meines Vaters. An jenem Tag, als man mir offenbarte, ich sei ein Legastheniker, holte mich Mams von der Schule ab, und wir gingen auf dem Heimweg beim Bäcker vorbei. Ich aber mochte nicht mit hinein. Ich hatte Angst, alle könnten sehen, daß ich an Legasthenie leide. Ich wußte nicht, was das ist, nur daß man dann niemals schreiben lernen würde. Ich blieb vor der großen Glastür mit dem Metallrahmen stehen und beobachtete, wie meine Mutter sich mit der Bäckerin unterhielt. Die schaute für einen Augenblick lachend heraus zu mir, und ich war mir sicher, daß meine Mutter ihr gerade eben von meiner Behinderung berichtet hatte. Ich schämte mich, und ich fühlte auch, daß ich nun abseits der übrigen Welt zu leben hätte. Auch die Wecken mit den Rosinen konnten mich nicht trösten. Ich schwieg den ganzen restlichen Heimweg. Ich dachte, ich müsse doch irgendwie etwas Besonderes sein, wenn auch auf eine unangenehme Weise. So habe ich als Kind eine Zeitlang unter der Vorstellung gelitten, jeder, die Briefträgerin, der Busfahrer, die Verkäuferin, die Nachbarstante, die anderen Kinder sowieso, jeder könne schon

118

von weitem diese Behinderung an mir sehen, eine Behinderung, die es mir auf eine rätselhafte Weise unmöglich machte zu verstehen, warum ich Vater mit V und Fahrrad mit F schreiben sollte. Ich hatte dann auch damals, in der Grundschule, in eine Fördergruppe gehen müssen, wo wir Geräusche von einem Kassettenrecorder hören mußten und derjenige Schüler gelobt wurde, der am schnellsten Trecker rufen konnte, was ich nicht war, denn ich konnte nicht einsehen, daß ich durch das Hören von Treckern besser schreiben lernen würde. Irrte ich mich in allem, wie mir die Welt erschien? Bestanden Ordnungen in der Welt, Systeme, die logisch waren, klar für jeden zu durchschauen, nur mir unbegreiflich? Warum sagte der eine Junge danke, wenn ich sein Papierflugzeug aufhob, warum boxte mir der andere Junge dafür in den Magen? Warum wollten die Mädchen lieber mit dem spielen, der mir in den Magen geboxt hatte?«

»Ach, das stimmt doch nicht. Nicht alle jedenfalls.«

»Klar doch«, sagte ich. »Wollen denn Frauen nicht, daß Männer sich durchsetzen können?«

»Ich finde das dumm, wenn Männer sich immer durchsetzen müssen.«

»Was beeindruckt dich an einem Mann?«

»Wenn er sensibel ist, zum Beispiel, und Humor hat.«

»Und gut aussieht?«

»Wenn man jemanden liebt, ist es doch egal, wie er aussieht.«

»Und weiß, was er will?«

Und sie: »Die Weise, wie er meinen Namen ausspricht.«

Wie wir am Tresen standen, um unser Bier zu bezahlen, überfiel mich ein Vers. Die Bedienung zählte das Kleingeld ab, und in dem Moment begann ich Silben zu zählen. Ich ließ die Silben über die innere Zunge stolpern, spürte meinen Atem durch die Nase Jamben bilden. Dann nahm ich meinen Mut zusammen, und an der Tür, schon mit einer Hand den Türgriff haltend, sagte ich zu Josse:

»Dein Name lebt als Zweig, nachts wachsen Blüten. In mir bist du ein Traum, ganz hell und namenlos, weil mich, wenn ich dich hör und seh am Abend, glücklich macht dein Mund!«

Ich war sicher, sie hatte bemerkt, wie ich innerlich zählte.

Sie sagte: »Ja?«

Ich öffnete die Tür.

Ich sagte: »Das war eine sapphische Strophe!«

Sie, sehr ernst: »Warum hast du das gesagt?«

Ich wurde rot. Ich hatte den kurzen Zauber sogleich zerstört. Ich schwieg. Wir traten hinaus. Es war kühl geworden. Josse holte ihr Palästinensertuch aus ihrem Rucksack und band es mir um. Sie sah mich einen Moment an, berührte kurz mit einer Hand meine Schläfe, sagte dann:

»Wo habe ich dich nur gefunden?«

Ich dachte, wie schön, wenn sie ihre Hand länger an meine Schläfe hielte, hatte mich wie ein wassergeschliffener Kiesel gefühlt, ein Mondstein, leuchtend jetzt, wo die Berührung noch auf der Haut lag, wie eine warme Mulde nach innen wuchs, ein Kokon aus Wärme, Mondstein, und daß ich gerne den Bierdeckel mit den beiden Sätzen mitgenommen hätte, daß die Bedienung ihn sicher achtlos fortwerfen würde, als sei dort nicht ein Hinweis unserer Geschichte notiert.

»Auf dem Friedhof!« antwortete ich.

Dann wanderten wir über die kleine Brücke über der Ilmenau, dort, wo der alte Speicherhafen ist und sich nachts auf dem Wasser als Spiegel das Licht bewegt, helle Glasperlen in die Dunkelheit stanzt, hinaus aus der Stadt und suchten einen Platz für unser Zelt.

6

Im Iglu, wo wir mit der Taschenlampe sortierten, ihre Augen zu Brombeeren reiften, violett, blauschwarz, rötlich, dann der gewohnte Blick, geschah etwas Unglaubliches: Wir hatten uns bereits in unsere Schlafsäcke eingerollt. Ich fragte, schon halb im Schlaf: »Wohin würdest du gerne reisen?«

Sie drehte sich auf den Rücken. Dann begann sie: »Es gibt bestimmt unheimlich viele schöne Orte auf der Welt. Ich würde gerne mal Südamerika kennenlernen. Osteuropa oder den vorderen Orient. Ich glaube, den Orient, den würde ich gerne bereisen. Und du?«

»Nach Island und nach China!« sagte ich. »Ich möchte gerne den Jangtse hinunterfahren und mir die berühmten Schluchten ansehen!«

Ich überlegte einen Moment, was mir noch einfiele. Ich dachte an Papas Arbeitszimmer.

»Und in Japan die Ainu besuchen!« ergänzte ich.

Da sagte sie: »Die Ainu wirst du bestimmt nicht mehr finden, die sind doch völlig japanisiert.«

Ich wurde sofort wieder hellwach. Ich setzte mich auf. Hatte ich mich eben verhört?

»Du kennst die Ainu?«

»Mein Berliner Onkel hat uns mal von den Ainu erzählt.«

»Dein Berliner Onkel?«

»Woher kennst du denn die Ainu?« fragte sie.

Ich erzählte ihr von der Photographie.

»War dein Vater in Japan?«

»Nein, nie. Mein Vater war überhaupt nie weg. Nicht aus Europa, meine ich.«

»Mein Onkel arbeitet in Japan. Er ist Chemiker. Ein Bruder meines Vaters. Wir nennen ihn manchmal den Berliner Onkel, obschon er doch in Japan lebt. Wir haben übrigens auch einige Jahre in Berlin gewohnt, meine Eltern und ich.«

»In Berlin?«

»Ja doch! In Berlin, damals.«

»Kannst du dich daran noch erinnern?«

»Es war schon komisch, als wir nach Verden kamen. Verden ist so klein, dachte ich. Ich erinnere mich noch gut, wie ich in die Nicolai-Grundschule kam. Das ist die in der Zollstraße, kennst du die? Sie sieht ein wenig aus wie eine alte Kirche, dachte ich damals, wegen der Fenster. Ich fand sie zuerst ganz unheimlich.«

»Und was ist mit diesem Onkel?«

»Einmal im Jahr kommt er nach Europa, meistens zu Weihnachten.«

»Und?«

»Er hat uns mal ein Frühlingslied auf Ainu vorgesungen. Er meint, die meisten Ainu seien heute ganz normale Japaner. Nur daß manchmal die Japaner etwas europäischer aussähen als zum Beispiel Koreaner oder Chinesen, das käme von den Ainu. Bei den Ainu, da gibt es so einen Bärenkult. Sie fangen einen jungen Bären und ziehen ihn im Dorf auf, wie ein Menschenkind. Der Bär bekommt sogar eine Adoptivmutter, die ihn säugt. Wenn der Bär groß ist, dann feiern die Ainu eine Zeremonie, die Iomante. Der Bär wird geopfert. Sie schicken ihn mit Wünschen und Gebeten zu den Göttern. Aber ob die Ainu das heute noch machen, weiß ich nicht. Ich glaube, es gibt nur noch ein paar auf Hokkaido. Wenn mein Onkel Weihnachten das nächste Mal da ist, sage ich dir Bescheid. Dann kannst du ihn fragen.«

Ich war immer noch verblüfft. Noch nie war mir jemand begegnet, der wußte, wer die Ainu sind, geschweige denn darüber mehr zu erzählen hatte als mein Vater.

»Was weißt du noch?«

»Komm, schlaf, du Zeisenlomme!« sagte sie und drehte sich auf die Seite. »Wenn mir noch was einfällt, sag ich's dir.«

Ich wollte aber unbedingt noch etwas über die Ainu hören.

»Iomante, was soll das heißen?« fragte ich.

»Weiß ich nicht.«

Sie drehte sich wieder auf den Rücken und sagte sehr bestimmt: »Ich bin jetzt müde!«

»War dein Onkel auf Hokkaido?« fragte ich.

»Ja!« sagte sie und tat, als müsse sie gähnen.

»Spricht dein Onkel Ainu?«

Aber Josse antwortete nicht mehr.

Da sagte ich etwas Dummes, etwas, das mir sofort peinlich war: »Wenn du nichts mehr sagst, dann küsse ich dein Ohr.«

Das war wirklich dumm von mir, denn sie sagte nichts. Ich bin sicher, sie war noch wach. Ich glaube, sie hatte sogar die Augen geöffnet, obwohl ich das nicht genau weiß, weil es dunkel war. Ich wartete eine ganze Zeit, was sie jetzt sagen würde, aber sie schwieg. Dann kroch ich aus meinem Schlafsack und hinaus aus dem Zelt. Vielleicht hätte ich sagen sollen, daß ich mal müsse oder so was, das wäre bestimmt klüger gewesen, denn ich mußte wirklich. Draußen war es kühl. Ich verschränkte die Arme. Ich entfernte mich vom Zelt, so weit, wie es nötig war, um ungehört zu pinkeln. Ich hatte die Schuhe nicht angezogen, nur Socken, und das Gras war naß. Ich begann bald zu frieren, aber es machte mir nichts. Es war sogar schön, irgendwie angenehm, so als würde die Kühle mich beschirmen.

Da ich zum Zelt zurückkam, schlief sie.

Sie hatte sich wieder auf die Seite gerollt, zur Außenseite des Zeltes gewandt. Bevor ich mich hinlegte, beugte ich mich über Josse und hörte ihren gleichmäßigen, ruhigen Atem.

... eine Fläche, die ich manchmal morgens mit der Hand berühre.

Ich schob sachte ihre Haare zurück. Ich wollte sie nicht wecken. Ich küßte sie aufs Ohr, auf die kleine Fläche oberhalb des Läppchens. Dann drehte ich mich um, um zu schlafen.

Wie nieselnd der Regen aufs Zeltdach fiel.

7

Ich erwachte und fühlte ihre Hand, wie sie meine Finger umgriff. Wohl spürte ich, daß Josse wach war, stellte mich aber schlafend. Wenn sie wußte, daß ich wach war, würde sie bestimmt meine Hand loslassen. Sie entzog mir ihre Hand, richtete sich auf und begann sich aus ihrem Schlafsack zu befreien.

»Holtes?« flüsterte sie.

Ich wagte einen flüchtigen Blick mit einem Auge:

Sie, mit dem langen T-Shirt, sitzend, mit nackten Beinen, der helle Stoff mit der Wölbung.

Sie, die sich umzieht im violetten Halbdunkel des Zeltes.

Sie mit der Bürste mit dem dunklen Holzgriff.

Ich, der noch im Schlafsack liegt und tut, als schliefe er.

Sie, ihre Haare streicheln dabei meine Wange, die sich zu mir beugt und zärtlich »Lomme« spricht.

Ich, der ich lausche, wie sie mit dem Reißverschluß einen romanischen Bogen in das Iglu raspelt, die Augen öffne und sie verschwinden sehe.

Sie mit den schönen Zähnen, die »Raisen!« ruft und schon vor dem Eingang den kleinen Campingkocher in Gang gebracht hat.

Das Gras um unser Zelt war noch naß. Der Himmel war klar, und es schien ein heißer Tag zu werden. Ein Mann mit großen Stiefeln kam und wollte wissen, wer wir seien. Wir könnten hier nicht zelten, er hole gleich die Kühe.

»Ja, wir gehen gleich weiter. Wir wollten nicht stören«, sagte Josse.

Der Mann grinste: »Ja, ich will auch nicht stören. War ja auch mal jung!«

Dann räusperte er sich noch mal.

Dann ging er wieder.

Ich sagte, ich hätte Lust, Kühe zu sehen.

Josse sagte, sie nicht. Jetzt nicht!

Wir tranken rasch unseren Tee zu Ende. Josse packte das Müsli ein. Wir bauten das Iglu ab. Die Unterseite des Zeltes war feucht, hielt einen dicken Grashalm und eine Schnecke fest. Ich plückte die Schnecke frei, strich den Grashalm fort. Josse sammelte eine graue Feder auf und steckte sie mir an den Rucksack. Wir wollten los, bevor die Kühe kamen.

»Hej, Joe, wo wullt wi hen, mit'n Rucksack inne Hand?«

»Oh, wi wullt na Lübeck to, dat is dichtebi de Wåter-kant.«

Wir taten, als suchten wir Fossilien, aber man findet keine Fossilien im flachen Land, jedenfalls fanden wir keine Brachiopoden, von denen Josse erzählt hatte, sie sähen aus wie Muscheln, wären jedoch keine, hätten aber einst, beinahe am Beginn der Zeit, Jahrmillionen zurück, den riesigen Urozean bevölkert und seien nun verschwunden, bis auf einige wenige Nachkommen, die noch oben in der Tiefe des Nordmeeres zu finden seien. Ich sagte, so nahe am Meer gäbe es keine Versteinerungen.

»Dann schauen wir halt nach Muscheln.«

»Wir sind noch nicht im Muschelland.«

»Was ist denn das hier für ein Land? Weißt du das?«

»Altes Chaukenland.«

»Chauken?«

»Ein germanischer Stamm, aufgegangen in den Friesen oder Angelsachsen, weiß ich aber nicht genau.«

»Chaucer«, sagte Josse, »Canterbury Tales. Mittelenglisch. Shakespeares großer Vorgänger.«

»Kenn ich nicht ...«

»Was? Du Troll, du Waldschrat, du kennst nicht Chaucer?«

»Trolle lesen nicht. Trolle spielen Geige.«

»Wie der Fossegrimen, vielleicht hat der ja jenen Ole Bull, über den Albert Schweitzer in Kapitel siebzehn berichtet, das Violinspiel gelehrt.«

Vielleicht habe auch Christiane Edinger als junges Mädchen einmal den Fossegrimen belauscht, sagte ich.

»Waldschrate schlagen rad«, sagte Josse.

»Kann ich nicht!«

»Versuch's mal!«

»Lieber nicht, ich bin nicht sportlich.«

»Ich auch nicht.«

»Kannst du denn ein Shakespeare-Sonett aufsagen?«

»Nein«, sagte sie, »nur einen einzigen Satz: *Shall I compare thee to a summer's day?*«

Weiter wisse sie nicht, sie könne aber etwas von Morgenstern auswendig. Sie trug etwas über Palmström vor. Ich meinte, Palmström sei ein schwedischer Philosoph gewesen.

»Du irrst«, sagte sie.

»Nein, doch. Ich bin mir ganz sicher. Einer von den Skandinaviern, die in Deutschland herumgereist sind.«

»Das verwechselst du mit Swedenborg, dem verrückten Philosophen, der durch Strindbergs Stück geistert.«

»Ich lese gerade Platon, ein wenig aber nur, und du, magst du Philosophie?«

»Manchmal, zum Beispiel Schelling.«

»Kapitel siebzehn? Du bluffst.«

»Nein, schau doch nach.«

Ich hielt an, kramte das Buch hervor. Sie hatte recht.

»Woher weißt du das?«

»Weil ich es kürzlich erst gelesen habe und das Passa-caglia-Thema darin erwähnt wird. Es ist eines meiner Lieblingsstücke.«

Ich klappte das Buch wieder zu.

»Ganz sicher war ich mir aber nicht«, sagte sie, als wir weitergingen.

Wie ihre Wangen sich bewegten, wenn sie lachte.

»Palmström«, sagte ich, »ist ein junger Kater aus Ha-deln, der auf der Suche nach dem alten Land ist. Im al-ten Land leben die alten Katzen.«

Es war noch nicht Mittag, als wir bei Kirchwerder an die Elbe kamen. Ich trug gerade ihren Rucksack. Wir wech-selten uns von Zeit zu Zeit ab, wegen des Zeltes. Josse meinte, wir müßten nun mit der Fähre über den Strom fahren, und sie lade mich ein. Ich müsse aber bezahlen, weil ich ihren Rucksack habe. Es war windig, ihre Haare drehten sich. Ich sagte, den Glanz in ihren Haaren aus-deutend, ich hoffe, es sei uns vergönnt, das Land jenseits der Elbe zu sehen.

Sie antwortete: »Du kannst doch Platt? Schreib mir mal was auf platt!«

»Was denn?«

»Irgendwas!«

»Aber das ist doch nichts Besonderes, meine Oma kann auch Platt.«

»Doch, das ist was Besonderes!« sagte sie. »Und es sieht so hübsch aus, mit den vielen doppelten Vokalen und die-sem Kringel über dem a.«

»Du meinst das å.« Ich versuchte, den Laut besonders langgezogen zu sprechen.

»Na los, schreib mal was auf platt, für mich!« sagte sie.

Ich sagte: »Vielleicht, vielleicht später!«

Dann sagte ich: »Später werde ich auch einen Film drehen. Es wird eine Liebesgeschichte sein. Und ich werde Uta bitten, eine Norne zu spielen.«

»Wahrscheinlich.«

Der Wind drückte gegen meine Wange.

Ich war immer noch mindestens drei Jahre jünger als sie, würde womöglich immer drei Jahre jünger für sie bleiben. Selbst in zehn Jahren noch.

Selbst in hundert Jahren noch.

Manchmal fuhr ich aus der Schwere meiner Zunge. Einen Augenblick später war ich vollkommen wortleer, lebte mit ihr in der Unzeit.

War das Glück?

Wenn sie sagte: »Hast du gehört, ein Buchfink?«

Ich erwachte zurück in die Zeit, sagte: »Ja!«

Vorsichtshalber.

Ich war mir nicht sicher.

8

Einmal lagen wir im Gras, beinahe eingeschlafen. Ich mit meinem Kopf auf ihrem Bauch. War es eine Mutprobe? Es war sehr warm.

Josse war warm.

Ich drehte mich ihr zu, so daß ich ihr Gesicht sehen konnte. Sie hatte die Augen geschlossen. Ich nahm einen Grashalm und strich über ihre Lippen. Sie lachte.

»Hej!« sagte sie.

Ohne die Augen zu öffnen.

Ich hatte vorher nicht gewußt, daß eine Frau so aussehen konnte.

Was für Zähne sie hatte. Ägyptische Zähne, hatte sie einmal gesagt, so habe ihr Zahnarzt ihre Zähne genannt. Das war doch unglaublicher Quatsch! Ägyptische Zähne! War der Zahnarzt in sie verknallt oder so was? Was sollte das? Niemand hat ägyptische Zähne. Ich meine, niemand hier oben, im Land der Hyperboreer. In Ägypten vielleicht, kann sein, daß Ägypter ägyptische Zähne haben. Das kann ich nicht beurteilen. Ihr Zahnarzt war ein Spinner. Ohne Frage. Wenn ich mir vorstelle, sie liegt auf so einem Zahnarztstuhl, und so ein Kauz im weißen Kittel sagt: Sie haben aber ägyptische Zähne! Ich werde wahnsinnig. Ich darf an so was gar nicht denken. Sie hatte schöne Zähne. Wenn eine Frau lacht, die schöne Zähne hat, dann kann man tot umfallen.

Ich lag schon. Neben ihr im Gras. Halb auf ihr. Aber doch mehr im Gras.

Es war warm im Land der Hyperboreer.

Ich stellte mir vor, Josse und ich, wir seien in einer Geschichte, in einer anderen Zeit. Ich hatte mit meiner Verlobten fliehen müssen aus England, weil wir katholisch geblieben waren, aber meine Laute hatte ich dabei, und eines Tages, eines Tages würde ich der berühmteste Lautenvirtuose Europas werden, und die Königin würde mich zurückrufen.

To see, to hear, to touch, to kiss, to die!

Ich hatte ein Ohr auf ihrem Bauch, einen Arm über sie gelegt, und schaute, die Augen zu einem schmalen Schlitz verengt, in ihr Gesicht. Ihre Hand an meiner Stirn. Ihre Hand in meinem Haar. Der weiche Duft ihres Körpers.

Der weiße Pfau des Sommers schlägt sein Rad über uns.

Die Sonne als Blendung auf meinem Gesicht, ihrem T-Shirt. Wolkenfetzen, ein riesiger Fisch schwimmt am Himmel, verwandelt sich.

Sie hat den Pullover als Kissen unter ihren Kopf gelegt.

Ich spürte eine Ameise über meine Hand laufen. Ein Meteorit stürzte. Die Vögel schreckten auf. Ich schüttelte die Ameise ab.

Ich streichelte Josses Arm.

Ein Eiszeittier im dunklen Pelz summte gemächlich vorbei.

Josse sagte auf einmal: »Ja!« Nur dies eine Wort.

Und der Mond sprach zum Meer: Höre, daß ich es bin, der deine Gezeiten macht! Ebbe und Flut, das bist nicht du allein, sondern ich bin das, der all dies bewirkt. Du ahmst mich nur nach. Ohne mich wärst du nur ein stiller See, ein zufälliges Wasser, kein weltbewegender Ozean! Das Meer war bis dahin dem Mond gefolgt, ohne es zu wissen. Seit Jahrmillionen Ebbe und Flut. Bin nicht ich es, was Ebbe und Flut sind? Sind meine Wellen nicht meine Wellen? Das große Meer geriet aus dem Takt. Wie gingen noch einmal Ebbe und Flut? Jetzt muß ich an den Strand zurück! Oder noch nicht? Wie geht eine Welle? Das Meer stand still, dann versuchte es eine Flut. Es wurde eine Sturmflut, so als würde das riesige Meer sein ganzes Wasser mit einemmal, ohne jeden Rhythmus an die Küsten der Kontinente werfen. Das wollte ich nicht, dachte das Meer. Aber wie war das? Wie war noch jener wunderbare Rhythmus, in dem ich einst dem Mond gefolgt war, ohne zu wissen ...

Über uns die lautlos schwebende Molluske. Einander verschlingende Leviathane, weiße Wale, die der Himmel ausspuckt. Ihre Hand, die meinen Kopf zu sich zieht. Ihre Hand, die im Gras sucht, die Finger, die mit dem Mahdknäuel spielen. Eingesponnen in das Geräusch riesiger Pappeln und Birken. Durch das hohe Lieschgras zurückbiegen auf den Weg. Verlegenes Händchenhalten. Die freie Hand, die die Mücke wehrt. Die freie Hand, die den Riß im Kerbel vollführt.

9

Spät in der Nacht erreichten wir den Kanal. Wir wollten am Wasser zelten, aber wir waren zu müde. Wir legten unsere Rucksäcke ein Stück weit von der Uferkante entfernt unter einem Baum ab, packten die Isomatten und unsere Schlafsäcke aus.

Vielleicht hätte ich sagen sollen, dieser Tag war schön. Aber hätte ich dann nicht zu viel verraten von mir, dem Tag die Schwebe genommen? So schien mir der Tag wie eine unsichtbare, schwerelose Hülle. Ein falsches Wort, eine unbedachte Geste, und sie könnte zerplatzen.

Glück ist ein Name für das Nichts. Nichts hoffen.

Aber so bin ich nicht. Ich will hoffen.

Die Schwebe ist noch dem Nichts am nächsten für mich. Die Schwebe ist mein Glück. Mein Unglück, wenn sie fällt.

Entscheidend war nicht, was war sondern, was möglich war.

Glücklich war ich an dem Tag, als der Stein die Farbe Grau hatte.

Das Blaue, das denk ich mir dazu.

Am Wegrand, wo die große Distel blühte?
Lila oder dunkelblau? Weißt du?
Ja, ich weiß.
Hast du es da auch gefühlt?
Ja, was?
Ich sag's dir später!

Wir waren bald eingeschlafen in der doppelten Hülle unserer Schlafsäcke, die Gesichter einander zugewandt. Die Hände vor dem Gesicht. Die Handrücken, die einander berühren.

Die Nachtkröte des Traumes hüpfte von meiner Zunge, verbarg sich schattenschnell im Dickicht.

Ich war mit Josse Boot gefahren. Sie hatte mir das Ruder aus der Hand genommen und ins Wasser geschmissen. Wir waren mitten auf einem großen Wasser. Ich wußte nicht, was sollte ich machen? Die Terschellingkrabbe saß auf einer hölzernen Planke und winkte mir zu.

Im Halbschlaf fühlte ich etwas Weiches in meinen Fingern und dachte, ich hielte Josses Hand. Als ich ganz wach wurde, war es bereits hell, und meine Hände klammerten sich an Josses Schlafsack. Josse war nicht darin. Benommen stand ich auf und ging ein paar Schritte über den grünen Streifen bis ans Ufer. Ich starrte aufs Wasser. Das Wasser sah sehr dunkel aus. Warum war Josse nur so früh schwimmen gegangen, an einer so gefährlichen Stelle. Was würde ich machen, wenn sie verschwunden blieb. Man wußte zu berichten von Nymphen, die, sobald sie dem Wasser nahe, dem sterblichen Geliebten entrückt waren. Mir war noch kalt. Ich konnte nicht klar denken. Ich verschränkte die Arme.

Holtes, komm zu dir! Denk nach! sagte ich zu mir selbst.

Dann hörte ich ihre Stimme:

»Moin, Holtes!«

Ich machte die Arme frei, drehte mich um: »Wo bist du gewesen?«

»Oh, ich hab mich etwas frisch gemacht.«

»O ja!« Wie dumm von mir.

Sie grinste.

Sie drehte mir den Rücken zu, hob das Haar
– das Licht –
hoch, sagte: »Schau mal hier, ob ich eine Zecke habe!«
Da war nichts.

10

Es brauchte noch einen weiteren Tag, ehe wir nach Lübeck gelangten.

Das Land war hier frischer, grüner als das südlich von Lüneburg. Am Weg fanden wir Schneckenhäuser und kleine Kiesel mit Sternzeichen und den hellen Adern einer geheimen urzeitlichen Notenschrift. Unbekannte Wesen einer früheren Zeit hatten ihre Lieder gesungen, und die Melodien hatten ihre Spuren im Mineral hinterlassen.

Nacktschnecken krochen vom einen fetten Grün in ein anderes fettes Grün. Ein Tagpfauenauge flog uns voran, und wir waren die ersten, die es Tagpfauenauge nannten. Die kleine braune Feldmaus lief eine Schnur, entschwunden, kaum daß wir sie entdeckt hatten. Eidechsen huschten bei unserer Ankunft unter die kühlenden Steine.

In den Dörfern hatten die Menschen die gleichen Schäferhunde wie südlich der Elbe. Nur die Zeitungen in den Auslagen der kleinen Läden mit den Eisfahnen verrieten, welchen Weg wir eingeschlagen hatten. Sie hießen Hamburger Morgenpost, Lübecker Nachrichten. Wir wunderten uns, daß überall auf dem Land, je näher man den Kühen kommt, die Milch teurer wird.

Wir sahen: An einem Haus fehlte ein Stück vom weißen Putz. Das dunkle Loch an der Wand hatte die Form von Afrika.

Wir sahen: Alte Frauen in blauen Kitteln im Schatten unreifer Holunderbeeren sich auf Gartengeräte stützen, uns grüßen vor grünen Scheunentoren, die dem bröcke-lig-geflammten, ins Fachwerk gezwängten, zum Heraus-springen drängenden Backstein wehrten.

Wir sahen: Noch ältere Frauen sahen uns neugierig hinterher.

Wir sahen: Die unruhige Hand nördlich der Kaktee, die die weiße Gardine zurückzog.

Dinge, die man woanders auch sehen konnte, aber hier sahen wir sie gemeinsam.

Wir nahmen aus einem Holzkasten, der mich entfernt an Bienenkästen erinnerte, am Rand eines Feldes, weit und breit war kein Haus zu sehen, den kleinsten Beutel Kar-toffeln, den wir finden konnten. Man mußte das Geld in eine Aludose legen, die mit dickem Blumendraht an dem Kasten befestigt war.

»Kartoffelmaschine«, sagten wir.

Wechselgeld konnte man auch darin finden, wenn man welches brauchte. Es waren viel zu viele Kartoffeln. Mehr, als wir kochen konnten. Mehr, als wir essen wollten. Ich trug die restlichen Knollen – grobe Kiesel, wie vom Wasser geglättete Rundlinge, von Urzeittieren aus ihrem Schlammbett gepult – lose in meinem Rucksack, wo sie ihre Erde abrieben, zwischen der Wäsche verteilten.

Wenn man abends dem Weg folgt, unter der letzten La-terne das Brummen des Nachtfalters vernimmt, unwill-kürlich sieht man nach oben in die aufgeregte, nachtlange Ansammlung der Gnidden, dann ist man im Licht.

Wenn man durch die Heckenrosenluft schreitet, die vio-lette Farbe nicht mehr erkennen kann, der Busch zu einem riesigen duftenden Tier verschmolzen ist, ist man im Licht.

Wenn es nach Land riecht, nach Pferden, nach aufge-
brochener Erde, nach Mahd und Kühen, dann ist man im
Licht.

Wenn man auf dunklen Holzkanten sitzt, die von
Metallschienen getragen werden, unterhalb der zwei-
gegabelten Eiche, ist man im Licht.

Wenn eine Fledermaus eine Zickzackschnur über die
Straße fliegt, ist man im Licht.

Wenn die Entuferung der Frösche durch die Nacht
scheppert, ist man im Licht.

Wenn der grüne Geruch des halbreifen Getreides sich
in die Nase drängt und man an einen Platz zum Schlafen
denkt, ist man im Licht.

Wenn man spürt, wie die Beine schwer werden, man
könnte dennoch immer weitergehen, es ist warm, der
Körper ist schwer, aber der Geist in einer seltsamen
Schwebe, wenn man das Zelt ablegt, wo es nach Kamille
duftet, dann ist man ...

im Licht ...

ver...

im Licht ...

leise: ver...

im Licht ...

ganz leise: ver...

im Licht ...

noch leiser: ver...

11

Lübeck war anders als Lüneburg. Nicht ganz so ver-
träumt. Josse wollte sofort in die Marienkirche gehen und
Orgelmusik hören. Ich bekam einen Schreck. Wir waren
da. Und was nun? Wir waren heimisch geworden im Un-
terwegssein. Noch hatten wir Zeit gehabt. Noch hatte ich
Zeit gehabt, um im Dunkel des kleinen Zeltes ihre Nähe
zu spüren, sie in ihren Schlafsachen zu ahnen, wo ich, eingerollt in meinen Schlafsack, an sie angelehnt, mit der Taschenlampe für sie gelesen hatte. Noch war alles neu gewesen, alles möglich, alles geheimnisvoll, jede kleinste
Regung und Geste:

Das Ihrematemlauschen, wenn sie schlief, das Neben-
ihrwachwerden, das Zeltaufräumen, das Schlafsäckeein-
rollen, das Klopapiersuchen, das Frischmachen in den
Cafés, das Wasserflaschenauffüllen, das provisorische
Frühstücken mit dem sandigen Brot und dem abgepack-
ten Käse, dem Müsli, dem starken Tee. Wie sie den Reißverschluß ihrer Allwetterjacke öffnete, das leise Surren,
das durch die Leitung drängt, die Luft in die Seiten
drückt, na, Lorbaß, hörst ihn ..., Sonnenflecken vor meinen Augen, der Geruch neu entdeckter Landschaften,
die verfrühte Distel, die sich ins Feld rankt, das Bienen-
geräusch, das die Stille zerknittert, Propolissommer im
Duft ihrer Haare.

Das Braunerwerden ihrer Arme. Tage der Regenblei-
che und Tage des Rotfeuerfischs.

139

Wie sie im Vorübergehen den Mohn berührte, das ließ mich denken: Später!

Später war heute, war morgen, irgendwann, verborgen zwischen den Wolken, in der Seidenhülle des Windes, im Gewisper langarmiger Birken.

Später, Baby, paß auf! Jetzt spiele ich auf meinem unsichtbaren Saxophon für dich. Hörst du das Klappern meiner Finger auf den Tasten? Weißt du, was jetzt kommt? Hör genau hin, mein Mädchen. Es ist ein Stück von mir. Eine Ballade. Du bist die erste, die sie hört.

Wie sie über den Zaun langte, in den Zweig griff, mir eine dunkelrote Kirsche in den Mund steckte und sagte: »Leise! Hier gibt es Eingeborene. Und sie hassen Jazz!«

Sommer der Verzauberungen: Lübeck, das Ziel unserer Reise, war fern gewesen, ein mythisches Traumland, ein geheimnisvoller Kontinent auf ihren Lippen, wenn sie sagte: Wir gehen nach Lübeck! Wir gehen zu Fuß, auf Bachs Spuren! Bach, so hatte Mattens gesagt, der hatte so 'n Dusel, nur ich, ich bin noch Junggeselle. Und ich, Holtes de Vries, war bis nach Lübeck gekommen, mit ihr, mit Josse, da, wo ich hinwollte und nicht hinwollte, wenn nur die Reise lange genug dauern würde, genug Chancen bot.

»Oder du mußt spielen«, sagte ich. »Wir können ja fragen.«

Wir gingen in die Innenstadt, und unweit des Rathauses fanden wir die riesige rote Marienkirche. Schon von weitem hatten ihre beiden Türme, von dem der eine einstmals im Krieg zerstört worden war, uns den Weg gewiesen. Verschlungenen Pfades waren wir, die wir Lübeck nicht kannten, den immer wieder zwischen den Häusern hervortauchenden Türmen entgegengegangen. Wir fanden das große Hauptportal des Gotteshauses offen und gingen hinein.

Die ungemein geräumige Kirche war angenehm kühl. Jemand übte Orgel, schwere moll-Akkorde. Josse und ich überlegten ein halbes Jahr später, was es gewesen war, und einigten uns darauf, daß Buxtehude himself seine c-moll-Ciacona gespielt hatte. Vielleicht aber war es auch eine Improvisation im altnordischen Stil gewesen: dunkel, schwer, geheimnisvoll. Vielleicht war der Organist seiner inneren Stimme gefolgt, ohne zu fragen, wohin.

Wohin bringst du mich?

Weit fort. Dahin, wo es keine Worte mehr gibt. Wo jeder Gedanke Musik ist.

Wie komme ich dahin?

Frag nicht, folge deinen Händen auf dem Manual. Deine Hände kennen den Weg.

Wir zündeten in einer Ecke der Kirche eine Kerze an. Dann gingen wir – schoben uns seitwärts aneinander, tapsten dem vorgewagten rechten Fuß nach, bis wir die Mitte erreichten – in eine Bank sitzen und hörten zu. Josse hielt den kleinen weißen Stab mit der Flamme in ihren Händen. Ich lehnte mich an sie und blickte auf den heiligen Christophorus, der in bunten Farben von einer riesigen Säule herabsah, die Füße im Wasser des Lebens, auf dem Arm ein kleines Baby. Die schweren Akkorde der Orgel kreisten in meinem Kopf. Ich schloß die Augen, und da sah ich ihn, den alten Nordmann Friedrich Buxtehude. Mit einer altmodischen Perücke wartete er auf seinen Schüler, mit blauen Augen sah er zu mir herab, die Füße im Wasser des Lebens. Wohlwollend nickte er mir zu.

Ja, ich würde zur Empore kommen und ein Präludium spielen, ein einfaches. Der Meister würde lächeln und mich anweisen, eine Choralphantasie zu improvisieren.

»Psst, Holtes«, hörte ich Josse sagen. »Wollen wir fragen gehen?«

Ich war fast eingeschlafen, mit den nebligen, schweren Akkorden und meinem Kopf an ihrer Schulter. Wir erhoben uns und brachten die Kerze in die Ecke der Kirche, aus der wir sie geholt hatten. Dort steckte Josse sie auf eine der leeren Halterungen in einem riesigen, verzweigten Kerzenständer. Dann gingen wir zu der Tür, von der wir meinten, sie führe zur Empore. Wir fanden sie offen und gingen nach oben. Josse stellte uns dem Organisten vor. Sie sagte, daß wir gerade eben mal zu Fuß aus Verden kämen und daß wir so ein bißchen auf Bachs Spuren liefen. Dann erzählte sie, daß sie auch Orgel spiele, und fragte, ob sie einmal hier spielen dürfe, für mich.

Sie durfte.

Sie setzte sich auf die Bank und zog ihre Schuhe aus. Der Organist sah verwundert auf ihre Füße, sagte aber nichts. Dann legte sie los. Sie spielte das C-Dur-Präludium, das mit dem langen Pedalsolo am Anfang, ein Frühwerk Bachs, das er, der zwanzigjährige Johann Sebastian, möglicherweise in seinem Felleisen verwahrte, als er bei Buxtehude eintraf, in einem Herbst vor langer Zeit.

Josse spielte und spielte.

Der Kantor war etwas zurückgetreten und lächelte uns gutmütig zu. Ich war stolz auf Josse.

Meine Josse.

In so einer berühmten Kirche spielte sie. Hier hatte Buxtehude gewirkt. Hier hatten einst im Winter die Lübecker Abendmusiken stattgefunden. Hier hatte Old-Joe als junger Mann seinem großen Meister gelauscht, und hier lauschte ich ihr.

Nachher saßen wir in einem Straßencafé unweit der Marienkirche und genossen die winddurchströmte Luft.

Schwebende Tage, die zu Ende gingen.

Im Hintergrund rauschten unentwegt die Autos eilig zur Stadt hinaus. Hatte die Frau, die die Milchkaffees und das Schälchen Eis mit den zwei Löffeln gebracht hatte, wirklich gesagt: *Das gemeinsame Eis und der getrennte Kaffee?* Oder hatte sie nur gleich abziehen wollen? Wir bezahlten jedenfalls gleich.

Wir probierten die Seite des anderen. Die Löffel berührten sich, gaben ein stumpfes, glattes Geräusch.

Ihr Blauklintauge, das über den Tisch in mich hineinrieselt.

Komm, o komm, du schöner Mund, du. Küß mich, wenn das Nebelhorn schweigt! Ahornsirup obendrauf ist lecker von deinen Lippen. Nicht nur nippen will ich, sondern auch die Sahne.

In mir eine Wortmaschine. Wenn sie explodiert, weiß Josse, daß ich verrückt bin.

Josse hatte, als die Eisschale leer war, ihren Tonkünstlerkalender aus dem Rucksack genommen, auf den Tisch gelegt, ein paar Seiten durchgeblättert, eine Notiz gemacht.

Dann sagte sie: »Lies mir doch noch einmal etwas vor, aus unserem Buch!«

... aus unserem Buch.

Wie sollte ich Mattens jetzt jemals dieses Buch zurückgeben?

Ich nahm den Albert Schweitzer aus dem Rucksack und las für sie die Anekdote mit den Heringsköpfen und den dänischen Talern, die Bach auf einer Reise von Hamburg nach Lüneburg zugefallen sein sollen. Mein Milchkaffee wurde kalt dabei. Am Tisch lehnten unsere Rucksäcke. Josses Haare waren blond gesträhnt vom Sommer. Ihre Nasenspitze braun. Sie löffelte den Schaum von ihrer Tasse. Ihre Augen fest auf mich gerichtet. Sie sah aus, als käme sie gerade von einer abenteuerlichen Fahrt aus Kleinasien zurück. Wir saßen zwei Stunden mit nur einem Milchkaffee, bis Josse sagte:

»Wir müssen noch Äpfel kaufen und einen Platz zum Schlafen finden.«

Händchenhalten im Bogen des Holstentores. Durch den Bogen gehen und eins sein.

Innerliches Flüstern: Ja, ich will!

»Holtes«, sagte sie, »kann auch von ›hold‹ kommen. Dann heißt es der Schöne, der Treuergebene.«

Wir gingen hinein in das kleine Museum im Tor. Wir stiegen hinab in die Folterkammer unten im Keller und tauchten wieder ans Licht. Wir besuchten das alte Lübeck, das noch in Miniatur vorhanden war. Wir bewunderten die Schiffsmodelle und planten Weltreisen. Wir fuhren nach Bergen, wo es immer regnet. Wir sahen Island und Grönland. Wir wagten uns weit hinaus auf die offene See. Wir fanden einen Seeweg nach Indien. Wir verließen das Tor in Richtung Trave. Wieder ihre Hand. Das heimliche Wort im Kokon des Windes. Die weiche Glätte ihrer Finger mit den sanften Dellen, in denen die Knöchel sitzen. Dann läßt sie ihre Hände auf das Geländer fallen. Wir blickten von der Brücke hinab ins Wasser.

Josse sagte: »Du bist wie Er und Sie!«

Joe, süße Joe!

Wir waren nie wieder zusammen dem Meer so nahe wie dort.

So verließen wir die Innenstadt.

144

12

Für die letzte Nacht unserer Reise hatten wir eine Jugendherberge gewählt. Wir waren spät gekommen und hatten nur noch lauwarmen Hagebuttentee vorgefunden. In der hinteren Ecke des Saals saß an einem Tisch, die Stühle an die Wand gerückt, ein Pärchen. Sie hielten die Köpfe dicht aneinander, über irgendein Papier gebeugt, ab und zu hörte man sie lachen: Eine kleine junge Frau, Anfang Zwanzig, mit tiefbraunen, schulterlangen, glatten Haaren. Ihr Begleiter, vielleicht zwei Jahre älter, größer gewachsen als sie, mit kurzen, messingfarbenen Haaren, die von einem eckigen Schädel abstanden. Sie sprachen uns an, gerade als wir den Saal wieder verlassen wollten, winkten uns heran. Josse und ich stellten die Rucksäcke ab und setzten uns zu ihnen. Auf dem Tisch ausgebreitet lag ein Stadtplan, daneben stand eine offene Flasche Wein, ein einzelnes Glas, halbvoll. Der junge Mann sprach ein akzentreiches, englisch durchsetztes Deutsch, wobei er die Wörter absichtlich seltsam auszusprechen schien. Sie stellten sich vor. Kathy and John. Wir nannten unsere Namen.

»Dschosie and Holden?« wiederholte John.

»Josse und Holtes!« berichtigte ich. »Holtes is a very old-fashioned Germanic name!«

Kathy erzählte, sie seien aus Thetford, ob wir das kannten.

»Between Norwich and Cambridge!«

Sie erzählte weiterhin, sie sei Krankenschwester.

»A nurse. And he is a student!« sagte sie und zeigte auf John. »And where are you from?«

Sie hatte hellbraune Augen und Sommersprossen, und ihr Gesicht sah in etwa so aus, wie ich mir ein keltisches Gesicht vorstellte. Ich fand sie auf eine seltsame Weise nicht hübsch, aber doch attraktiv, ausgesprochen weiblich. Ich stellte sie mir vor in Thetford, das ich nicht kannte – Ostanglien, wie ich später behelfs einer Karte herausfand –, in England, welches ich auch nicht kannte, und beide, Kathy und John, lebten in meiner Vorstellung in schmalen englischen Reihenhäusern mit schmalen englischen Vorgärten, und dort, wo Kathys Eltern lebten, wuchsen Rosen, die ihre Mutter schnitt, und im Haus stand immer eine Kanne Tee ziehend auf dem Herd, und dort, wo John lebte, saß ein englischer Großvater Pfeife rauchend vor einem englischen Kamin. Der Großvater trug eine bunte englische Weste aus Tweed, und Kathy und John saßen händchenhaltend im Zimmer des Großvaters, und er, der Großvater, erzählte von früher, von den Beatles, von noch weiter weg, erzählte vom Krieg, erzählte von der Zeit, als die Queen noch jung war und Winston Churchill dicke Zigarren rauchte. Der Großvater erzählte von der geköpften Königin, erzählte von den Rosenkriegen, erzählte von angelsächsischen Rebellen, die sich in den Wäldern versteckt hielten, erzählte von der Ankunft Wilhelms des Eroberers, erzählte von der Zeit des Denalagus, erzählte von versunkenen Kleinstkönigreichen, erzählte von König Æthelberht, der seiner fränkischen Frau zuliebe als erster das Christentum angenommen habe, während sein ostanglischer Rivale Rædwald sich davon nur zum Teil beeindrucken ließ und ganz pragmatisch sowohl der alten wie der neuen Gottheit auf je die angemessene Weise, Opferdienst oder Gebet, huldigte, denn solange man nicht genau um jene letzten Dinge Bescheid wußte, war es ratsam, beiden Sitten zu genügen, um das Heil zu erlangen. Hatte nicht der ererbte Glaube ihn hier zum König gemacht? Was man von dem neuen Gott zu erwarten hatte, wußte man noch nicht. Ja, der Großvater erzählte sich zurück bis in jene mystische Landnahmezeit, in der ein Vorfahr, dessen Name nur noch eine dünne Erinnerung mit vielen Thorn-Lauten ist, einst über die Nordsee gekommen war, seinem Langschiff entsprungen, als erstes hier jenen Kamin gemauert und Rosen gepflanzt hatte. Und so hörte ich gleichzeitig Kathy und John und Johns Großvater zu. Im Laufe des Gesprächs aber hörte ich heraus, daß sie beide, Kathy und John, jüngst zusammengezogen seien, und sofort verschwammen die familiären Bilder ihrer Elternhäuser, und in meiner Vorstellung machte sich eine gemeinsame Wohnung der beiden breit. Ich sah sie gemeinsam am Frühstückstisch sitzen, sah Kathy John ermahnen, nicht seine Wäsche überall herumliegen zu lassen, sah John seine Kathy küssen und ihr den Tee servieren. So stellte ich mir Thetford vor.

»Do you know Bach?« sagte ich.

»Bach?« fragte Kathy.

»The German composer!« sagte Josse. »Not Händel, but the other one!«

»The other one!« wiederholte Kathy.

Josse berichtete, warum wir in Lübeck waren, daß wir aus Verden seien, ob sie das kannten.

»Between Hannover and Bremen!«

Bremen, da wollten sie vielleicht auch noch hin. Aber erst mal nach Hamburg, denn John, so berichteten sie, sei dort einmal als Austauschschüler gewesen und wollte bei seiner Gastfamilie vorbeischauen. Und sie wollten auf die Reeperbahn, gucken, wo die Beatles aufgetreten waren. Zwei Tage. Und dann weiter nach Bremen, aber höchstens für einen Tag.

»We're going to Berlin!« sagte John. »To see the wall!«
Sie waren vorher in Stockholm und in Kopenhagen, aber das Bier sei zu teuer gewesen. Sie wollten noch in den Süden. John holte eine dicke, abgewetzte Brieftasche hervor, und sie zeigten stolz ihre Interrail-Tickets mit den vielen Stempeln und verschiedene Münzen.

»You are musicians?« fragte Kathy. »How wonderful!»

»Oh, that's great. I'm a musician, too«, sagte John bedeutungsvoll und zog aus seiner Hosentasche eine Mundharmonika. Dann spielte er ein paar Bluestöne in den Saal hinein, wobei ihn Kathy lachend unterbrach, indem sie versuchte, ihm die Harp aus der Hand zu nehmen: »Hey, the hostel! It's late. Don't wake up the Herbergsvater!« Und um ihn zu entschuldigen: »John drank too much.«

Ich sagte, sie, Josse, sei die Musician. Sie studiere Kirchenmusik.

»In Freiburg!« ergänzte Josse. »I'm going to Freiburg in autumn.«

»And you are not a musician?« fragte Kathy mich. »What are you doing?«

Ihre Frage ließ mich etwas unsicher werden. Ich hätte mich schwergetan, in Josses Gegenwart zu behaupten, ich sei ein Musiker. Zwar wollte ich mir nicht irgendeine Geschichte ausdenken, ich wollte aber auch nicht der einzige Schüler im Raum sein.

»He's a poet!« sagte Josse.

»A poet?« John sah mich an. »Oh yes, you look like a poet!«

»So, he's writing books?« fragte Kathy erstaunt.

»He's making poems for me!« sagte Josse und grinste mir zu.

»It must be really nice being in love with a poet, very romantic, isn't it?« sagte Kathy zu Josse.

148

Josses Gesicht nahm einen verlegenen Ausdruck an.

»John is not a poet. He's more the rational type of guy!«

»Oh, that's not true, my lassie!«

Und wie um dies zu unterstreichen, kniff John Kathy in den Hintern und sagte irgend etwas wie, ihr Hintern sei »yummy«. Sie guffelte kurz und ermahnend seinen Namen, und er, John, blickte mich an, nicht ohne einen gewissen Ausdruck von Stolz in seinen Augen. Er hatte wasserblaue Augen. In der unteren Hälfte des Gesichts war der schwache Schatten aus der Haut drängender Haare zu sehen. Dennoch war deutlich eine kleine weiße Narbe auf seinem Kinn zu entdecken. John schaute zu Josse. Er sah ihr sehr lange in die Augen, und sie erwiderte den Blick. Josse, die um einiges besser Englisch konnte als ich, begann ein Gespräch mit Kathy und fragte sie ein wenig über England und über ihre Eindrücke von der Bundesrepublik. Soweit ich verstand, fragte Kathy, ob es noch Deutsche gebe, die »das Führerbild« zu Hause hängen hätten. Sie habe davon gelesen. Wir wußten nicht ganz, ob wir darüber lachen sollten oder nicht, und Josse versuchte Kathy zu beruhigen, daß die meisten Deutschen die Vergangenheit sehr kritisch sehen würden. Schließlich sagte John, jeder könne doch sofort sehen, daß der deutsche Bundeskanzler ein ganz harmloser Mann sei. Europe's strongest man sei eine Frau.

»I hate the war!« fügte er nach kurzem Schweigen hinzu, goß Wein nach und trank sogleich einen großen Schluck.

Kathy fragte, was wir vorhätten, ob man noch in die Stadt könne und ob wir mitkämen.

»Morgen fahren wir zurück nach Verden!« sagte Josse.

Als Josse und ich gehen wollten, wir hatten uns schon erhoben, fragte ich, ob ich ein Glas Wein mitnehmen könne. John antwortete gleich, ich solle doch die ganze

Flasche mitnehmen, sie hätten noch Bier. Ich sagte, ein Glas würde reichen. Nur ein Glas Wein, mehr nicht. Ich holte von dem Tisch, an dem wir vorher gesessen hatten, die weiße Tasse, aus der ich vorhin noch Hagebuttentee getrunken hatte. Kathy goß sie mir randvoll. Wir wünschten uns gegenseitig eine gute Reise.

Seltsamerweise standen sie von ihren Stühlen auf, um uns zu verabschieden. Und John sagte zu mir:

»Come up with some sweet poems for your lassie! One day you'll make her famous!«

Josse sah mich an, sah John an, sah mich an. Sie hatte sehr große Augen. Blaue Augen. Blautürkis. Groß im Halblicht des Saales. Dann verabschiedeten wir uns. Wir stellten unser restliches Geschirr auf die Ablage für die Küche und gingen, und für einen Moment beneidete ich die beiden, zwei Menschen, von denen ich nichts wußte, auch nichts wirklich erfahren hatte, außer daß sie ein Liebespaar aus England waren, das noch ein Ticket für halb Europa in der Tasche hatte, von dem ich sicher war, daß sie es gut nutzen würden.

»Seltsame Leute«, sagte ich, indes wir schon auf dem Flur waren, die Saaltür hinter uns zuschwappte.

Josse und ich hatten ein Zimmer für uns allein. Es war auf einmal sehr ruhig, da ich die Tür hinter uns geschlossen hatte.

»Was willst du mit dem Wein?« fragte sie.

»Trinken. Möchtest du einen Schluck?«

Sie nahm mir die Tasse aus der Hand, trank einen kleinen Schluck. Sie gab mir die Tasse zurück. Sie suchte ihre Zahnbürste aus dem Rucksack. Sie legte ihre Schlafsachen zurecht. Ich trank von dem Wein. Er schmeckte trocken und rauchig. Es war heiß und ganz still im Zimmer. Auch von draußen, vom Flur, war nichts zu hören. Es war un-

150

ser letzter Abend, und sie hatte sich schon fertiggemacht. Sie trug das bordeauxfarbene T-Shirt, das sie als Nachthemd benutzte. Sie saß auf der Bettkante. Ich sah die Rundungen durch ihr T-Shirt. Sie hatte die Arme gehoben, und ich sah ihre Hände eine Bewegung über den Haaren machen. Ich sah ihre Beine und die schönen nackten Füße.

»Als ich ein Kind war«, sagte ich, »erzählte mir einmal auf dem Heimweg von der Schule ein Junge aus meiner Klasse, den Namen weiß ich nicht mehr, aber er sagte, wenn der Krieg käme, dann könnte ich mich bei ihm verstecken, sie hätten einen großen Keller unter der Erde, sehr tief, und er würde seine Eltern fragen, ob ich dann zu ihnen dürfte, und ich war für einen Moment dankbar für die angebotene Hilfe. Viel später erst begann ich darüber nachzudenken, was dann mit meinen Eltern geschähe und wie es wäre, wenn ich ohne sie dort im Keller warten müßte, bis der Krieg vorbei wäre. Meine Gefühle gingen hin und her. Ich konnte mich nicht entscheiden, ob ich mich sicher fühlen dürfte, dorthin fliehen zu können, oder ob ich zuerst an meine Eltern denken müßte. Seitdem hat es nicht aufgehört. Ich hatte immer das Gefühl, in der letzten Zeit meines Lebens zu sein. Jeden Tag könnte ja dieses schrille Geräusch durch die Luft schwirren, was dir sagt: Du hast nur noch acht Minuten. Nur noch acht Minuten, um diesen Song fertigzuschreiben, irgend etwas zu tun, was dir ganz wichtig ist. Ich habe manchmal das Gefühl, daß ich mich nicht entscheiden kann. Dabei können es ja noch acht Wochen, acht Monate oder acht Jahre sein. Vielleicht werde ich sogar achtzig. Vielleicht passiert es nie, und ich sterbe und habe das Leben verpaßt. Weißt du, was du tun würdest, wenn du wüßtest, dies sind die letzten acht Minuten?«

Sie sah einen Moment sehr nachdenklich aus. Dann sagte sie: »Einen Tee trinken und eine Fuge spielen vielleicht.«

»Hast du nie Angst, etwas zu verpassen?« fragte ich.

»Man muß ab und zu etwas versuchen, sonst kann es nicht klappen!« sagte sie.

Ich überlegte, ob sie das nicht schon einmal gesagt hatte. Ich sah sie an. Sie sah mich an. Sie hielt die Augen offen. Sie hatte einen sehr schönen, weichen Mund in diesem Moment. Ich spürte, wie der Mund in mich hinein wanderte, durch meine Augen rieselte in das Innerste meines Körpers.

Und dies ist der letzte Abend, dachte ich. Und sie griff, ihre Arme verschränkt, den unteren Rand des T-Shirts. Sie überlegte.

»Machst du das Licht aus?«

Ich ging zum Schalter und machte das Licht aus. Ich blieb einen Moment im Raum stehen.

Wetterleuchten im Halblicht des Sommers.

Ich hatte das Fenster auf Kipp gestellt. Ich war müde, und dennoch: Ich wollte nicht schlafen. Das Gewitter kam näher. Ich hörte den Riß, den der Regen vollführte: Das Prasseln lief schnell an, ein dichter Vorhang aus Tönen, vielstimmig, undurchdringbar. Es war, als verschwände dahinter alles, das Lübeck von heute, die Zeit. Manchmal meinte ich Menschen lachen zu hören. Im Regen. Dann war es wieder nur die Musik. Eine unbestimmte Musik. Ein Urwald aus Tönen. Eine Toccata aus Wasser. Ich dachte an Buxtehude, an große silberne Orgelpfeifen. Ich dachte an die kleinen Schneckenhäuser und an die Kieselsteine, die wir gesehen hatten. Ich glaube, ich sagte noch: Du hast schön gespielt, oder irgend so etwas. Ich dachte daran, daß dies unser letzter gemeinsamer Abend war. Ich hätte gerne mehr Zeit, sagte ich, aber nur leise. Dann trank ich den Wein aus. Ich stellte die leere Tasse auf den Fußboden.

Am anderen Morgen war der Regen fort. Der Himmel blaudiesig. Josse und ich standen zeitig auf.

Ihr bordeauxfarbenes T-Shirt von der Nacht, das irgendwie in meinem Rucksack verschwindet.

Ich mußte die Duschen suchen und verlief mich beinahe auf dem kurzen Gang. Wir packten unsere Sachen und gingen zum Frühstück. Ich schaute mich zwischendurch um, aber von Kathy und John war keine Spur. Am Frühstückstisch im großen Saal: Ich überlegte, ob die anderen Leute überlegen würden, denken würden, daß Josse und ich ...

Der Weg zurück mit dem Zug: Die Landschaft draußen zog vorbei. Wir standen. Die Kühe auf den Wiesen, die Äcker mit den wechselnden gelben und grünen Flächen aus halbreifem Getreide, die Lichtungen und die schmalen Wälder, die Dörfer, der grobe Kies, der die rostige Spur hielt, Brombeerbüsche am Hang, die kleinen Bahnhöfe, die alten Gebäude mit romanischen, glasleeren Bögen, in denen das Dunkel hauste, roter Backstein, von dem die Eistafel abblätterte, stillgelegte Nebengleise, die sich gelber Pippau, Johanniskraut und kleine Birken eroberten, die Weitung der Landschaft hinter den Wäldern und der Fluß. Das alles bewegte sich.

Josse und ich standen still.

Ich war müde vom Hinaussehen, und irgendwann legte ich meinen Kopf auf ihren Schoß und hörte durch Josses Körper hindurch den gleichmäßigen Puls der vorbeiziehenden Landschaft. Josses Schoß war warm, und ich schloß die Augen.

153

Das Getrommel der Landschaft wurde undeutlich und verschwamm, so wie auch die Bilder eben unwirklich und verschwommen gewesen waren. Ich hörte die Kühe ihr stumpfes Muh über die Wiesen brüllen, die Snirren ihre krummen Quinten geigen, hörte noch einmal die Regentropfen auf dem Zeltdach und das Wasser der Elbe unter der Fähre brodeln, alles hineingeflochten in das Gepoche der Eisenbahnschwellen. Und dazwischen Josses Orgelspiel. Ich spürte ihre Hand meine Haare streifen und auf meinem Rücken Platz finden. Ich weiß nicht, wie lange ich so dasaß, halb lag, und die ganze Welt durch Josses Schoß atmen hörte.

Das Geräusch veränderte sich mit einem Ruck: Es wurde laut, schwer und metallisch. Jemand hatte die Tür geöffnet. Der Schaffner kam herein und bat um unsere Fahrscheine.

Josse richtete ihren Oberkörper auf und begann ihren Fahrschein zu suchen, und ich hob den Kopf und setzte mich wieder aufrecht hin und wühlte mein zerknittertes Billett aus der Hosentasche.

»Übermorgen fahr ich nach Freiburg!« sagte Josse, nachdem der Schaffner gegangen war. Sie sah aus dem Fenster in die fast schon verschwundene Landschaft. »Ich will mir noch in Ruhe die Stadt besehen und ein Zimmer suchen, ehe das Semester beginnt.«

Als wir in Verden am Bahnhof standen und mein Bus kam, gab sie mir einen Kuß auf den Mund.

»Adjüs, mein Holtes!«

Ich stieg ein, löste eine Fahrkarte, und die Türen schlossen sich.

154

III

Fuge

1

Mams fragte: »Wie war's denn?«
Ich sagte: »Schön!«

Das mußte ja wohl als Begründung reichen, daß ich nachts
spät ins Bett ging und morgens nicht zum Frühstück erschien. Daß ich um neun Uhr aufstand, einen einzigen
Kaffee trank, bis zum Mittag Gitarre übte und dann lange
spazierenging. Daß meine wichtigste Frage war: Wie kann
ich duschen, ohne daß das Wasser meinen Mund be-
stiehlt?
Ich war glücklich. Ich war tot.

Vater fragte nichts. Das war wenigstens fair. Er ließ mich
leben. Im Krater des angehobenen Steines tanzten die Asseln. Der Pfirsichmeteorit erbleichte südlich der Back-
steinmauer. Vater fand in einem Karton die schwarzweiße
Erinnerung im gelb gezahnten Rahmen: der blondgelock-
te Junge mit dem Holzauto, das der französische Kriegs-
gefangene gebaut hatte: INGUIN. Der Name des Jungen
in großen Lettern auf dem weißen Holz des Lastwagens.
Das Spielzeug in den Händen des stolzen Kindes. Vater
suchte tagelang in seiner Erinnerung nach dem Namen
des Franzosen. Aus dem Stachelbeerbusch flüchteten die
Spinnen. Die Stachelbeeren waren klein, matschig und
faul.
Vater legte eine Fliese. Der Regen strich einen dünnen
Spiegel darüber.

Vater fuhr mit uns mit dem Zug nach Bremen ins Überseemuseum.

Unter dem Dach gab es Arfken mit Klümpken.

Mamsma saß unter dem Dach und beobachtete hinter der gewölbten Scheibe einen Russen mit einer Landkarte auf der runden Stirn. »Der wird genauso ein Löger sein, wie de annern auk.«

Das Gras wuchs hoch und schnell.

Mams Vetter, großnasig und betrunken, nahm die Kordmütze nicht von den roten Haaren, fragte Vater, wie lange das denn noch mit dem Jungen so weitergehen und was die Schule solle, wann der Junge endlich eine vernünftige Ausbildung mache.

Das Gras wuchs hoch und schnell.

Wenn man den Stein hob, flohen die Asseln vor dem Licht.

2

Meine Schule fing auch wieder an. Die heißen Augusttage kamen, in denen der Rest des Sommers verbrennt. Das Gras an den Wegen war dünn geworden. Nachts hörte man die Mähdrescher in den Feldern. Morgens war es noch warm. Am Radweg hingen die Hagebutten wie dicke rote Trauben zwischen einzelnen Nachsommerblüten. Die Mädchen trugen abgeschnittene Jeans oder bunte Batikröcke und zeigten ihre Urlaubsbräune, schwärmten von österreichischen Jungen, die sie auf Naxos getroffen hätten, und erzählten unglaubliche Geschichten. Alle Mädchen, die ich kannte, hatten ältere Freunde:

»Jungs sind mit siebzehn halt noch Kinder!«

»Frauen werden früher erwachsen!«

»Geistig meine ich das jetzt!«

Einmal fragte Judith, von der mir wenig in Erinnerung geblieben ist, außer daß sie ihre Haare mit Henna färbte und manchmal eine Selbstgedrehte rauchte, während wir im Schulhof auf der achteckigen Bank unter dem Ahorn saßen: »Was ist denn mit dir und dem Mädchen aus der Schulband, die jetzt Musik studiert? Vielleicht heiratest du die später!«

Es gab ein großes Gewitter, und der Sommer war vorbei. Der Regen spülte ihn fort. Ein dichter Vorhang aus Erinnerungen. Er erwischte mich auf dem Heimweg nach der Schule. Ich hatte gewartet, bis es aufgehört hatte zu blitzen. Dann fuhr ich, *My thoughts are many miles away* singend, durch den strömenden Regen nach Hause. Regen rann mir durch die Haare, lief mir über die Nase, über die Lippen, während ich sang, und ich sang für Josse, die nicht da war, die nicht im Regen radfuhr, hier durch Verden, und die doch da war im Regen, die mich umschloß, die mich völlig durchnäßte, die mein Hemd auf der Brust kleben ließ und die Hose eng an den Beinen, die meine dunkelblonden Haare schwarzfeucht aufleuchten ließ, die mir über die Stirn rann, in die Augen lief und beinahe die Sicht stahl und die dennoch nicht hier war. Und ich wußte, dieser Regen würde niemals aufhören, nicht eher, bis der ganze Sommer verschwunden war.

Das Schulhalbjahr zog sich hin wie ein zäher Brei, eine unendliche Masse von unbewohnten Kontinenten, die ich durchschreiten mußte. So muß sich der erste Quastenflosser gefühlt haben, der an Land kroch und dummerweise hoffte, irgendwo einen anderen Fisch zu treffen. Vielleicht war auch ein früher Mensch auf einem Floß, einer wunderbaren Musik folgend, in Richtung Europa nach Gibraltar gerudert. Irgend etwas mußte da drüben doch sein. Nun suchte er vergeblich jene einmal gehörte Musik und durchstreifte hungrig einen leeren Kontinent. Jeden Morgen ruderte ich mit meinem Floß nach Gibraltar.

Die Molluske des Traumes verläßt die Finger.
Ein früher Hund bellt ihren Namen.
Traumwach schwebt der Nachsommer ungenutzt an deinem Fenster vorbei.
War sie im Traum da? Du weißt es nicht mehr.
Du stellst den Wecker aus.
Wieder ein Tag.
Auf, auf, den Tee getrunken.

162

Gibraltar der Flure und Treppen. Lachende Mädchen und umgeschmissene Papierkörbe.

Durch die gelbe Tür gehen. Im Massenklo mit den fahlen Kacheln stehen. Durch die apricotfarbene Tür gehen. Initialen in den Holztischen. Breitgetretener Kaugummi auf dem Teppich. Zigarettenkippen auf dem Schulhof. Cool, wer mit der Achtziger oder, besser noch, mit dem Auto hinter der Schule parkt.

Es klingelt. Es ruft uns wach, aber wozu?

Wir wissen, daß wir nicht gebraucht werden.

Pausenzeichen, die die Zeit zerteilen und endlos ausdehnen und alles zugleich.

Zeitschleife!

Geschichte ist das, was wir morgen sein werden.

Meine Klausurnoten veranlaßten meinen Vater, mich zu ermahnen, ich solle mich doch etwas anstrengen, wo ich nun in der Oberstufe sei, also bald am Ziel meiner Träume, dem Abitur. Daß dieses Abitur aber erst, wenn überhaupt, durch drei mühevolle Jahre Einsamkeit zu erreichen war, schien ihm keiner besonderen Erwähnung wert. Ich hatte bereits einmal ein Schuljahr wiederholen müssen, nämlich die achte Klasse, und meine Mutter hatte damals gemeint, es sei wohl ein Fehler gewesen, mich schon mit fünf zur Schule zu schicken, und alles sei Vaters Schuld, denn überhaupt sei er es gewesen, der mich für begabt gehalten habe. Mit einer schweren Behinderung wie der Legasthenie belastet, konnte ich froh sein, überhaupt auf das Gymnasium zu dürfen, zumal ich nur eine Realschulempfehlung hatte. Vater übrigens meinte, ich solle stolz sein, denn ihm sei das Abitur auf normalem Wege verwehrt geblieben, ich sei der erste in unserer Familie, der diese Chance hätte. Vielleicht sagte er das auch, weil Mutter manchmal meinte, aus ihm hätte doch mehr werden können, hätte er sich nur angestrengt, und jedenfalls habe sie wegwollen vom Dorf und nicht diese ewiggleichen Einfamilienhäuser sehen wollen, die mein Vater zeichnete, und es wäre schön, wenn er etwas größer wäre, nur fünf Zentimeter, denn sie hatten beide die gleiche Größe. Meine Mutter meinte aber, eine Frau müsse zu ihrem Mann aufblicken können, und das könne sie bei meinem Vater nicht. Aber dann war ich ja sitzengeblieben, und meine Eltern meinten, es läge an der Schule. Ich solle doch die Schule wechseln. Und so hatte ich mit fünf Fünfen im Gepäck vom Domgymnasium zum Gymnasium am Wall gewechselt. *Wir wünschen dir woanders mehr Glück, Holtes de Vries. Ecce, quomodo moritur iustus.* Von der Lateinschule zur Schule für höhere Töchter. Ich konnte ja nicht wissen, daß eines Tages sie dort herumlaufen würde mit ihrem Posaunenkoffer mit dem Posaunenchorposaunenkofferaufkleber. Mit ihren blauen, türkisblauen Augen. Mit ihren Zähnen. Die dunkelblonden, glatten Haare. Vorne etwas heller, vor der Stirn. Ich hätte sie wahrscheinlich auch schon vorher sehen können, auf dem Schulflur oder in der Stadt. Vielleicht waren wir bereits unzählige Male aneinander vorbeigelaufen, ohne uns zu sehen. Wir meinen, unserer Wahrnehmung habhaft zu sein, aber wir sind es nicht, und auch jetzt verstehe ich nicht, warum ich glaube, so viele Splitter jener Begegnung auf dem Friedhof, an die ich doch lange nicht gedacht habe, zu erinnern, nicht aber weiß, ob ich den Winter über oder gar vorher einmal jemals jenes namenlose Mädchen mit der Posaune auch nur flüchtig gesehen hatte. Vielleicht war ich zu sehr mit mir beschäftigt gewesen.

3

Mams sagte zu ihrer Schwester: »Holtes hat jetzt eine Freundin, die studiert Musik in Freiburg!«

Ich sagte nichts und ging aus der Küche.

Ich hörte Vater: »Laßt doch den Jungen in Ruhe!«

Mams: »Du gönnst ihm auch gar nichts!«

Vater wurde immer komischer.

Sprachloser.

Nordseeaquarienhafter.

Mams sagte: »Eine Frau sollte nicht ihren ersten Mann heiraten. Das ist ein Fehler.«

»Aber du bist doch auch Vaters erste Frau!«

»Ja, aber das ist was anderes!«

Papa sagte: »Der Gerber würde gerne seine neue Frau vorstellen. Sie ist von den Philippinen.«

Mams: »Hat er die etwa aus einem Katalog?«

»Die hat sogar studiert. Sie ist Ärztin.«

»Komisch, ich dachte immer, der Gerber sei Rassist. Seine Ex mußte sich doch immer die Haare blondieren.«

»Vielleicht fand sie das schön.«

»Ich würde mir nie die Haare blondieren.«

»Das will ja auch niemand.«

»Alle Männer sind Rassisten, weil alle Männer blonde Frauen wollen. Auch die Türken und die Afrikaner sind Rassisten. Bei denen ist das doch genauso. Ich glaube, blonde Frauen haben es irgendwie einfacher. Wenn ich mit Gerber verheiratet gewesen wäre, hätte ich mich auch scheiden lassen. Holtes, warum stellst du uns nicht mal Josse vor?«

Papa sagte, seinen abendlichen Blick in das Aquarium versenkt: »Es ist schon erstaunlich, wenn man einmal betrachtet, wie bei Bewohnern der Küste, vertraut mit den Gezeiten, Provinz und Weltläufigkeit zusammenhängen. Man nennt das schmale Handtuch zwischen den Grachten die Welt, aber daß einer in Amerika war, ausgewandert ist, findet man kaum erwähnenswert.«

Vielleicht hätte ich besser auf Papa aufpassen sollen. Ich konnte damals nicht wissen, daß er sich verliebt hatte. Später fand ich ein Photo, einen handgeschriebenen Gruß, freundschaftlich, nicht besonders zärtlich. Es waren einige Zeilen, die Teilhabe an seinen Gedanken verrieten, mehr nicht. Vielleicht genügte das schon für ihn. Später folgte ich ihrer Spur von weitem, um herauszubekommen, wer sie war. Papa konnte keine Affäre haben. Ich glaube, so etwas war ihm unmöglich. Er konnte auch nicht mit Mams Schluß machen und mit jener anderen Frau zusammen leben. Seine Ansichten in solchen Dingen waren sehr streng. Er hatte eine preußische Haltung geerbt, die ihm das Leben nie zu einem Spiel werden ließ. Also desertierte er.

4

Ich wurde ein Fossiliensucher: Ein Fossil hing in der Schule. In der Cafeteria wurde an den großen Stützpfeiler eine große, gerahmte Photographie vom letzten Abi-Jahrgang gehängt. Ich blieb einige Male dort Kaffee trinkend sitzen. Ich sah den weißen Wal in die Mitte der Tasse hinabschweben und nicht an die Oberfläche zurückkehren. Ich betrachtete das Bild: Josse in einem dunkelblauen Kleid, das mir seltsam vorkam, weil sie sonst nie ein Kleid angehabt hatte, grinste, und man konnte ein Stück von ihren schönen Zähnen sehen. Dann aber begann ich Umwege zu machen, um nicht zufällig an der Cafeteria vorbeizukommen, um nicht hineinzugehen und das Bild anzuschauen. Natürlich ging ich doch irgendwann wieder hin, ja, ich war sogar froh, wenn irgendwer fragte, ob ich mit in die Cafeteria käme, und fand immer Gelegenheit, die Schritte an einen Tisch zu lenken, von dem aus man das Bild gut sehen konnte. Wie töricht von mir. Ich schaute auf das Bild, und sie stand da zwischen all den anderen und sah aus dem Bild heraus, und ich, ich war wieder ertappt, und ich begann erneut, Umwege zu machen, um nicht an dem Bild vorbeizukommen.
Ich legte meine Hand auf die braune Fläche in der Wand.
Hier in etwa war Hokkaido.
Die Luft draußen roch nach Aufbruch.
Aus dem Ahorn schuppte der morgendliche Regen.

Ich träumte von ihr, doch nur als Andeutung: ihre Zärtlichkeit, Nähe, sie nur halb sichtbar. Manchmal nur ihr Gesicht, manchmal auch nur der Schemen von einem Gesicht, wie in einem alten Schwarzweißfilm. Dafür ihre Stimme ganz deutlich, so nah, daß ich sie beim Erwachen noch zwischen den Schläfen widerhallen spürte, als ob mein Trommelfell noch vibrierte von Josses Stimme. Undeutlich zumeist die Szenen, ich wußte selten, was ich geträumt hatte. Doch ich wußte, daß sie dagewesen war, spürte einmal ihren Kuß beim Wachwerden auf den Lippen. Es war noch früh, ich versuchte, beim erneuten Einschlafen weiterzuträumen, wollte den Kuß festhalten, mehr haben. Aber der Kuß war schon fort, hatte sich verwandelt. Andere Räume, Menschen, Stimmen. Einmal hielt sie meine Hand, sagte sehr ernst: Das hast du so gewollt. Ich wußte nicht, was sie meinte, spürte ihren Vorwurf, wagte nicht, sie zu fragen, hielt ja ihre Hand. Ich sagte: *Das hab ich nicht gewollt,* und spürte auf eine nicht erklärbare Weise, daß sie mir nahe war, daß wir zärtlich waren, ohne daß mir der Traum verriet, wie. Ich träumte, wir führen Zug. Sie hielt ein Brot in den Händen. Ein rundes, dunkles Brot, das ich für sie gebacken hatte.

Nach der Schule fuhr ich zu Josses Stelle an der Aller. Ich ließ mein Rad oben liegen, auch meinen Ranzen, und kletterte den kleinen Abhang zum Fluß hinunter. Die Wurzeln des Baumes ragten noch immer hoch in die Luft. Ich zog meine Schuhe aus. Die Socken auch. Ich wartete einen Moment, schaute auf die Bewegung des Wassers, die feinen Wirbel, die sich bildeten, dort, wo der Wipfel ins Wasser ragte. Dann stieg ich auf den Stamm. Ganz langsam. Ich ging nicht bis zum Ende. Ich setzte mich. Sehr langsam. Meine Hände an der rauhen Rinde. Ich saß sehr lange da. Wenn ich jetzt ins Wasser fiele, so dachte ich, würde der Fluß mich fortspülen. Vielleicht würde ich vor Panik vergessen, wie Schwimmen geht. Wie lange würde es dauern, bis jemand mein Fahrrad fände, man nach mir zu suchen begänne? Zu lange, um zu schwimmen. Wie ich mich zum Ufer zurückdrehte, wurde mir komisch. Ich rutschte vorsichtig zum Ufer zurück, kletterte vom Baum, zog meine Socken und Schuhe an und fuhr nach Hause.

5

Die Vögel sammelten sich zur Zählung auf der Hochspannungsleitung.

Jemand hatte auf das Transformatorhäuschen
– Achtung Lebensgefahr –
um den gezackten Pfeil ein rotes Herz gesprüht.
Die Scherben aus Wasser auf dem Eisengeländer wußten ihren Weg, bildeten eine dünne Kuppel, fanden einander, rutschten hinunter, verschwanden, bei Licht betrachtet.

Die Tage wurden kürzer, und es wurde am Morgen kühl, auch wenn es klar war oder gerade dann. In den Hagebuttenbüschen hingen vor der ersten Stunde indianische Traumfänger, Spinnwebterrassen. Ich mußte an die vielen Lieder denken, die ich früher mit Mattens beim Radfahren gesungen hatte. Vor meinem Fahrrad tänzelten rötliche Blätter. Ich hatte noch Josses Tuch und trug es beim Radfahren. Die Spur von ihrem Duft um meinen Hals. Niemals vorher hatte ein Herbst so intensiv gerochen wie dieser Herbst ohne Josse.

Tuch, Tuch, Jossepfand.

Weintraubenranke und Nachsommerzwetschge. Die späte Wespe, die im Geäst sägt, einen Tunnel in die violette Frucht gräbt, empört über meine Hand ins Freie droht, das Plagiat des Sommers. Unter dem Dach gab es dünnen Zwetschgenkuchen mit Sahne.

Die letzten Grillen in den bleich gewordenen Wiesen hinterm Haus. Im Gras der früh vom Baum gefallene

Apfel mit der braunen Stelle. Mams sagte, Vater solle den Apfelbaum fällen. Er trage doch kaum noch. Noch nicht, bat ich, noch nicht jetzt. Das aufgeschobene Unglück. Die Verkürzung des Lichts, die sich nicht mehr leugnen läßt. Der Tag, wenn das Licht zu gründeln beginnt. Trolluft am Abend. Mit dem Kopf auf einem bordauxfarbenen T-Shirt schlafen. Die helle, dünne Lasur des Morgens. Barfuß laufen über gelbe Blätter, den weichen Boden fühlen. Bereit zum Sprung. Schwebend. Enthoben. Der Läufer entschwindet der Erde.

Faulig süßer Grund des Herbstes.
Ich ging mit Kerst Kastanien sammeln. Ich füllte ein ums andere Mal die Kirschblüte mit Tee. Mattens schrieb einen langen Brief aus Göttingen. Er erzählte von diesem oder jenem Mädchen, für das er sich interessierte. Ich träumte, ich würde den Briefkasten öffnen und er wäre voll mit buntem Laub.

6

Ich kaufte mir eine große dunkelgrüne DIN-A4-Kladde und begann zu sammeln: Aufzeichnungen über Verden, einen kleinen Umgebungsplan, der den Verlauf der Aller zeigte, Herbstblätter, historische Notizen, Bleistiftzeichnungen aus dem Kreuzgang des Doms. Ich wollte ein Buch über Verden zusammenstellen, in dem alles, was mir auffiel, Namen, Orte, Jahreszahlen, Jahresringe gefällter Bäume, Fahrkarten, wie in einem Netzwerk miteinander verbunden war. Aber bald fing ich auch an, Dinge, die mit Verden zunächst nichts oder nur sehr wenig zu tun hatten, mit in das Buch aufzunehmen, wie zum Beispiel entfremdete Artikel aus dem Riemannschen Musiklexikon. Alles, was ich gedacht, gesehen und gehört hatte, während ich über das Kopfsteinpflaster dieser verregneten niedersächsischen Kleinstadt schlurfte, schien irgendwie dieser Stadt anzugehören, und alles verflocht sich mit meinen Gedanken an Josse.

7

In den Herbstferien floh ich zu Mattens nach Göttingen,
wo er mich vom Bahnhof abholte. Mancher, der die Aller
für zu gering hält, um sie einen Fluß zu nennen, wird seine
Meinung ändern, wenn er einmal, nach Göttingen kommend, die Leine überquert hat, die dort nicht viel mehr
ist als ein dünnes, über die Steine huschendes Rinnsal.
Endlich wollte ich Mattens einmal besuchen und damit ein
lange gegebenes Versprechen einlösen. Sein kleines, im
evangelischen Studentenwohnheim Ulhorn gelegenes Zimmer bot kaum mehr Platz als für ein Bett, einen Schrank,
einen Schreibtisch und einen Papierkorb. Neben dem vor
dem kleinen Fenster mit den weißen, frisch gewaschenen
Gardinen stehenden Schreibtisch stand Mattens' Trompe-
tenkoffer und hatte schon einige Semester theologischen
Staub gefangen. Sein Schreibtisch hingegen war peinlichst
aufgeräumt. Auf der dunklen Schreibunterlage lag, sozusagen als obere Begrenzung, jenes schöne, blau glänzende
Büchlein, der sogenannte Nestle-Aland, der das neue Te-
stament in feinen griechischen Buchstaben enthielt, darauf die runde Lesebrille, deren Gestell Mattens einst auf
dem Flohmarkt gekauft hatte. Die rechte Seite wurde be-
grenzt durch einen einzelnen Kugelschreiber billigster
Machart, ein Werbegeschenk der Sparkasse, neben einem
kleinen, zerknitterten Oktavheft, welches beim Aufschla-
gen, das wußte ich, sorgsam aufgeführte vierstellige Zah-
lenreihen aufweisen würde. Diese Zahlen stammten allesamt von chinesischen Fahrradschlössern. Mattens hatte

sich eine aus Ziehen und Drehen bestehende Technik an-
geeignet, mit der er diese damals noch überall im Umlauf
befindlichen Billig-Zahlenschlösser zu knacken pflegte.
Hatte er irgendwo ein Fahrrad mit einem derartigen
Schloß entdeckt, so machte er sich, vorausgesetzt, die Situation erlaubte ihm ein ungestörtes Arbeiten, sogleich
daran, das Schloß zu öffnen. Hatte er nach einigen Versuchen die Kombination herausbekommen, so prägte er
sie sich sorgsam ein, um sie später in seinem Heft zu no-
tieren, ohne jede weitere Angabe, wo dieses Fahrrad stand
oder wie es aussah. Das Schloß aber befand sich mittlerweile stets wieder an seinem alten Platz und war sorgsam
abgeschlossen. Mattens selbst benutzte im übrigen für sein
Fahrrad dieselbe Art von Zahlenschloß, und so hatte er
seine Kunstfertigkeit entdeckt, als ihm einmal die eigene
Kombination entfallen war.

Von diesen beiden Grenzmarken seines Daseins abge-
sehen, war der Schreibtisch leer, wenn man einmal von
einem roten Stiftehalter in der rechten oberen Ecke ab-
sah. An die einzig freie Stelle an der Wand hatte Mattens
eine Korktafel gehängt. Daneben baumelte eine rote Pla-
stikdose, in der er in seiner Kindheit eine Zahnspange
aufbewahrt hatte. Auf dem Korkstück waren mehrere
Photos befestigt, darunter eins, das uns beide, Rücken an
Rücken sitzend, auf dem Lugenstein zeigte, wobei Mattens meine Gitarre hielt. Es war ein großer Schwarzweiß-
abzug, den wir einmal im Keller von Mattens' Eltern gemacht hatten. Wir hatten von diesem Photo damals einen
größeren Stapel angefertigt und diesen nach und nach
an Bekannte verteilt, nicht ohne die Erklärung hinzuzu-
fügen, es seien unsere Autogrammkarten. In dem kleinen Regal an der Wand, vor dem der Sessel mit dem roten Stoffbezug stand, den Mattens vor langer Zeit vom
Sperrmüll mitgenommen hatte, befanden sich einige

theologische Werke, die mir unbekannt waren, darunter so alte Schwarten wie Riemanns *Reden aus dem geistlichen Amte* oder ein zweiteiliges, blumenartig marmoriert eingebundenes, durch einen kräftigen Lederrücken gestärktes *Lehrbuch der praktischen Theologie* von 1898. Etwas abseits davon die Sammlung einiger Wörterbücher, darunter der dicke dunkelgrüne *Gomoll*. In der oberen Reihe eine fast vollständige Ausgabe der Werke Stanisław Lems. Daneben eine sehr zerlesene Ausgabe irgendeines Buches von Jean Améry. Unterhalb des Regals an die Wand gedrängt, fand sich ein Karton mit Mattens' Plattensammlung, wobei ich mich vor allem an das Konterfei eines wohlgenährten französischen Trompetenvirtuosen erinnere. Ich stellte meine Gitarre in den Sessel, und wir gingen zunächst in die Gemeinschaftsküche, um unsere Spaghetti zu kochen. Ich mußte die Tomatensoße machen, die wir nachher, die Nudeln waren längst alle, mit unseren Kirchentagslöffeln aus dem Topf kratzten.

Mattens fragte beim Essen nach Josse, und ich gab eine ausweichende Antwort. Mattens war ein höflicher Mensch. Er ließ die ausweichende Antwort gelten, sah mich nur einen Moment nachdenklich an und wischte sich dann seinen zu langen Pony aus der Stirn.

»Hör zu«, sagte er, während er sein Heft aufgeschlagen hielt. »Vier-sieben-drei-acht! Das war gestern vor der Mensa. Ein Damenrad mit einem Korb. Bestimmt eine höhere Lehramtsstudentin. Französisch und Werte und Normen. Und hier: Eins-zwei-vier-drei, sehr originell, wirklich. Ich kann mich nicht genau erinnern, aber ich glaube, es war an der Hauptpost.«

Er legte das Heft wieder an seinen Platz zurück, nicht ohne eine Spur von Stolz, die sich als Grinsen über seinen breiten Mund zog. Dann fragte er, ob ich nicht Lust hätte zu singen.

»Warum spielst du nicht mehr Trompete?« wollte ich wissen.

Mattens machte mit dem Kopf eine Bewegung in Richtung Plattensammlung: »Ich werde eh nie so gut wie er!«

»Wenn es andere besser können, kann man nichts dafür. Aber wenn man es selber besser könnte, dann schon.«

»Schreib doch was für Orgel und Trompete. Es muß aber spielbar sein und einen echten Sonatenhauptsatz haben.«

»Mach ich, später, sobald ich Orgel spielen kann!«

Ich nahm meine Gitarre aus dem Koffer, damit Mattens sie stimmen würde. Er drehte an der A-Saite und blickte mich fragend an. Ich lauschte dem Ton, versuchte mich zu erinnern, und sagte, ja, dies sei in etwa der richtige Ton, woraufhin Mattens die Saiten durchstimmte. Mit dem ihm eigenen Grinsen reichte er mir sodann die Gitarre, sagte mir einen Akkord, den ich zu spielen hatte.

Am Abend gingen wir in die Stadt in den Irish-Pub, und ich trank mein erstes Guinness.

»Auf Öllmann!«
»Auf Öllmann!«

Die Gläser klangen dumpf, da wir sie gegeneinanderpoltern ließen und nach altem Brauch den Schaum vermischten. Der braune Schaum lief über den Rand, blieb an meinen Fingern kleben. Das Guinness schmeckte frisch und herb. Wir sangen laut: *När döden ropar: Granne kom, ditt timglas är nu fullt!*

»Öllmanns Stundenglas läuft nicht voll. Er wird ja auch nicht älter!« sagte Mattens.

Und er hatte recht, denn es gibt gar keinen Öllmann. Es gab nie einen. Er war eine Phantasiefigur des Dom-

176

gymnasiums, in den fünfziger Jahren von den Schülern erfunden, listenreich bis in das Klassenbuch gelangt. Seitdem ein Phantom, ein von Generation zu Generation
weitergereichter, immer wieder erzählter Witz. Ein Schüler, mittlerweile schon über dreißigmal sitzengeblieben.
Auf jeden Fall ein Schüler, schlechter noch als ich, und
dennoch: Öllmann durfte bleiben.

»Ist es besser, wenn man nicht da ist, weil man dann
nicht unglücklich werden kann?« fragte ich.

»Vivere, Holte frater, omnes beate volunt!« antwortete
Mattens. »Aber glücklich auch nicht, wenn du nicht exi-
stierst. Wenn du gelebt hast, kannst du ja wenigstens sagen: Ich war dabei! Wobei? Bei mir! Unglücklich! Ja und?
Aber wenigstens dabei!«

Ob mir übrigens bekannt sei, daß die Stoa eine Säulenhalle war, in der Zenon seine Schüler versammelte,
und dies, obgleich jene Säulenhalle den Griechen doch
als ein verfluchter Ort galt, da dort vormals, in der Zeit
der Tyrannen, über tausend Athener Bürger durch den
Henker ermordet worden waren? Dann, so meinte ich,
müßten sich die heutigen philosophischen Schulen doch
auf Friedhöfen treffen, vielleicht besser noch auf Solda-
tenfriedhöfen, die an die Schrecken des Krieges gemah-
nen. Oder in einem ehemaligen KZ. Welchen schreck-
licheren Ort kann man sich vorstellen als ein KZ? Es sind
gewiß die fluchbeladensten Orte der deutschen Geschichte. So solle doch eine neue Philosophie, die in stoischer
Schlichtheit das moralisch richtige und glückliche Leben
lehre, eben an jenen Orten ihren Ausgang nehmen. Wohl
sei die deutsche Vergangenheit nicht zu vergleichen mit
den Grauen der früheren Zeiten, sagte Mattens, aber
Kriege seien ja damals leider eher der Normalfall gewesen. Man gehe zurück in der Geschichte und schaue so
von Krieg zu Krieg, wie die Dummheit der Menschen

kein Ende nehme und sich leider nicht ins Paradiesische verliere. Sodann zählte er mir eine Reihe von europäischen und außereuropäischen Kriegen auf, bis zurück in die Gründungszeit Roms. Auch falle die Zeit der römischen Stoa mit der des frühen Christentums zusammen. Marc Aurel, ein frommer Mann, habe dennoch eine Christenverfolgung durchführen lassen. Im übrigen seien aber gerade in seinem Werk merkwürdige Übereinstimmungen mit christlichen Gedanken zu finden, wie sie auch von Augustinus gelobt würden. Ich sagte, ich würde nicht verstehen, wie jemand stellvertretend für meinen Murks gestorben sein soll. Mir fiel ein, daß mein Großvater einmal gesagt hatte, die Deutschen hätten Ostpreußen verloren als Strafe für den Krieg, und ich erzählte von der Flucht oder was ich davon wußte. Vor allem von Emil, jenem jüngeren Bruder meines Großvaters, von dem ich eine Zeitlang eine alte Photographie besaß, die ihn in einer Art Taufkleid auf dem Schoß seiner Mutter, der Vater daneben stehend, zeigte, und von dem gesagt wurde, er, Emil, der jüngere, noch fast ein Lorbaß, habe die sich auf der Flucht vor den Russen befindliche Familie verlassen, um die einzige Milchkuh loszubinden, und gelte als erschossen, während doch den anderen die Flucht geglückt war. Jenes Photo trug rückseitig die Nennung des Photographen, eigenartigerweise eine Adresse in Gelsenkirchen, was bei mir die Idee aufkommen ließ, zum einen herauszufinden, was die Familie damals so entfernt von Ostpreußen gemacht hatte, zum anderen zu schauen, ob es dieses Photostudio noch gibt. Beiden Vorhaben bin ich nicht gefolgt, leider, denn das Bild ging mir verloren.

Hatte mein Großvater aber nun recht, und war dann Gott der gerecht strafende Gott des Alten Testaments? Wieso mußten die Ostpreußen mehr für den Krieg bezahlen als die Österreicher, aus deren Mitte doch Hitler gekommen war? Ich vermochte nun in der Geschichte Gottes Wirken nicht zu erkennen, sosehr ich mich auch bemühte. Sollte Gottes Wirken das Auslöschen der Dinosaurier durch einen Meteoriten sein, was garantierte uns Menschen dann, vor einer Wiederholung gefeit zu sein? Vielleicht war es doch richtig, sich ihm täglich mit Lobpreis und Dank zuzuwenden, auf daß Gott sich nicht gelangweilt von seiner Kreatur zurückzöge. Und, so meine Frage an Mattens, wenn Gott wirke, was mir nicht zu bezweifeln anstehe, müsse man ihm dann auch die gescheiterten Attentate auf Hitler zur Last legen? All dies sagte ich Mattens. Wohl glaubte ich an eine Gottheit, eine göttliche Kraft, aber die Vorstellung eines persönlichen Gegenübers, welches mehr oder weniger bewußt in die Geschichte eingriff, war mir fremd geworden. Auch dies sprach ich aus und sagte Mattens, daß ich vermutlich im Herzen ein furchtbarer Heide sei. Er aber antwortete lachend: »Ich will's mit einem Heidenfreund versuchen, denn Christenliebe hat sich nur als hohle Höflichkeit erwiesen.«

Er bestellte neues Bier und beichtete sodann, wie groß seine eigenen Zweifel seien. Bereits die alten Mystiker hätten sich mit diesen Fragen beschäftigt, wie befremdlich das Studium sei, wie verkopft hier so vieles. Kaum ein Hinweis: Wie vorbildhaft eine Gemeinde leiten? Wir kamen auf Herrn Myra zu sprechen. Der stamme ja aus einer alten mecklenburgischen Pastorenfamilie. Ich fragte Mattens, ob ihm Myras Geheimnis, wie wir es damals nannten, bekannt sei. Er verneinte das. Er wisse nur, daß er, Myra, irgendwann in den Siebzigern mit seiner damaligen Freundin, seiner jetzigen Frau, gewußt habe, daß sie rübermachen würden. Wie diese Entscheidung irgendwo in Ostberlin gefällt worden war und wie es ihnen dann gelungen sei, das habe er zwar noch nicht verraten. Aber Myra, und dies erfülle ihn mit einigem Stolz, habe versprochen, er werde ihm, hätte er, Mattens, erst sein Examen, zur Belohnung seine Geschichte erzählen, auch um sich selbst eine Zeit zu bestimmen, um zu reden, weil zu leicht zu vieles unausgesprochen bliebe.

Im Pub kellnerte ein Mädchen mit einem schönen Mund, einer braunen Stupsnase und dunkelblonden Haaren. Sie sagte, sie komme aus Amerika. Sie hatte helle Augen. Ich wollte mutig sein und fragte sie nach ihrer Adresse. Sie gab mir die Adresse und ihre Telephonnummer.

»Quid tibi, lascive puer, cum fortibus armis?« zitierte Mattens. Ich brauchte einen Moment, bis ich begriff, verstand nur etwas von starken Waffen, denn so schnell, wie er sprach, konnte ich nicht übersetzen. Wie einer jener in der Zukunft des Sonnensystems beheimateten Menschen, von denen Mattens einmal gesprochen hatte, und die Gedanken lesen könnten, sah er mich nun einen Moment sehr konzentriert an. Dann sagte er: »Das war sehr mutig.«

Ich hingegen fand mich nicht mutig. Ich kannte sie ja gar nicht. Sie kannte mich nicht. Es hatte absolut keine Bedeutung. War es so einfach, eine Adresse zu bekommen? Ich hätte sofort draußen auf der Straße die Adresse wegwerfen können. Und wie weiter? Ich habe sie nie angerufen. War es überhaupt ihre Adresse? Ich weiß es nicht.

Noch spät unterhielten Mattens und ich uns in der Dunkelheit seines Zimmers. Die roten Zeiger über den beiden noch blaßgrünlich schimmernden Anzeigen seiner Anlage bewegten sich vorsichtig im gleichlaufenden Rhythmus eines Moogs. Ein Kristallsee, der leise in das Zimmer hinein glitzerte. Da hatten wir die seltsame Idee, der Tod sei nichts anderes als eine unvorstellbare Be-

180

schleunigung des Geistes. Man höre ja zuweilen, daß mit dem Alter die Zeit schneller ablaufe, sagte Mattens. Ihm würde es auch schon ganz deutlich so ergehen. Wie, wenn dann, wenn wir stürben, die Zeit einfach unendlich schnell werde, so daß sie für die Außenstehenden wie ein Stillstand erscheine?

Wir stellten uns das Leben als ein punktuelles Fortschreiten zwischen verschiedenen Ebenen von Zeitgittern vor. Stürbe ein Mensch, würde in Wirklichkeit das Fortschreiten von Zeitgitter zu Zeitgitter ins Unendliche verlagert. Die Zeit an sich stehe in diesem Fall in Wirklichkeit still. Sie existiere also nur durch unsere Betrachtungsweise, als Versuch, einen Zusammenhang zwischen verschiedenen Punkten zu erkennen. Ein Gott, so es einen gebe, könne daher auch mühelos in die Vergangenheit oder in die Zukunft schauen. Alle Unendlichkeit wäre demnach gleichzeitig.

»Gute Nacht!«
»Gute Nacht!«

Wir wurden morgens wach und hatten Kopfschmerzen, und Mattens rückte sein Kopfkissen zurecht, unter dem im übrigen, wie ich erst jetzt sah, der *Stowasser* lag, meinte indes, wir hätten Kopfschmerzen, weil wir zuwenig geschlafen hatten. So schliefen wir weiter bis zum Mittag, wurden wach und hatten Kopfschmerzen. Mattens meinte nun, wir hätten Kopfschmerzen, weil wir zu lange geschlafen hatten. Wir tranken unseren Tee. Mattens stimmte mir die Gitarre. Ich spielte. Wir sangen: *The first bird is bound to sing ...*

Ein Mädchen klopfte an, öffnete nach Mattens' »Ja« die Tür, so daß kurz ihre langen dunklen Haare in den Türspalt kippten, sagte »Schön!« und verschwand wieder.

Mattens nahm mich mit in die Uni. Wir aßen in der Mensa, wo es irgendwas mit Pommes gab und wo mir alles sehr weltläufig und wichtig erschien. Mattens zeigte mir den Marktplatz mit dem Gänseliesel – jene oberhalb eines Brunnens stehende Bronzefigur einer Magd, welche die Doktoranden zu küssen pflegen, die von mir jedoch nur einen Handkuß und das Versprechen eines Wiedersehens erhielt – und die Wappen der Hansestädte im Rathaus. Wir fielen in Geschichten, reisten nach Riga, handelten in Groningen mit Tuch, schauten in Bergen aus der alten Speicherstadt aufs Wasser, über uns der norwegische Regen. Wir kamen aus dem Rathaus, müde Weltenbummler, die von einem langen Leben berichten konnten. Kaffeetrinken in der Fußgängerzone und Stöbern in den Buchhandlungen. Ich war froh, für zwei Tage nicht alleine durch Verden laufen zu müssen, wo so viele Orte bereits mit Erinnerungen verbunden waren. In Göttingen bummelte ich wie ein Fremder durch die Stadt, beinahe nicht einmal der Sprache mächtig.

Am Abend überredete mich Mattens, in ein Orgelkonzert zu gehen. Der Organist spielte aber die Bach-Passacaglia, und ich bekam eine fürchterlich bedrückende Stimmung. Das Ostinato hämmerte gegen meine Schläfen, unwillkürlich mußte ich mich bewegen, obschon ich das Gefühl hatte, in einem Stein eingeschlossen zu sein, im Grabhügel meines eigenen Körpers, aus dem ich nun wie ein Wiedergänger herauszutreten drohte. Es war, als wäre ich besessen von der Musik, einer fürchterlichen Musik im übrigen. Mir schien diese Musik eine einzige Anklage an Gott zu sein. Klaglied eines sterbenden Alls. Myriaden von Galaxien, die ihren Schöpfer anriefen, ihre eigene Vergänglichkeit beschrien. Alles, was war, was ist, wird vergehen. So war es von Anbeginn der Zeit. Wozu dann? Wozu dann, du ferner Gott, das alles, wenn es nichts gibt, das bleibt? Ja, ich meinte sogar, das Thema der Passacaglia wäre einzig und allein dazu entstanden, um im Gedächtnis des grausamen Gottes bestehenzubleiben. Hier, hör es, hör unser Lied! Wir waren da: Hier gab es eine Sonne, gab es Planeten, gab es die Erde, gab es Menschen, gab es Orgeln, gab es Bach, der an dich geglaubt hat, der zu dir gebetet hat mit seiner Musik. Hier gab es Verliebte, gab es Sommer, gab es Herbst, gab es Laub. Hier gab es Menschen, die sich töteten. Hier gab es Menschen, die sich retteten. Hör, du Gott, die Arpeggien, sie sind wie der Wind, der den Sommer fortreißt, die dunkelgelben Blätter zu kleinen Galaxien aufwirbeln läßt. Weißt du, dort in deiner namenlosen Ferne, was ein Wind ist? Hier haben wir gelebt. Wirst du, namenloser Schöpfer, dich an uns erinnern? Wenn du doch wenigstens das Thema dieser Passacaglia erinnern würdest und eines Tages, in einer fernen Zeit, die kein Tag ist, weil Tag etwas Irdisches ist oder zumindest doch etwas Planetenhaftes, auferstehen lassen könntest. Ich hörte die Musik und sah die Welt in sich zusammenstürzen, sah Berge krachend fallen, hinter Schatten werfenden lodernden Flammen verzerrte Gesichter mit tiergestaltigen Körpern, weit aufgerissene Augen, blöde blökende Fratzen, hörte das Geschrei aller Menschen, die Urflut aller Meere die Feuer auslöschen. Ich sah skelettartige Wesen, die die Luft mit ihren Fingern zu durchbohren schienen, meinen Namen riefen. Mit einemmal schien mir all mein kurzes Lebens nutzlos. Ich hatte den schönsten Sommer verstreichen lassen. Wozu, wenn alles der Vergänglichkeit verfallen war, gab es irgend etwas? Selbst diesen Gedanken konnte ich nicht anhalten, nicht einmal den Zweifel selbst zur Ruhe bringen, ihn in irgendein ewiges Material meißeln. Selbst die Musik war nur ein Sein in der Zeit, natürlich, ich wußte das. Musik, eine Schallbewegung, die mein Ohr erreichte. Daß Musik nur innerhalb der Zeit existierte, daß sie nicht angehalten werden konnte wie der blaugefrorene Schrei Edvard Munchs. Das war eben ein Gemälde. Maler sind Menschen, die etwas festhalten wollen, Musiker sind Menschen, die etwas loslassen müssen. Wenn Gott aber außerhalb der Zeit existiert, dann hört er keine Musik, dachte ich und erschrak. Dann irgendwann war das Stück zu Ende. Die Anklageschrift war verlesen. Der aufgeregt wirbelnde Herbststurm hatte sich zur Ruhe gelegt. Die Leute klatschten.

Nach dem Konzert gingen Mattens und ich lange schweigend nebeneinanderher durch die Stadt, etwas ziellos zunächst, ich eingemümmelt in Josses Pali, wobei das Ostinato der Passacaglia immer noch in meinem Kopf hämmerte. Mattens lud mich in den Nörgelbuff ein, wo die Luft sehr schlecht war. Er meinte, am Nachbartisch würde der reinste Skrubs geraucht. Ich sagte, das fände ich auch, und beschloß, das Wort zu Hause nachzuschlagen. Ich trank lange an einem einzigen Bier.

»Auf Öllmann!«
»Auf Öllmann!«

Mattens fragte einen nie aus. Um irgend etwas zu erzählen, berichtete er, er lese gerade einen interessanten dicken Roman. Dann kamen wir von diesem Roman auf die Bibliothek von Alexandria und auf die Frage, ob es Wissen über vergangene Kulturen oder Sprachen gegeben hat, das durch den Brand der Bibliothek für alle Zeiten unwiederbringlich verlorengegangen war. Mattens sagte, die Amerikaner hätten ja vorsichtshalber eine Raumsonde mit Musik ins All geschickt. Die wüßten schon, warum. Er meinte, an Bord dieser Sonde seien Elvis, Bing

184

Crosby und Beethoven. Er könne dafür aber nicht bürgen. Jedenfalls solle diese Sonde eines Tages anderen Zivilisationen in den entferntesten Winkeln unserer Milchstraße Auskunft über die Menschheit geben. Das brachte mich auf eine kleine Idee. Eines Tages, vielleicht in zehntausend Jahren, vielleicht früher, vielleicht später, nähert sich der Erde eine Raumsonde. Sie wird unter strengen Sicherheitsvorkehrungen heruntergebracht und untersucht. An Bord ist ein merkwürdiges Gerät, dessen Sinn zunächst niemand versteht. Erst nach langen Untersuchungen und einem Austausch von wissenschaftlichen Fachmeinungen wird deutlich, daß es ein Gerät zum Abspielen von Schallplatten ist. Die Erdbewohner lauschen also der Musik und sind etwas verwundert. Wie fremdartig das alles klingt! Welche außerirdische Zivilisation hat ihnen diese Sonde geschickt? Aufschluß darüber gibt eine merkwürdige Metallplatte, die eine Art Absender in verschlüsselter Form darzustellen scheint. Abgebildet sind zwei aufrecht gehende Lebewesen, Erdbewohnern überraschend ähnlich. Der eine der beiden, es scheint der Mann zu sein, hebt die Hand, als wolle er grüßen. Solche Gesten sind aus grauer Vorzeit bekannt und beschrieben. Die auf der Platte eingravierten Koordinaten zeigen letztendlich: Diese Sonde stammt von der Erde. Wie kann das sein? Wer hat sie fortgeschickt und wann, wohin? Davon ist nichts bekannt.

Auf dem Weg zurück zum Wohnheim wurden wir etwas lauter:

»Greif ich aber mit der Hand,
   fang ich nichts als Luft und Wand,
   in der Bar zum Krokodil,
   am Nil, am Nil, am Nil!«

Im Wohnheim angekommen, wir gingen bereits über den Flur, sagte Mattens: »Vielleicht bist du im falschen Jahrhundert geboren.«

Ich fragte, in welchem ich denn hätte geboren werden müssen. Das wisse er nun auch nicht. Vielleicht müsse ja das passende Jahrhundert für mich noch erfunden werden. Ihm ginge es aber ähnlich, sagte er. Zuweilen meinte er ganz deutlich zu spüren, daß er einem Paralleluniversum entstamme.

»Ich bin sicher«, sagte er. »Wenn ich jetzt mein Zimmer aufschließe, ist alles fort.«

»Ich hoffe, meine Gitarre ist noch da!«

Er öffnete die Tür, an deren Außenseite eine als Plakat vergrößerte Photographie der Andromeda-Galaxie geheftet war, von der er meinte, unsere Milchstraße würde einem Betrachter aus ebenjener Galaxie sicherlich in gewisser Weise ähnlich erscheinen, und doch wären alle diese Galaxien nie gleich, und man würde an ihnen den unerschöpflichen Gedankenreichtum Gottes sehen, dessen Gedankenblitze uns als Sterne am Nachthimmel erschienen, das ganze All könne man sich demzufolge vorstellen als ein neuronales Feuerwerk. Und er machte das Licht an: »Du hast Glück gehabt!«

Im Paralleluniversum sprechen die Menschen rückwärts.
Im Paralleluniversum ist Friesisch Amtssprache.
Im Paralleluniversum geben die Menschen sich zur
Begrüßung nicht die Hand, sie schließen statt dessen
für einen Moment die Augen, um die Stimmen
besser verstehen zu können.
Im Paralleluniversum sprechen die Muscheln,
wenn sie an den Strand gespült werden.
Im Paralleluniversum hat Cook die Südsee nie entdeckt.
Im Paralleluniversum ist Ainu Weltsprache.

Im Paralleluniversum sind Menschen füreinander bestimmt.
Im Paralleluniversum heiraten die Frauen
jüngere Männer.

»Gute Nacht!«
»Gute Nacht!«

Am nächsten Tag fuhr ich zurück nach Verden. Noch beim Frühstück – *and last tubular bells,* sprach der gemeinschaftliche Radiorecorder, *Ich vermute, daß dies die Klassik unserer Zeit ist,* so Mattens – dachte ich, daß ich bald schon, vielleicht schon morgen, wenn ich am elterlichen Frühstückstisch in Verden säße, mich an dieses Frühstück erinnern und mich danach sehnen würde, es noch einmal zu erleben.

»Hast du nicht manchmal das Gefühl«, sprach ich, zu Mattens gewandt, »daß du einen Moment festhalten oder, besser, noch wiederholen möchtest? Vielleicht zwar nun mit verändertem Wissen, doch wohl an gleicher Stelle die gleiche Situation noch einmal durchleben möchtest?«

Mattens blickte einen Moment sehr nachdenklich erst auf, dann über den Tisch hinweg, wobei er noch sein Frühstücksmesser in der Luft hielt, als wolle er damit die Zeit zerschneiden, und sagte dann:

»Das hieße die Butter vom Brot streichen!«
Dann schmierte er sein Brot fertig, legte das Messer zur Seite und nahm einen Schluck Tee. Und ich dachte, er meint Gott. Ihm die Butter vom Brot streichen. Und ich dachte auch, daß ich überall aus der Zeit fiel. Und daß ich schon bereute, heute fahren zu wollen. Aber das mochte ich nicht sagen.

Noch auf dem Bahnsteig packte ich meine Gitarre aus, klemmte den Kapo auf den dritten Bund, und wir sangen eines unserer Lieblingslieder, jenes Lied von Märte Kadinsky, in dem es heißt:

»Ach, hätt ich Wein noch und ein Weib
in meinem Arm, so schritt ich fröhlich übers Land.
Hätt ich ein Heim doch und ein Ofen,
wär mir warm und der Krug gefüllt zum Rand.«

Wir sangen dieses Lied beinahe jedesmal, wenn wir uns verabschiedeten. Der Zug fuhr ein.

»Auf Mädchenhaaren, wo der Schnee herniederfällt,
wachsen Blumen über Nacht.
Dort, wo wir waren, unter dem schneebedeckten Feld,
hörst du, wie der Sommer lacht.«

Aber es ist schwer, gegen einen einfahrenden Zug anzusingen. Die Türen öffneten sich, und Menschen mit Rucksäcken oder großen Koffern, die sich auf kleine Räder stützten, strömten eilig heraus. Ich löste den Kapo, verstaute ihn in meiner Hosentasche und packte die Gitarre in den Koffer. Wir umarmten uns. Ich stieg ein, und er reichte mir den Gitarrenkoffer hinterher. Der Schaffner machte das Zeichen.

Ich blickte aus dem Fenster und sah, wie die Landschaft flacher wurde, die Orte an die schmalen halben Berge sich legten, die bronzegefüllten Blätter nicht erkennbarer Laubbäume im flüchtigen Blick verschwammen, während eine weißhaarige Frau mich auf meinen Gitarrenkoffer ansprach, ein Gespräch versuchte, was mir etwas unangenehm war, denn aus dem Augenwinkel, so meinte ich, betrachtete uns grinsend die schöne Studentin mit der aufgeschlagenen Mappe – wie ich erblicken konnte, handelte es sich um den Waldschadensbericht der Bun-

desregierung – und dem großen Rucksack, und während
dies alles gleichzeitig in meinen Gedanken Platz suchte,
hatte ich im Kopf eine Art Endlosschleife, einen Sprung,
kann man auch sagen, denn unaufhörlich wiederholte
sich das – mit der fallenden moll-Sentenz entfernt an
Tschaikowski gemahnende – Thema des Liedes, das ich
eben noch mit Mattens gesungen hatte. Allerdings hörte
ich immer nur die erste Hälfte, die einen gewissen un-
aufgelösten Charakter hinterließ, so daß ich langsam unruhig wurde. Es gelang mir, durch das Gespräch der weißhaarigen Dame freundlich bedrängt, nicht, mich meinen
Gedanken hinzugeben und das Lied in mir weiterklingen
zu lassen. Die weißhaarige Dame hatte mir bereits mitge-
teilt, sie fahre zurück nach Hamburg und sie habe ihren
Enkel besucht, der an seiner Doktorarbeit schreibe, und
da ich nun befürchtete, meine musikalische Endlosschleife und das Gespräch könnten bis zu meiner Umsteige-
gelegenheit in Hannover andauern, bat ich schließlich um
Verzeihung, sagte, daß ich arbeiten müsse, nahm einen
Kuli und etwas gefaltetes Karopapier und tat, als würde
ich schreiben. Ich schaute aus dem Fenster, wo fern der
Himmel über den sich verflachenden Bergen klar schien,
sich aber hier, auf Höhe von Northeim, einzelne Schlie-
ren von Regen an den Zug schmiegten.

8

Ich kam gerade rechtzeitig zu einer Beerdigung, denn während meines Besuches bei Mattens war der alte Friederich Galinder gestorben. Er war der beste Freund meines Großvaters gewesen und sollte am folgenden Tag beerdigt werden. Dazu kam, daß meine Mutter meine Abwesenheit genutzt hatte, um mein Zimmer nach schmutzigen Wäschestücken zu durchsuchen. Dabei war ihr auch das bordeauxfarbene T-Shirt in die Hände gefallen. Ich sah es sofort, als ich in meinem Zimmer stand, den Gitarrenkoffer noch in der Hand.

Eben noch hatte Mams gesagt: »Geh mal gleich zu deinem Großvater! Er fühlt sich sicher allein.«

Da entdeckte ich das gemachte Bett. Das Kopfkissen. Ich hob das Kopfkissen hoch.

»Wo ist das T-Shirt?« rief ich.

Mams kam ins Zimmer.

»Welches T-Shirt?«

»Hier lag ein T-Shirt in meinem Bett!«

»Ach, dieses weinrote. Das habe ich gewaschen.«

»Aber das war doch gar nicht schmutzig. Das war mein Kopfkissen.«

»Das ist doch kein Kopfkissen. Das ist ein T-Shirt. Ich hab's gewaschen. Sei doch froh. Woher hast du das denn?«

»Es gehört Josse.«

»Na, dann wird sie sich freuen.«

»Du hast es kaputtgemacht!« sagte ich.

190

»Ich habe das T-Shirt deiner lieben Josse nicht kaputt-gemacht. Ich habe es bei vierzig Grad gewaschen, und es duftet sehr frisch.«

Ich schrie: »Aaaah!«

»Du spinnst, du bist verrückt! Das hast du von deinem Vater!«

»Raus, du Zerstörerin!« brüllte ich sie an.

»Immer mache ich alles falsch!« schrie sie und verließ mein Zimmer. Knallte die Tür zu. Ich schmiß mich mit Klamotten aufs Bett. Das T-Shirt war gewaschen. Josse hatte es getragen, und ich hatte meinen Kopf darauf ge-legt. Jetzt lag da ein frisch bezogenes Kopfkissen. Ich schmiß das Kopfkissen ans Fenster. Ich stand auf. Ich öff-nete den Schrank. Da lag es. Fein säuberlich obenauf. Jos-ses T-Shirt. Ich konnte ja wohl kaum hingehen und Josse bitten, es noch mal zu tragen und es mir dann wieder-zugeben. Ich nahm das T-Shirt vom Stapel, betastete es, hielt es mir vors Gesicht. Es roch nach Persil. Ich warf das T-Shirt auf mein Bett, riß sämtliche restliche Wäsche aus dem Schrank und begann, sie schreiend durchs Zimmer zu werfen. Sollten sie ruhig denken, ich sei verrückt ge-worden. Kerst kam herein, ließ sein Gewicht am Türgriff hängen und sah mich vorwurfsvoll an.

»Mams sagt, du brüllst so rum, weil sie das Hemd von der Musikfrau in die Wunschmaschine getan hat?«

»In die Wunschmaschine? Das wäre schön!«

Kerst blickte, den Türgriff noch festhaltend, auf die wahllos in meinem Zimmer verteilte Wäsche, dann zum geöffneten Kleiderschrank. Auf einmal erhellte sich sein Gesicht. Ob er mitmachen dürfe.

Am nächsten Tag war die Beerdigung. In der Kapelle ertappte ich mich bei dem Gedanken, daß auch mein Großvater eines Tages entschwinden könnte. Wir saßen

nebeneinander in der zweiten Reihe und sahen auf einen
dunklen Holzkasten, auf dem ein riesiges Blumengesteck
lag. Vom alten Fritz fehlte jede Spur. Ich wußte nur ge-
rüchteweise, daß sein Körper dort in dieser Kiste liegen
sollte. Irgendwann während der Ansprache ging die Ein-
gangstür der Kapelle auf, und sie blieb offen. Niemand
schien sie geöffnet zu haben. Niemand trat herein. Draußen rauschten herbstliche Bäume. Niemand wagte es, zur
Tür zu gehen und sie zu schließen. Ich dachte: Jetzt ist er
rausgegangen, der alte Fritz! Der alte Galinder war von
uns Jüngeren so genannt worden, obschon er ganz und
gar nichts Militärisches an sich gehabt hatte, mit seinem
blauen Kittel und der blauen Arbeitermütze, die er meistens getragen hatte. Er war ein Typ, wie man ihn nur
noch auf alten Bildern sieht, und ich hätte ihn mir gut
mit einer Angel an einem See vorstellen können. Er hatte
mit meinem Großvater die Erinnerung an das versunkene Land geteilt und manchmal, zumal wenn er einen
Schnaps getrunken hatte, jene breite Mundart nachge-
ahmt, die viele für Ostpreußisch halten. Dabei konnte der
alte Fritz mit seiner immer etwas heiseren, rauhen, aber
doch irgendwie zärtlichen Stimme auch Fragmente des
Litauischen und des Russischen zum Leuchten bringen.
Er sagte, er habe Russisch in der Kriegsgefangenschaft
gelernt und dies sei ihm leichtgefallen, da es Polnisch
irgendwie ähnele, und Polnisch verstehe er auch, da es
dem Masurischen irgendwie verwandt sei. Ich glaube, er
war in seinem Herzen immer in jenem versunkenen Land
geblieben. Ich vermute, daß seine Haarfarbe einst von
einem dunklen, rötlichen Blond gewesen war, ich kannte
ihn jedoch nur mit grauen, zuletzt schlohweißen Haaren.
Es war mir nun etwas unangenehm, an seinem Grab zu
stehen, denn sein Gesicht hatte mich zuweilen an den Tol-
lundmann erinnert, jene jütländische Moorleiche, de-

192

ren seltsam friedlicher Gesichtsausdruck heutigen Zeitgenossen Anlaß zur Verwunderung gibt. Frau Galinder, die ihren Mann nun überlebt hatte, war eine kleine Gestalt mit einem breiteren Gesicht und ausgeprägten Wangenknochen. Sie war stets akkurat gekleidet, ohne dabei eine aufdringliche Feierlichkeit zur Schau zu stellen, meist mit einem Rock und einem Tuch um die Schultern. Beständig trug sie eine Brille, und ich habe sie nie ohne ihre Bernsteinkette gesehen. Vielleicht trug sie diese als ein Zeichen ihrer Herkunft.

»Land der dunklen Wälder und kristallenen Seen,
über lichte Felder dunkle Wunder gehn.«

Ich hatte diese Zeilen, die ich von meinem Großvater nicht kannte, von den beiden einmal vernommen, und sie schwirrten mir im Kopf herum, als der Sarg mit dem alten Fritz in die Erde gelassen wurde.

»Heimat, wohl geborgen zwischen Meer und Strom,
weile heut und morgen unterm Friedensdom.«

Ja, man konnte nichts sagen über unsere Ostpreußen, sie waren so bescheiden, so flittige Lüe. So ruhig. Ich sah die dunklen Mäntel flattern. Es waren weniger da, als er verdient hatte.

Noch ein Bierchen auf die versunkene Heimat.
Noch ein Schnäpschen auf die versunkene Heimat.
Noch ein Liedchen aus der versunkenen Heimat.
Aber jetzt ist Schluß! Adieuchen!

9

An den verbliebenen Ferientagen übte ich Orgel. Ich hatte nun sogar einen eigenen Kirchenschlüssel bekommen, damit ich auch spätabends spielen konnte, ohne die Familie von Pastor Myra zu stören. Wenngleich Herr Myra selbst oft spät, wenn er endlich in seinem Arbeitszimmer die Bücher und das Schreibpapier zur Seite gelegt hatte, noch in dem altmodisch eingerichteten und von einem gußeisernen Ofen beheizten Pesel, in dem dunklen, mit allerlei ins Holz geschnittenen Blumenranken verzierten Lehnstuhl sitzend, eine knisternde Aufnahme der Brandenburgischen Konzerte bei einem Glas Portugieser Weißherbst hörte, so hatten die Myras doch vier kleine Kinder, die alle zu verschiedenen Zeiten ins Bett wollten oder sollten. Jedenfalls war es so, daß man immer gerade dann klingelte, wenn irgendein Kind gerade eingeschlafen war. Ich klingelte übrigens stets dreimal hintereinander: für Luther, für Calvin und für Zwingli, und wenn niemand öffnete, hängte ich noch ein zaghaftes Mal für Thomas Müntzer hintenan, zumal ich wußte, daß Herr Myra strenge Ansichten über Thomas Müntzer hatte. Und oft kam eins der Kinder, meistens die Älteste – »Selber Gurkennase« –, um zu fragen: »Was machst du?« und um dann, meine Antwort nur kurz abwartend, mit breitem Mund zu erzählen, ihre grünen Taschenlampenaugen unter den glatten weißen Haaren, daß sie nach den Ferien eine Geige bekäme, »und zwar eine richtige«. Und sie hängte sich an den

schweren, geschwungenen Knauf, um die Tür hin und her
fegen zu lassen:

»Geige, Geige, Gurkennase« –,

bis die Mutter kam und sagte, es sei Zeit zu schlafen und
man solle den Schlüssel nachher in den großen Briefkasten unterhalb der versteinerten Luther-Rose werfen,
und bis Jens-Peter Myra eines Abends, unterhalb seines
dunkelblonden, kurzgeschnittenen Schnurrbarts auf dem
Bügel der Brille kauend, sagte: »Hm, Holtes, ich schreib
in dies Buch, daß du einen Schlüssel hast. Nun üb schön!
Und sag mal, was spielst du denn? Was von Bach?«

»Ja, was von Bach natürlich!«

Versorgt mit einer Thermoskanne Tee und Keksen, saß
ich zuweilen die halbe Nacht an der kleinen Orgel mit
den zwei Manualen, die hinter den beiden grau gestri-
chenen Türchen verborgen lagen wie ein Schatz in einer
Anrichte. Jene Türchen besaßen ein Schloß, aber der
kleine Schlüssel steckte stets. Aufgeklappt, wurden die Türen seitlich eingehakt, und der Blick in eine andere Welt
hatte sich geöffnet. Diese kleine Orgel, an der ich damals
übte, hatte keine besonders reiche Instrumentierung. Ich
meine mich zu erinnern, daß sie vier Register für das Pedal aufwies, aber nur ein Zungenregister besaß. Dafür
hatte sie eine liebliche Mixtur, was bei kleinen Orgeln
nicht häufig ist. Nicht selten findet man in kleinen Kirchen eine unangenehm laute, nach Rost und Blech klin-
gende Mixtur, und damit ist gerade der schöne, typische
Orgelklang verdorben.

Ich übte das Präludium, das mir Josse kopiert hatte, dann
legte ich es weg und fing ein anderes Stück an. Auch das
legte ich zur Seite, bevor ich es wirklich konnte. Ich hatte
mir mittlerweile das ganze Heft mit den acht Präludien

besorgt. Ich versuchte mehrere Stücke aus dem Heft. Ich brachte nichts zu Ende. Nichts war rejell.

Ende Oktober kam ein Brief:

»Lieber Holtes!

Wie geht es dir? Nun hat das Studium schon angefangen. Ich habe ein kleines Zimmer. Morgens laufen Jogger vorbei. Die Stadt ist sehr schön, aber ganz anders als bei uns. Musik studieren ist beinahe wie in der Schule. Ich komme Weihnachten. Dann können wir uns treffen. Spielst Du?

Deine Josse«

Ich legte den Brief oben auf meinen Schreibtisch. So wartete er immer auf mich, wenn ich nach Hause kam. Ich ging dann mit dem Kuvert im Zimmer umher, öffnete es, nahm den gefalteten Bogen Recyclingpapier mit den schön geschwungenen Buchstaben mit den weichen Unterlängen heraus und las ihn erneut.

Mittlerweile war ich mit der Entwicklung eines Sternenpräludiums beschäftigt, wozu ich fein säuberlich eine einem Buch entnommene Sternenkarte auf die Tapete meiner Zimmerwand übertragen und begonnen hatte, jedem der größeren Sternzeichen ein Präludium oder eine Fuge zuzuordnen. Sorgsam hatte ich die wichtigsten Themen und die Kontrapunkte zwischen die Sterne notiert, wobei ich nicht nur Orgelstücke benutzte, sondern auch zwei Geigenfugen, die in g-moll und die in C-Dur. Als Milchstraßenband im Hintergrund durchzog Contrapunctus I der *Kunst der Fuge* das ganze Bild. Der große Wagen war BWV 531. Kassiopeia war das g-moll-Präludium für Anfänger, das ich ganz gewiß irgendwann Josse auf der Orgel vorspielen würde. Über den Notenlinien standen keine Angaben zu den Stücken. Irgendwann würde Josse zu mir kommen. Irgendwann würde sie hier sitzen und all das entdecken. Zufällig, beiläufig würde ich tun. Ja, ach, das ist eine kleine Spinnerei von mir. Oder ich würde sagen: Schau, dies sind die Sterne, und dies sind die Töne dazu. Und das ist das Stück, das du in Lübeck gespielt hast. Irgendwann würde Josse mit einer Tasse Vanilletee in der Hand auf meinem Bett sitzen und die einzelnen Kompositionen erkennen.

Als ich die Vogelfeder von meinem Sommerrucksack löste, bemerkte ich eine kleine Beule in der Seitentasche. Hatte ich nicht alles ausgeräumt? Ich öffnete die lederne Schnalle und griff hinein. Es war rund und fühlte sich holzig an. Es war der Kienzapfen, den Josse nach mir geworfen hatte. Wie war er in meine Tasche gelangt?

Josse schickte mir eine Karte von Freiburg: »*die Stadt, noch beinahe nachsommerlich*«, und die Versicherung, daß sie Weihnachten käme. »*Und grüße mir Tuliphurdium, Deine Josse*«

Ich schickte ihr eine Karte mit Heidschnucken: »*Grüße Dich aus dem Land der Hyperboreer, wo der Himmel verhangen ist.*«

Ihre Karte pinnte ich an die Wand und klemmte die dunkelgraue Vogelfeder dahinter.

Ich ging in die Stadtbücherei und fand in den Regalen in einem Band *Primitive Völker* – die beige Karte nannte das letzte Entleihdatum: 17. 8. 1974 – einige Zeilen über die Ainu auf Hokkaido und Sachalin. Ich erfuhr, daß Fudschijama ein Ainu-Wort sei, daß es *Göttin des Feuers* bedeute. Ich wollte vorbereitet sein.

Manchmal in der Stadt ertappte ich mich dabei, wie ich anfing, in Geschichten zu fallen, wenn ich über den Markt ging, meine grüne Kladde unter dem Arm, zuweilen verkleidet durch einen beigen, altmodischen Herrenhut, den mir mein Großvater geschenkt hatte und der, obschon bei ihm lange in Gebrauch, noch gut in Form war, deren er nun bei mir aber bald verlustig ging. Dort beobachtete ich die Menschen beim Einkaufen und Tratschen zwischen Gemüsebauern, Fischhändlern, Käseverkäuferinnen, Biobäckern. Wenn ich in dem Gewühl aus meist älteren Menschen eine unbekannte jüngere dunkelblonde Frau sah, die einen Kinderwagen über den Markt schob, so konnte ich mich kaum einer stark suggestiven Wirkung entziehen, die in mir einen Schwall an Satzfetzen und Geschichten auslöste, und alsbald war mir in meiner Einbildungskraft diese Frau nicht mehr unbekannt, ebensowenig wie das Kind. Verstärkt wurde dieser Zustand noch, wenn das Licht an einem klaren Tag als Sonnengitter rauschhaft durch die Krone einer Platane fiel. Der leichte, frühherbstliche Wind, das Stimmenlabyrinth, *kommst du noch mit in den Mohnweg?*, dies alles versetzte mich in einen Zustand des Verschwindens. Ich wandelte eine Stunde über den Markt, und hätte man mich nach meinem Namen gefragt, ich hätte ihn nicht gewußt. So verbrachte ich ganze Nachmittage allein in der Stadt, ohne rechtes Ziel, und fuhr erst am frühen Abend nach Hause, ohne meinen verwunderten Eltern eine klare Auskunft geben zu können.

Verden besitzt eine Fußgängerzone mit allerlei Arten von in den Boden gelassenen Steinen: dunkles Kopfsteinpflaster, das manchen Seitenweg verbogen erscheinen läßt, rote Steine, dicht an dicht, quadratische Steinplatten, die von einem Männerfuß überragt werden. Dort finden sich Konditoreien, einige Cafés, ein Eiscafé, Drogeriemärkte, mehrere Buchhandlungen, alle hübsch, eine davon altehrwürdig und stolz, und man möchte gerne einmal dort als Gedichtband im Regal stehen und von den Händen einer schönen Verdener Schülerin berührt werden. Es gibt ein gelbes Rathaus mit einem weißen Rapunzelturm, der märchenhaft in die Fußgängerzone blickt. Dahinter leuchtet der Turm einer anderen heiligen Mittsommerkirche hervor, doch vergeblich sucht man am Johanniswall die alte Synagoge. Am entgegengesetzten Ende der Fußgängerzone liegt auf einem kleinen gemauerten Rondell jener berühmte Lugenstein, ein Findling, der etwas verbeult aussieht und dessen Name sich von dem altnordischen Wort *Lag* für *Gesetz*, das sich in manchen plattdeutschen Dialekten bis heute erhalten hat, herleiten lassen soll. Wenn man vom Lugenstein aus die Pflasterstraße überquert, gelangt man zum Dom. Es ist kein Geheimnis, daß viele christliche Kirchen an Plätzen erbaut wurden, die zuvor heidnisch genutzt worden waren. Wenn man den Menschen schon eine neue Religion nahezubringen hatte, so sollten sie doch wenigstens denselben Weg haben, um die heiligen Stätten aufzusuchen. Von der angeblich um 800 erbauten Holzkirche ist natürlich im Dom nichts mehr zu sehen, denn dieser wurde direkt darüber gebaut. Hinter dem Dom liegt ein kleiner Park mit hohen Linden. Bald gelangt man zur St.-Andreas-Kirche mit den geweißten romanischen Innenbögen und der kleinen, nahe dem Altar unter den Augen des Heiligen stehenden Chororgel, welche ein schönes Dulcium-Register und ein Regal 8 Fuß hat und insgesamt einen hellen, rauschhaften, altertümlichen Klang besitzt. An einem Vormittag, an dem ich mich in der Pause nach einer mißglückten Mathestunde in die Stadt verirrt hatte, konnte ich die Orgel spielen. Im Eingang der Kirche liegt ein großes Buch, und dort sind die von der Gemeinde zu beklagenden Gefallenen des Zweiten Weltkriegs verzeichnet, mit Namen, Geburtsort und Geburtstag und dem Sterbedatum, soweit dieses bekannt ist. Manchmal steht dort auch nur: *Vermißt seit* ... Das Buch wird immer weitergeblättert, und ist ein Datum, an dem ein Sterbeeintrag in dem Buch vermerkt ist, so wird eine große Kerze entzündet. Jeder Tote hat in diesem Buch seine eigene Seite. Man kann dort lesen:

Friedrich Meineke, Eitze
geboren am 31. 5. 1911
gefallen am 22. 6. 1941 in Tauroggen/Litauen.

Man liest und rechnet: dreißig Jahre alt und einen Tag nach Mittsommer. Was für ein Leben war es, das dort beendet wurde in der Zeit, in der das Jahr am hellsten ist? Die Nacht, in der einst die Mädchen, es ist noch gar nicht so lange her, Kräuter sammelten und die kleinen, zerbrechlichen Pflanzen unter das Kopfkissen legten, um im Traum ihren Bräutigam zu sehen. Eine träumte, und sie träumte von ihrem Liebsten, und sie sah ihren Liebsten zerschossen. Man ist versucht, sich Litauen im Frühsommer vorzustellen, ein einst mächtiges Reich im Norden, nun aber ein kleines Land an der Ostsee, und weil man es nicht kennt, stellt man es sich ein wenig vor wie Skandinavien, man denkt an das weiche Licht, das in die Nacht hineinwächst, an ein verwunschenes Land mit Kiefernwäldchen und Birken und kleinen Mooren und wilden Blumen, die allesamt nicht sehr hoch wachsen, und man denkt an versunkenen Stolz alter Handelszentren, Speicher mit altgedunkeltem Fachwerk, Mauern, in die das Wasser wie ein Gespenst gekrochen ist, und an Dörfer mit kleinen bunten Holzhäusern, die durch überwachsene Pfade miteinander verbunden sind, und stellt sich

jene seltsame Sprache der Litauer vor, die dem versunkenen Prussischen verwandt sein soll, und wenn man auf
eine Karte schaut, so sieht man, daß es nicht weit sein
kann vom ehemaligen Königsberg bis zum heutigen Tau-
ragė. Nur ein kleines Stück über die Grenze. Mit welchem
Gefühl war jener junge Mann dieses kleine Stück über die
Grenze marschiert? Verblendung oder Skrupel? Welche
Träume hatte er? Wen hatte er zu Hause hier in Niedersachsen zurückgelassen? Man wird es genausowenig von
ihm erfahren, den man nun zufällig und stellvertretend
aufgeschlagen hat, wie von denjenigen, die auf den anderen Seiten stehen. Man will auch gar nicht alle Namen lesen, man ist zufrieden, daß sie verzeichnet sind.
Irgendwo müssen diese Namen verzeichnet sein, und man
spürt angesichts des Buches, daß einen die Gewißheit frü-
herer Jahrhunderte, Gott habe alles verzeichnet, verlassen hat. Vielleicht ist es besser, wenn die Menschen sich
an die Menschen erinnern. So verbindet sich das Schicksal der dem Größenwahn geopferten Männer mit der
Erinnerung an Bischof Iso, den Bärtigen, der hier einst,
viele Kriege sind seitdem vergangen, ein Chorherrenstift
gegründet haben soll und dessen Messinggrabplatte
an einer Wand im Altarraum der Kirche zu bewundern
ist.

Hunc Sancti Andree Conventum Instituet, Verdam
Primus Munivit

Ich hatte während meiner Spaziergänge, die nun immer
öfter einhergingen mit dem Fernbleiben vom Unterricht,
begonnen, mir vorzustellen, ich sei ein Besucher und versuche diese Stadt zu entdecken. Geriet ich in Gespräche
mit Unbekannten, so sagte ich, ich komme von dort oder
dort weither, und fragte nach irgendeiner historischen

Besonderheit der Stadt oder nach einem ausgefallenen Platz. Auch geschah es, daß ich, wenn ich zusammen mit Kerst in Verden war, um ihm, trotz des Herbstes, ein Eis zu spendieren, und eine ältere Dame mich befragte, ob Kerst mein Sohn sei, dies bejahte, worauf die Dame mit einem milden Lächeln sprach: Ich sei aber ein junger Vater! Das finde meine Frau auch! sprach ich dann, für einen Moment die Chance witternd, ein anderer Mensch könnte meine Geschichten, in denen ich wanderte, teilen, so wie andere Menschen Bücher lesen.

Kerst war unser Sohn und Josse eine bekannte Organistin. Am Sonntag gingen Kerst und ich mit zu ihr in den Gottesdienst. Ich schrieb Lieder für sie. Ich war ein Dichter geworden oder so etwas Ähnliches. Nicht sonderlich bekannt. Aber sie wußte, daß ich alles, was ich tat, für sie tat. Daß jedes Wort ein Wort für sie war. Ich saß mit Josse in einem alten Bus, ein trockenes, fremdes Land befahrend. Die Menschen hatten fremdartige Gesichter. Frauen mit verhüllenden Gewändern. Kinder mit großen, dunklen Augen. Männer mit dunklen Bärten. Gepäck, vor allem altmodische Koffer. Es gab solche Busse, ich hatte von ihnen gelesen.

Manchmal in der Stadt ging ich Frauen hinterher, die ich nicht kannte. Ich folgte ihnen mit großem Abstand, um nicht aufzufallen. Schließlich wollte ich auch gar nicht wissen, wo oder wie sie wohnten. Ich ging ihnen nur einige Schritte nach, um mir Geschichten auszudenken. Wer waren sie? Wie hießen sie? Wen liebten sie? Dann drehte ich mich um, weil ich irgend etwas anderes entdeckt hatte, was auch zu einer Geschichte zu gehören schien. Einmal fuhr ich nach Bremen und stromerte dort einen ganzen Nachmittag in der Stadt umher, nicht nur von Kontor zu Kontor, von Auslage zu Auslage irrend, sondern auch einmal diesem oder jenem Menschen für einige Schritte folgend. Das ging eine Zeitlang ganz gut, solange ich in der Innenstadt war oder mich ans Weserufer hielt. Aber bald war ich irgendeiner Frau gefolgt und hatte mich verlaufen. Ich weiß nicht mehr, wie diese Frau aussah, noch, wie ich zum Bahnhof zurückgefunden habe. Ich ging auch älteren Frauen hinterher. Weißhaarigen Omas mit ihren Einkaufswägelchen, die über das Pflaster schröckelten, in einer Hand den Einkauf des Tages, in der anderen einen Spazierstock. Ich bemerkte an mir, wie auch ich langsamer ging. Wie ich einen Buckel bekam. Wie ich anfing zu schlurfen. Wie ich hinter ihnen hertapste, als hätte ich einen Spazierstock, und von einem Bein aufs andere wippte wie ein übermütiger, doch alter Mann, der sich eine Zigarre wünscht. Alle diese Menschen schienen mich zu verwandeln. Manchmal hörte ich, wie aus der Ferne, das Soggetto der *Kunst der Fuge*. Es kam, wenn der Wind Papier wehte, ein Blatt von einer dunklen Ulme fortriß, die Vogelschrift südwärts verblich, meine Finger die grüne Patina einer Buche streiften, ein Streifen grauer Himmel sich im stillen Spiegel des Regens sammelte, eine dunkelblonde Frau im schwarzen Mantel vorbeiging, meine Hand das Geländer nahe der Weser begriff, während das Wasser dunkel und leise nordwärts drängte. Ich drehte mich um, versuchte zu erahnen, wo das Thema herrührte. Ich hörte es wie von einer einzelnen Geige, leise vom dünnen Wind herangetragen und an mein Ohr gedrängt. Nur jene ruhige, nachdenkliche d-moll-Sentenz, manchmal als Fortführung in die Dominante fallend, manchmal wie eine altertümliche Improvisation im schlichten Tonraum verweilend. Ich wußte, die anderen hörten es nicht. Ich dachte an Bachs letztes Werk, gerade eben vollendet, unvollendet jedoch der Stich, das Werk noch nicht im Druck bei Bachs Tod, der Familie und

Freunde ratlos zurückließ, und an die Raumsonde. Wenn etwas bleiben sollte, wenn etwas gelungen schien an Musik, was hinausgewachsen war über das alltägliche Gebaren der Menschheit, dann ebenjenes geheimnisvolle, etwas sperrige Werk, dessen geisterhaften Zauber man, hat man sich ihm einmal genähert, sich nicht mehr zu entziehen vermag. Man achte auf den Wind, wenn der nahe Herbst seine Buchstaben in die Gesichter einzelner Spaziergänger drückt. Ich mochte Bremen, weil mich dort niemand kannte. Niemand würde fragen, ob ich nicht Unterricht habe. Vielleicht gab es mich gar nicht? Vielleicht gab es auch keine Josse. Vielleicht hatte ich sie erfunden: sie, ein Lächeln, das an mir vorübergehuscht war, eine Geschichte als Spur in mir hinterlassen hatte, die ich begann für wahr zu halten. Ich wandelte durch die Zeit, träumte das Licht von Gaslaternen und hörte das klappernde Geräusch von Droschken auf dem Kopfsteinpflaster.

Auf der Rückfahrt von Bremen saß ich einem Mädchen mit sehr hellen Haaren gegenüber. Ich war als einer der letzten in den sehr vollen Nahverkehrszug eingestiegen, so daß nicht mehr viele freie Plätze zur Wahl standen, und so nahm ich einen nahen Platz ein, setzte mich und schlug die Beine übereinander in Richtung Gang. Sie saß am Fenster, blickte hinaus und hielt ihre schönen Hände auf einer Tasche, von Zeit zu Zeit eine Bewegung mit den Henkeln der Tasche machend, als der Zug bereits angefahren war. Ich konnte ihr Alter nicht schätzen, vielleicht war sie jünger als ich, vielleicht genauso alt, vielleicht etwas älter. Ihr Gesicht hatte etwas Erhabenes, Ernstes, die Züge an sich wirkten auf mich doch jung, beinahe kindlich. Sie trug die vollen, weißblonden Haare halblang, und unter ihren ernsten Brauen fanden sich zwei hellblaue

Augen. Ich wollte sie nicht beobachten. Ich gab mir
Mühe, sie nicht anzusehen, sah deswegen sehr bewußt in
eine andere Richtung und bemerkte alsbald an mir selbst,
wie ich sie im Spiegel des gegenüberliegenden Fensters
betrachtete. Ich hatte das unangenehme Gefühl, sie denke
die ganze Zeit darüber nach, ob ich sie beobachten würde, und das nicht ganz zu Unrecht. Sie blickte aus dem
einen Fenster hinaus, bemüht, sehr ernst zu gucken, ich
blickte in das andere Fenster hinein, bemüht, sehr unbe-
teiligt zu lächeln. Zweifelsohne war sie eine ausgesprochen schöne junge Frau, hatte aber nichts von der glatten,
oberflächlichen, zuweilen thronesken Schönheit, mit der
sich manche, vorwiegend hellblonde, Frauen umgeben.
Gleichwohl wirkte sie auf mich wie ein seltsam zeitloses
Wesen. Kleidung und Tasche verrieten in einem gewissen Maß ihre Zugehörigkeit zu dem Jahrhundert, das uns
auch außerhalb des Zuges umgab. Dennoch hätte ich sie
mir auch in einer näheren oder ferneren Vergangenheit,
vielleicht sogar in einer Zukunft vorstellen können. Sie,
die für eine Zeitlang die schönste Frau der Welt gewesen
war, stieg vor mir aus, indem sie sich erhob und den langen Gang in Richtung Tür wählte, obgleich eine andere
Tür viel näher war, und ich nahm dies persönlich. Auch
überkam mich, da sie ausstieg, ein seltsames Gefühl, das
ich bis dahin nicht gekannt hatte, eine Art Schmerz, nämlich der Gedanke, daß mir nichts gelingen und mir alles
zerrinnen würde, ja, daß mein Leben einem unfertigen
Puzzle aus Eindrücken glich, daß Worte und Bilder von
mir Besitz ergriffen, mir dennoch unfaßbar fern blieben,
daß noch mehr Töne, Musik und Menschen von mir Besitz nahmen, mein Herz durchfraßen und, eine Brand-
spur hinterlassend, wieder verschwanden und ich mein
Leben lang beschäftigt sein würde, jene kleinsten Eindrücke zu sammeln, zu verstehen, während andere be-

reits auf irgendeiner Station den Zug verlassen hatten, einem anderen Leben nachgingen, von dem ich keine Ahnung hatte.

Ich ging in Verden umher und fand die St.-Johannis-Kirche offen. Ich trat ein. Die Kirche war leer. Ich ging zur Treppe, über die man zur Orgel gelangt. Die Treppe war mit einer Kordel, deren Haken in einer kleinen Öse am Geländer hing, versperrt. Ich hob die Kordel zur Seite und schlich nach oben. Die Treppe knarrte. Ich fühlte mich wie ein Einbrecher. Aber war ich nicht wirklich ein Dieb in jener Zeit, der Themen und Geschichten zusammenklaubte, sich aneignete, was vor ihm war, in der stillen Hoffnung, es so vor dem Vergessen zu bewahren, aber auch Teilhabe zu erlangen, irgendwo Zugehörigkeit zu finden? Ich las an der Orgel auf einem kleinen Schild:

Vierdag, 1976, Enschede

Die Orgel war verschlossen. Die Enttäuschung war verzehrend. Ich legte die Hand an den Knauf für das Prinzipal, ohne zu probieren, ob sich das Register ziehen ließe. Auf dem Pult lag ein Bleistift, der mir vertraut vorkam. Ich blickte über die Holzveranda in das hohe Kirchenschiff. Dort lauerte als Relief das Weltgericht. Da ich die, wie mir schien, nun noch lauter knarrende Treppe wieder hinuntergegangen war, machte ich sorgfältig die Kordel mit dem Haken am Geländer fest. Es sollte keine Spur bleiben von meinem Einbruch.

Öfter streifte ich so, scheinbar ziellos, durch die kleine Stadt, dem Strom meiner Gedanken folgend. Ich liebte es, Besuchern Auskunft zu geben, wenn ich nach dem Weg gefragt wurde, und fragte sogleich nach einer Geschichte, nach dem Grund ihres Reisens. Dann wieder sprach ich mit Dialekt, stellte mich als Zugezogenen von da- oder dorther vor, distanzierte mich von den Einwohnern des Ortes, warb aber sogleich um Verständnis für die Verdener.

Ich liebte es, den Namen einer Frau zu erraten, den Namen einer Frau zu erfinden, Gedichte zu hören in fremden Sprachen, Wörter, die ich nicht verstand, die auf Enträtselung warteten, denn alles, was anfängt, ist schön: die Rose, die sich zum ersten Mal öffnet. Der Geruch, wenn der Regen beginnt und den Teer verfärbt. Wenn der Bus hält. Das In-den-Zug-Einsteigen, bevor der Schaffner das Zeichen macht. Wenn der Film auf der abgedunkelten Leinwand erscheint. Der Vorhang, der sich auf einer Bühne zur Seite schiebt. Das Sommergewitter nach einem schwülen Tag, wenn die Schwalben in der Luft kreisen, kurz bevor der Himmel explodiert. Die ersten Takte einer Symphonie. Das allein dastehende Thema am Anfang einer Fuge. Ganz einsam zunächst. Nur diese eine Stimme muß bestehen. Du kannst dich freuen: Wie wird gleich der Kontrapunkt sein? Der erste Satz in einem Buch ...

Das Licht frühmorgens in den Tagen vor Mittsommer, die vom Holunder durchflutete Luft. Mit einer Tasse Kaffee müde in den Gezeiten des Lichts sitzen.

Die Zeit des Übergangs. Es gibt ein Licht im frühen Herbst, das wieder an das Frühjahr erinnert.

Gezeitenwechsel.

Ich liebe den Stein, der noch nicht zur Erde gefallen ist. Form und Farbe Andeutung im Flug, und dann, wenn du genau hinschaust, siehst du, wie der Stein stehenbleibt, für einen ganz kleinen Moment vor deinen Augen schwebt. Du erkennst seine Farbe.

Zum Greifen nah!

Es gab eine Zeit, die nun in meinem dunkelgrünen Buch
versunken ist, in der war jede Frau schön, Geheimnis und
Versprechen:

Grübchen, schmale Braue,
helle Strähne, Bein, das unter dem Rock hervorlugt,
Sommersprossennase,
Stupsnase, Kirschmund, Popokinn,
braune Locke, Pferdeschwanz,
halbe Kette auf Hals, nackter Fuß in Sandale,
blonder Pony, Muttermal,
Leberfleck auf Schulter,
Muschelsplitteratoll hinter Brille,
die kleine Zahnlücke, schlanker Hals,
Wimpern vor dunklem Auge,
Blauauge trägt die Sommersträhne frei,
hellblonder Knoten über dem schwebenden dunkelblauen
Kleid, die Rundung des Beckens, die freien Arme.

Notiz im grünen Buch (Tuliphurdium):

So läßt man den Sommer los:

Nimm das Laub einer riesigen Kastanie und wirf es
in die Luft!
Falte ihren Namen in ein Boot und gib es der Aller!
Tauch unterhalb des Fünfmeterbretts, schreib ihren
Namen mit den Fingern auf die hellen Kacheln, tauche
dann ganz schnell hinauf, kurz bevor der Kopf zerspringt!
Ritz ihren Namen in die Rinde einer Pappel,
wo du sonst nicht langgehst!
Stell die Noten verkehrt herum auf das Pult,
spiel das Stück rückwärts!
Sag zu einem Mädchen, das du nicht magst: Du bist schön!

208

Erzähl dem Busfahrer versaute Witze!
Küß die Eisverkäuferin!
Iß einen Apfel!
Sprich ihren Namen dreimal rückwärts ...

Ich fand auf dem Flohmarkt ein Blue-Notes-Album von
Jimmy Smith, jenem frühen Virtuosen der Hammond-
orgel, der am gleichen Tag wie ich Geburtstag hat und
leider heute fast vollständig vergessen ist, dazu eine,
wenngleich arg zerkratzte, Platte mit *Indian roadman*, das
mich schon bald an Josse erinnerte, ohne daß ich einen
Grund dafür hätte nennen können. Es ist ja überhaupt
sonderbar, wie sich Erinnerungen zuweilen miteinander verflechten und ein Netz aus Gedanken spinnen, welches jedem anderen vollkommen fremdartig erscheinen
müßte, einem selbst aber so klar und selbstverständlich
ist, daß man keine Auskunft darüber geben kann. Dazu
erstand ich an einem anderen Stand, wo Porzellanfigür-
chen, Tassen, Schrankuhren, Teller, die Nippes vieler
Haushalte, zusammengetragen waren, eine zweite Teekanne. Sie war groß und gläsern, mit einer langen Tülle.
Für den Winter, dachte ich. Ich übte im Stehen das Tee-
eingießen in Tassen, die auf dem Fußboden standen. Ich
nahm immer zwei Tassen, derweil die virtuosen, flirrigen
Fontänen von Tönen über dem Bluesschema tanzten, ver-
zerrt durch meine nur sehr kleinen Boxen einer not-
dürftig zusammengestückelten Anlage. Mein Vater betrat
den Raum, fragte, wer das sei, und ich gab, den Namen
nennend, zur Antwort, warum er das nicht kenne. Dies
sei Musik aus seiner Jugend. Er setzte sich einen Moment
zu mir, starrte längere Zeit verwundert auf die beiden gefüllten Teetassen und sprach dann, auf die Tassen deu-
tend: »So jung war ich nie.«

Josse schickte mir eine dunkelgrüne Karte, irgendein Gemälde von Spitzweg: *»Vielleicht läufst Du das nächste Mal in Verden nicht einfach an mir vorbei! Bis demnächst, Josse«*

Sie war in Verden gewesen? Wie konnte es sein, daß ich sie nicht gesehen hatte? Wann? Was meinte sie? Sie schrieb nicht, wann. Ich war in der Stadt an ihr vorbeigelaufen. Es klang nicht wie ein Witz. Sie meinte es ernst. Sie war tatsächlich in Verden gewesen. Es hätte einen Nachmittag geben können, vielleicht einen Abend. Und ich hatte sie nicht gesehen. Wie konnte das sein? Ich legte ihre Karte in das dunkelgrüne Buch.

Kerst sagte: »Schreib ihr: Ich hab dich lieb, wie eine Kuh, die niemals aufhört, Milch zu geben.«
Ich sagte: »Okay, Kerst, du kennst dich aus mit Frauen!«
Aber so direkt wollte ich Josse gegenüber lieber doch nicht sein.
Ich schickte ihr eine Karte, die das Haußmann-Gemälde von Old-Joe zeigte. Statt der üblichen Grußformeln schrieb ich die Funktionsbezeichnungen des der Matthäus-Passion entnommenen F-Dur-Satzes über *O Welt, ich muß dich lassen*. Ich versuchte den Satz auf der Orgel. Ich spielte einen Akkord und brauchte jeweils mehrere Sekunden, um den nächsten zusammenzufingern. Aber auch so blieb das feine Gespinst der Harmonien erhalten. Die Musik wurde sphärisch. Ob Josse den Satz erkannt hat, weiß ich bis heute nicht. Ich wählte das Stück, weil ich damals dachte, Innsbruck liege irgendwo in der Nähe von Freiburg.
Natürlich hätte ich gerne bis Weihnachten eines der Stückchen aus dem Heft mit den acht Präludien geschafft. Vielleicht würde es eine Chance geben, mit ihr zusammen zu spielen oder ihr stolz eine Kostprobe zu ge-

ben. Aber ich vergaß immer öfter, was ich spielen wollte. Ich saß vor den Manualen, meine Füße glitten irgendwo da unten im Schein einer kleinen elektrischen Birne über die großen Pedale, und ich wußte nicht, was ich spielte. So verlor ich meine Zeit an Töne, die ich sofort wieder vergaß. Meine Übungen waren Improvisierstunden geworden. Zuerst war es eine Not gewesen. Ich konnte nicht Orgel spielen, ich konnte nicht mal wirklich Klavier spielen, und die vielen Noten erschreckten, verwirrten mich. Einen Takt, den ich nicht analysieren konnte, konnte ich nicht spielen. So kam es vor, daß ich einen Akkord festhielt, eine Minute oder länger, als habe mich eine seltsame Starre ergriffen, ohne irgend etwas zu denken, nur mit einem unbeschreiblichen Gefühl der Panik. Das schwerste daran, den neuen Akkord zu greifen, war, den alten loszulassen.

Ich spielte, da sämtliche Literatur mir zu schwer schien, ich aber wenigstens ab und zu die Illusion haben wollte, ein Stück zu spielen, frei vor mich hin. Ich stellte mir vor: Eine Fuge.

Klar weiß ich, wie eine Fuge geht!

Ich wußte nicht, wie eine Fuge geht. Ja, man fängt an mit einem Thema, dann, nach einigen Takten, setzt das Thema in der zweiten Stimme in der Dominante ein, während die erste Stimme einen Kontrapunkt spielt oder rumdudelt. Irgendwann dudelte ich vierstimmig vor mich hin und hatte das Anfangsthema schon längst vergessen.

Giff mi noch een ut de Buddel aus dem Grab der Sterblichkeit.

Die alten Meister wußten genau, was sie taten, wenn sie improvisierten, oder sie hatten vorher zumindest alles gespielt, was es zu spielen gab. Ich wußte jedoch kaum, wie die Tasten hießen, die ich drückte. Zuweilen schweiften meine Gedanken völlig ab, während ich spielte, und ich sah irgendwelche Erinnerungsfetzen aus der Phantasie emporsteigen, die ich kaum hätte benennen können. Ich entsinne mich, wie ich einst mit vollem Werk über die Harmonien des Pachelbel-Kanons, dieser größten aller Edelschnulzen, improvisierte, von einem Zustand der Erschütterung ergriffen wurde und heulte, während ich spielte. Aber ich heulte um mich selbst, denn mir war in diesem Moment klargeworden, daß ich ewig leben wollte. Daß ich, solange es Frauen gibt auf dieser Welt, in ihre schönen Gesichter schauen und ihre schönen Stimmen hören wollte. Daß ich alles wissen wollte, mich alles interessierte oder doch wenigstens beinahe alles. Daß ich noch alle Sprachen lernen wollte, die es gab, und jedes Instrument spielen wollte. Daß ich wissen wollte, ob die Menschen eines Tages auf dem Mars leben würden, ob es da einst schon Leben gegeben hatte, als der Mars noch einen Ozean besaß. Daß ich wissen wollte, ob Alpha Centauri ein Planetensystem hat, ob es dort Leben gibt und ob die Außerirdischen an irgend etwas glauben. Ob sie Musik hören und wie diese Musik klingt. Daß ich wissen wollte, wie es weitergeht, wenn unsere Sonne längst verglüht ist. Ich wollte wissen, ob irgendwann etwas gegen Haarausfall erfunden würde. Ich wollte wissen, ob Helmut Kohl eines Tages abgewählt werden würde. Ich war sechzehn Jahre alt und hatte Angst, ich müsse sterben. Vielleicht würde ich einen Herzinfarkt bekommen. So etwas hatte es schon bei Sechzehnjährigen gegeben. Ich würde von der Orgelbank fallen und erst am nächsten Tag gefunden werden.

Denn wenn man spielt, ist es, als ob man stirbt.

Ein Teil von einem verläßt den Körper und wandert weit fort über ferne Hügel, um zu berichten, was in anderen Ländern zu sehen ist.

Um sich zu verwandeln in Adler und Heuschrecke.

Improvisation ist eine Mischung aus Konzentration und Traum, so als müsse man mit einem wachen und einem schlafenden Auge spielen. Die Musik fließt durch dich hindurch, hellwach beobachtest du deine Finger, aber ein Teil von dir schläft, träumt. Katzengehirn. Traum und Wirklichkeit. Du spielst nicht mehr, du bist in den Tönen verschwunden.

Verwandelt in ein Lied.
Wenn das ginge.
Wäre schön.

Kennst du das Geheimnis des Flows? Natürlich nicht. Es ist wie die Vertreibung aus dem Paradies. Wenn du über den Flow nachdenkst, ist er fort. Die Erkenntnis zwingt dich hinaus aus dem Strom.

Weiß der Vogel, wie er fliegt? Denkt die Schwimmerin nach über ihre Arme?

Albert Schweitzer berichtet in seinem Buch, Bach habe den Flow erfunden, allerdings gebraucht er nicht das Wort. Bach habe, so erzählt Schweitzer, bevor er seine großen Improvisationen an der Orgel spielte, meist irgendein Stück eines anderen Komponisten oder einen Choral gespielt. Von dem Stück ausgehend, sei er dann allmählich zum Improvisieren übergegangen, zunächst, indem er das vorhandene Stück mit neuen Stimmen schmückte und nach und nach eigene Kompositionen daraus entwickelte. Bereits vorhandene Musik scheint für Bach eine Art Anstellknopf gewesen zu sein, so als müsse man nur irgendwelche Töne in seinen Kopf hineinschütten und schütteln. Dann käme schon irgend etwas Erstaunliches heraus. Bach war die gigantischste Musikmaschine der bisherigen Menschheit.

Anleitung zum Improvisieren (Tuliphurdium):

Noten auseinanderschneiden, die Takte unsortiert zusammenfügen
Pistazienkerne unter der Orgelbank verteilen
Handwerker sind in der Kirche
Draußen fährt ein Mähdrescher vorbei
Der Name einer schönen Frau
Kieselsteine sammeln, auf das Manual legen
Riesiges Gewitter und kein Regenzeug
Gesüßter Tee aus der Thermoskanne
Das Gebläse abstellen und weiterspielen
Under Milk Wood lesen, dabei spielen
Bibelstellen vertonen, besonders geeignet: Kreuzigung
Auf dem Weg zur Orgel Rosen klauen
Sie liebt mich, sie liebt mich nicht
Fallobst auflesen
Alle Noten wegschließen
Ohne Fallschirm abspringen

Schreib alles auf, was du siehst:

Steinplatten, zwei dunkel, eine hell, schwarzer Kaugummi, Zigarettenkippen, Frauenhintern in Jeans, hin und her, Stromkasten, Kohl ist krank – es lebe der Punk, Lisa rettet den Frühling, Eisdiele, Katzenpflaster, Löwenzahn verblüht am Fahrradständer, oranger Mülleimer, Antifa-Aufkleber, Rotze, Büroklammer, Schuhe, Schnürsenkel offen, grüne Glasscherbe, Eisstiel, Aluminiumpapier, Kondomautomat.

Jetzt schließ die Augen und schreib alles auf, was du hörst:

Husten, anfahrender Bus, das Hydraulikgeräusch, Autos, Schritte, Stimmen, Baum oder Bäume, wieder Stimmen, diesmal Sätze, e-moll7, a-moll7, D-Dur, Gmaj7, C-Dur, H7 und wieder von vorne, Schritte, Skateboard, ein Ball, Mädchengekicher, jemand gähnt, Flugzeug, weit weg.

Stell dich verrückt, sprich jedes Wort laut nach, das du hörst:

Guten Tag, lange nicht gesehen!
Putenfleisch ist dieses Jahr besonders zu empfehlen.
In China haben sie Puten mit drei Beinen gezüchtet.
Ich war zu lange im Solarium.
Wenn mir einer doof kommt, dann aber hallo!
Ich glaub, ich hab den Blues.
Spargel ißt man bis Johanni.
Busfahrer, hier hinten der ärgert mich.
Die Türken wollen immer Weiber, die noch Jungfrau sind.
Sie sagt, ich wäre zu jung.
Da hat sie mich geküßt!
Das ist bäbä!

Widersprich jedem Satz, den du hörst, gib so schnell wie möglich einen Kommentar:

Scheiß-Tag, schon wieder du!
Ich esse immer alles roh!
Die Chinesen haben drei Beine, damit sie besser über die Mauer springen können.
Ich dachte, es wäre eine Allergie.
Hätt ich dich heut erwartet, hätt ich Kuchen da.
Der Floh ist eine Laus, die hüpfen kann.
Mittsommer ißt man vergammelten Fisch aus Dosen.
Dieser Bus ist entführt. Verhalten Sie sich ruhig, bis wir in Havanna sind.

Ob schwarz, ob blond, ob braun, ich liebe alle Fraun.
You must believe in spring.
Das hat deine Schönheit gemacht!
Das ist lecker!

Zähl die Lichtpunkte in der Steinfliese, die zum Garten
führt:
Dreihundertsiebenundneunzig.
Dann vergiß die Zahl und zähl von vorne!

Zähle jeden Morgen!
Öffne die Tür, früh, wenn das Licht des Tages dich gerade erst erreicht und du noch den Ruck von der Dre-
hung der Erde spürst. Der Kaffee schmeckt noch rauchig.
Du hörst die Taube gurren. Knie dich nieder zu der Fliese,
und zähl die kleinen, weiß gefüllten Kreise. So lange, bis
du jeden Lichtpunkt kennst!
Diese seltsame Steinfliese, die Vater damals aus dem
Rasen hatte wachsen lassen. Eine einzelne Fliese hinterm
Haus, als begänne hier ein Weg in den Garten. Ein qua-
dratisches, glattes Etwas, in das sich über Nacht die Photographie eines Ausschnittes der Milchstraße eingebrannt
hat. Längst verloschene Sterne. Dreihundertsiebenundneunzig Lichtpunkte.

Auf dem Schulflur traf ich den Lehrer. Er öffnete seine
große Lehrertasche und gab mir ein Photo: Das Mädchen
mit den blonden Haaren in der Mitte des Bildes war gut
zu erkennen. Sie hielt die Posaune ausgestreckt, die Augen
halb geschlossen. Oder sie blickte auf ihre Posaune. Das
Gesicht war auf dem kleinen Bild etwas verschwommen,
aber ihre Haltung war die vertraute. Sie hatte die Ärmel
ihres blauroten Pullovers hochgekrempelt. Daneben stand
Annette hinter einem Notenständer. Von mir sah man nur

Hände und Füße am Flügel, der Rest wurde von Mister Flying-V verdeckt. Petting-statt-Pershing spielte statt Geige die Ovation, die dem Lehrer gehörte, und ihr Freund das Schlagzeug, hinten links. Seine Drumsticks wiesen über den Rand des Bildes hinaus. Die Kreideschrift an der Tafel zeigte Akkorde, nur halb entzifferbar. Welcher Song war das? Ich spickte das Photo an den Rand des Sternenpräludiums. Hier begann das breite Band der Milchstraße.

Ungefähr zu der Zeit war es, daß ich erwischt wurde, wie ich es später immer nannte, denn tatsächlich bin ich das Gefühl, ein Unrecht begangen zu haben, in ein fremdes, mir nicht zustehendes Reich eingedrungen zu sein, nie wieder ganz losgeworden. Ich saß an einem Freitagnachmittag an der Orgel und übte für den nächsten Sonntag, denn ich sollte meine erste Vertretung im Gottesdienst spielen. Ich war um diese Orgelvertretung von Pastor Myra gebeten worden, und ich hatte sogleich zugesagt. Die Möglichkeit, einen richtigen Gottesdienst zu begleiten, erfüllte mich mit Stolz, gewiß auch ein wenig mit innerer Unruhe. Ich hatte mir daher Zeit genommen, die Choräle zu üben, und war dankbar gewesen, mir ein oder zwei Lieder selbst aussuchen zu dürfen. Ich wollte meine Sache gut machen. Ich wollte auch ein wenig mit dem Pedal spielen, dies ist ja für den Laien die größte Herausforderung an der Orgel, wenigstens bei den leichten Stücken, die sich mit einem einfachen Satz, drei Kadenzen, vielleicht einer Ausweichung oder einer Paralleltonart begleiten ließen. Ich übte schon eine geraume Zeit. Da vernahm ich laute, die Treppe hocheilende Schritte. Die Tür wurde aufgerissen, und Herr Brünning, der Organist unseres Dorfes, stand neben der Orgel. Er war ein Mann von eher kräftiger, leicht untersetzter Statur. Beim Gehen, aber auch beim Sprechen und Singen federte er schwungvoll in den Beinen. Er trug das Haupt auffallend aufrecht und die nach hinten gekämmten dunkelbraunen Haare nach Art eines Tenors. Wir hatten uns nie hier oben an der Orgel getroffen. Mir war nicht bekannt, ob er wußte, daß ich zuweilen nachts hier übte und daß ich seine Vertretung für den übernächsten Tag sein sollte. Er rief sogleich, und dies ohne ein Wort der Begrüßung, dies sei ja eine Unverschämtheit und was ich hier zu suchen habe, und wenn das so weiterginge, würde er sein Amt hier aufgeben, und dann solle die Gemeinde sehen, wer hier die Orgel spiele und den Singkreis leite. Ich aber hatte sofort aufgehört zu spielen, war sehr erschrocken, wäre am liebsten aufgesprungen und blieb nur deswegen auf der Bank sitzen, weil ich Angst hatte, irgendeine falsche Bewegung zu machen, und sagte: »Aber ich soll doch am Sonntag hier spielen?«

»Du hier spielen? Das werden wir ja noch sehen!« brüllte er und eilte schon wieder davon, wie ich später erfuhr, stracks zum nächsten, der Kirche gegenüberliegenden Hof, denn dort lebte in Gestalt eines rothaarigen Bauern ein Mitglied des Kirchenvorstandes. Dort soll Herr Brünning sich dann beschwert haben, was ich an der Orgel zu suchen hätte.

Zwar bewältigte ich am Sonntag den Gottesdienst, mit noch ein wenig zu vielen Oktavparallelen, wie Herr Myra befand, doch es blieb in mir ein Gefühl des Verbotenen, wenn ich zukünftig an der Orgel saß. Ich begann auf einmal darauf zu achten, nicht einen Kekskrümel zurückzulassen. Ich begann mir genau zu merken, wie die Bücher gelegen hatten, um sie auch genauso wieder hinzulegen. Ich begann die Manuale mit einem Tuch abzuwischen, um keine Fingerabdrücke zu hinterlassen. Mit einem Wort: Ich war zu einem Verbrecher geworden. Schon bald gab ich das Üben auf.

218

Dann geschah es, daß ich vom Lugenstein fiel und mir den Arm brach. Judith, von der mir wenig in Erinnerung geblieben ist, außer daß sie sich ihre Haare mit Henna färbte und zuweilen eine lila Latzhose trug, wollte sich nach der Schule mit Silke vom Domgymnasium treffen und hatte aus irgendeinem aus der Pause mit hinübergenommenen Grund – die letzte Stunde hatte gerade begonnen, an der Tafel stand über dem halbtransparenten Kreidewisch vergangener Stunden in großen Druckbuchstaben: RETTET DIE BENRATHER LINIE – vorgeschlagen, ich solle doch mitkommen. Wir wollten dann zusammen in die Stadt, irgend etwas unternehmen. Ich hatte aber keine Lust, mit zum Domgymnasium zu kommen und dort zwischen den beiden riesigen, an heidnische Heiligtümer gemahnenden Eichen zu warten, die mir immer wie zwei ins maßlose vergrößerte Theurgen erschienen waren, die nur für die würdigsten Gymnasiasten die besten Noten vom Himmel herabzwangen, während die Eingeweihten durch die beiden Eichen hindurch auf die weinbelaubte Front mit dem feierlichen Säuleneingang zuschritten. Ich war auch schon nicht am 11.11. mitgegangen, rüber zu den sogenannten *Dogs*, und hatte damit gegen einen festen Brauch verstoßen, denn jedes Jahr am 11.11. um 11.11 Uhr wechselten die Oberstufenschüler der beiden Gymnasien, meist aufwendig und schräg kostümiert, die Schule, um den Unterricht der unteren Klassen zu stören. Ich wollte aber nicht zum Domgymnasium, aus Angst, von einer Sentimentalität befallen zu werden, und schon gar nicht wollte ich meine ehemaligen Lehrer treffen, und so hatte Judith Silke gesagt, wir würden am Stein warten, wo wir nun standen und warteten. Da diese Silke niemand anders war als eine von Josses beiden Schwestern, war ich von einer gewissen Nervosität ergriffen. Ich kletterte auf den Stein, weil ich dachte, das würde irgendwie lockerer wirken. Vielleicht dachte ich auch gar nichts.

Da fiel ich vom Stein.

Ich weiß nicht, wie es geschah. Ich folgte dem Strom meiner inneren Bilder, sah uns drei im Domcafé heiße Schokolade trinken, dachte an Josse, vielleicht ließe sich ein Gruß ausrichten, eine Nachricht erheischen. Ich sah das Herbstlaub aufleuchten. Es war ein klarer Tag. Ich hörte Judith irgendwas sagen.

Judith-Heartlight.

Was hatte sie gesagt? Oder gesungen? Ein Auto holperte über das Pflaster. Ich sah Menschen im Eingang des Doms verschwinden. Judith hatte sich eine Selbstgedrehte angezündet und wischte sich nun mit der freien Hand die braunen, andeutungsweise rot schimmernden Haare aus der Stirn:

»Rück mal ein bißchen, ich will auch sitzen!« sagte sie.

Und ich dachte noch, ich könnte ja auf dem Findling stehen, vielleicht sähe ich dann weiter.

Der Schmerz war entsetzlich.

Ich landete zuerst mit dem linken Ellenbogen. An jene halbe Sekunde zwischen Sitzen und Landen, in der ich irgendwie in der Luft geschwebt haben muß, kann ich mich nicht erinnern. Der Stein ist nicht sehr groß, die Zeit des Ausrutschens, die Strecke des Falls entsprechend kurz. Judith hatte irgend etwas gesagt, das mich daran erinnerte, daß ich auf einem Stein saß. Wieso saß ich auf einem Stein? Als ich merkte, daß ich fallen würde, mit den Füßen strampelte, Halt suchte und am Felsen abrutschte, hatte ich das seltsame Gefühl, dieser Körper sei nicht mein Körper. Aber der Schmerz war mein Schmerz. Am liebsten hätte ich laut geschrien. Ich schrie auch. Dann versuchte ich mich zusammenzureißen, doch es tat fürchterlich weh. Und jeden Moment konnte es im Domgymnasium klingeln.

Der Arzt im Krankenhaus, der meinen Eltern das Röntgenbild zeigte, sagte, das Gelenk sei vollkommen zersplittert! Sie müßten damit rechnen, daß der Arm nach der Operation steif bliebe.

Ich wurde einmal operiert. Meinen Geburtstag verbrachte ich im Krankenhaus. Dunkler Wintervogel flatterte hoch, stenographierte meinen Namen, flog petzen. Der dunstige Himmel sah nackt aus.

Und wenn, umgekehrt, ich drei oder vier Jahre älter als sie oder wenigstens doch auf Augenhöhe ... Daß man immer die gleiche Aussicht hat, nervt. Man möchte auch mal die Augen hinten im Kopf haben. Die fahle Reflexion der Lampe im gewaschenen Glas. Eine Schliere schlief rechts im Eck. Besuchszeit endet stündlich. Der Knopf für die Krankenschwester rechts hinterm Bett. Aber man will die Schwester nicht sehen.

Das Metallgestell, das meinen Arm fixiert hatte, fiel in sich zusammen und begrub mich unter sich, drückte den Gipsarm auf meinen Körper. Ich wurde erneut geröntgt. Die Ärzte berieten sich mit meinen Eltern. Ich wurde noch einmal operiert.

Ich hatte Vater gebeten, mir eine Platte mit Bachs Violinkonzerten auf Kassette zu überspielen. Beim Überspielen war aber etwas Seltsames geschehen, das ich mir nicht erklären kann, denn eigentlich hätte Papa merken müssen, daß die Platte einen Sprung hatte. Im Doppelkonzert, gerade zu Beginn des zweiten, im sehr melodischen Dur-Ton stehenden Themas, war die Nadel hängengeblieben. Man hörte die herabfallende melancholische Linie der zweiten Geige wie einen Ruf oder eine Frage, und dann, wenn die erste Stimme das Thema in der Dominante aufnehmen sollte, hakte die Platte, und man hörte erneut nur die zweite Violine, wie sie auf die andere Stimme wartete. Mein Vater hatte die Aufnahme nicht gehört und auch die Schallplatte, die ja immer noch an dieser Stelle hatte hängen müssen, ignoriert und ausgestellt, und so war die ganze Kassettenseite voll mit anderthalb Takten. Zunächst fand ich das befremdlich, dann aber entdeckte ich, daß sich der Eindruck des natürlichen Flusses der Musik dadurch gar nicht veränderte. Ich mußte nur akzeptieren, daß die Musiker in eine Zeitschleife gefallen waren, nun dazu verdammt, eine Kassettenseite lang die gleichen ein, zwei Takte, dazu noch mit einer unspielbaren Synkope mitten im Takt unterbrochen, zu wiederholen, wie eine Frage, die unbeantwortet blieb, dadurch aber ein Eigenleben begonnen hatte.

Mattens kam zu Besuch. »Was hast du denn gemacht?«

Ich war von einem Stein gefallen.
Ein Steinfaller.
Ein Traumstürzer.

»Veränderung ist eine Bedingung, um Zeit zu beschreiben!« sagte Mattens.
»Aber ich habe mir den Arm gebrochen, und es tat schweinisch weh!«
»Alles, was geschieht«, erwiderte er, »ist so gewöhnlich wie die Rose im Frühling und die Frucht zur Erntezeit.«

»Jetzt laß mich in Ruhe mit deinen Scheißphilosophen, und besorg mir ein Buch über Fossilien.«

»Über Fossilien?«

»Ja, bitte. Schenk mir ein Buch über Fossilien!«

Eine Stunde später war er wieder da, mit einem Bildbändchen über Versteinerungen aus dem Paläozoikum und einem Buch über die ersten Europäer.

Ich las:
Ammoniten, versteinert,
Seelilie, versteinert,
Brachiopoden, versteinert,
Triboliten, versteinert,
Muscheln, versteinert,
Panzerfische, versteinert,
Seesterne, versteinert.

Die Abdrücke, welche die Photographien zeigten, wirkten eigentümlich frisch. Wie unvorstellbar weit weg diese Zeit war, verglichen mit der Zeit, die man brauchte, um zum Beispiel das Abitur zu erlangen, einen Armbruch auszuheilen.

Und sie durchstreiften die europäische Tundra, immer den Mammutherden folgend. Von ihnen blieben Knochen, Feuerstellen, Steine, Verfärbungen im Sand durch Blumen.

Wenn ich nun nicht mehr spielen könnte?
O wehehe, I don't have to work no more!

Bitte laß meinen Arm wieder zusammenwachsen!

Ich starrte die Krankenhausdecke an. Da bekam ich Panik. Ich glaube, zum ersten Mal in meinem Leben bekam ich richtig Panik. Nicht wegen meines Armes. Ich begriff, daß die Welt nicht anhielt, weil ich im Krankenhaus lag. Ich starrte die Krankenhausdecke an und hatte eine unbeschreibliche Panik. Als sei mein ganzes Leben schon vorbei.

Angst ist vergänglich. Krankenhäuser sind vergänglich. Schwestern sind vergänglich. Toilettengeschirr ist vergänglich. Pißflaschen sind vergänglich. Schlafen ist vergänglich. Wachsein ist vergänglich. Schmerzen sind vergänglich. Freude ist vergänglich. Sommer sind vergänglich. Küsse sind vergänglich. Musik ist vergänglich. Der Blues ist vergänglich. Rock 'n' Roll ist vergänglich. Flamenco ist vergänglich. Bach ist nicht vergänglich. Oder?

Neapolitanische Sextakkorde sind vergänglich. Schulflure sind vergänglich. Stimmen sind vergänglich. Bilder sind vergänglich. Gerüche sind vergänglich. Rosen sind vergänglich. Die Angst vor dem Atomkrieg ist vergänglich. Die Liebe ist vergänglich. Ozeane sind vergänglich. Kontinente sind vergänglich. Die Sonne ist vergänglich. Der Glaube an Gott ist vergänglich. Unglaube ist vergänglich.

Von einem Stein fallen hat seine Zeit.
Auf einem Stein sitzen hat seine Zeit.

Mit einer Frau schlafen hat seine Zeit.
Mit einer Frau nicht schlafen hat seine Zeit.
Leben hat seine Zeit.
Sterben hat seine Zeit.

Friedhöfe sind vergänglich. Namen sind vergänglich. Auch der Hundertjährige Krieg dauerte nur hundertundsechzehn Jahre.

Mit einem kleinen, rotierenden Messer wurde eine tiefe Kerbe in den äußeren weißen Arm geschnitten. Die Worte des Arztes, die Maschine würde automatisch stoppen, so sie auf Haut treffe, klang nicht vertrauenerweckend in meinen Ohren. Danach fühlte sich der Arm leichter an. Er war abgemagert. Fremdartig. Dünn und krumm. Ich konnte ihn auf eine seltsame Art nach außen biegen, und das Gelenk sah abgeflacht aus. Wenn ich schnelle, ruckartige Bewegungen mit meinem Arm machte, knackte er. Aber ich konnte ihn bewegen. Ich würde weiter Gitarre spielen können.

Dann ging ich zum Fluß. Der Vorhang war dünn geworden. In den Sträuchern hingen dunkle, in sich gekrümmte Blätter, verschrumpelte schwarze Beeren. Ein Zweig zitterte, sprang zurück, nachdem ich ihn berührt hatte. Der Geruch hatte nachgelassen, war verändert. Das Wasser zog eine kühle Falte durch die Luft. Sie wuchs aus dem Fluß empor: eine kalte Spur, die ans Ufer kroch. Eine Falte aus Herbst und Winter. Bald ist Winter, versprach die Luft, zeichnete die fast unsichtbare Bewegung des Wassers auf die graugrüne Schraffur des Flusses. Darunter schien alles zu schlafen. Dann sagte ich laut »Tysja«. Es war ein sehr altes, sehr geheimnisvolles Wort. Aber ich sagte es nicht zum Fluß. Ich sprach es auch nicht zu mir selbst. Ich sagte es einfach so in die Luft. So wie einen Zauberspruch. Für einen Moment schien die Zeit stehengeblieben zu sein, schien mir sich eine Zeit vor die andere zu schieben. Ich hörte das Geräusch schwerer Fahrzeuge, hörte die Motoren altertümlicher Propellermaschinen von Westen her sich nähern. Aber das verschwand. Ich sah einen Bauern in hohen Stiefeln und mit grobem Leinen und einem dunklen Dreispitz auf dem Kopf, eine Kuh über den morastigen Boden ziehend. Ich sah Moden, die mir fremd waren, die ich nicht kannte. Ich sah ein Geisterheer den Fluß hinauffahren und im Nebel verschwinden. Ich sah Gestalten auf Booten dahingleiten. Ich sah die Wiesen zu Auen werden, sah Ur und Elch. Mehrere tausend Jahre später erschrak ich. Ich fühlte die kühle Luft des Nachmittages über dem Fluß nach mir greifen. Ich stand in der flachen Mulde des Strandes. Meine Schuhe berührten den Saum des Wassers. Ich ging in die Verbeugung, hockte am Ufer, griff mit der rechten Hand, grub eine unsichtbare Spur. Ein seltsam kaltes Gefühl tastete nach meiner Hand, meinem Arm. Etwas drückte fest meine Hand, als ich sie durch den Sand zog. Es war, als lebte der Fluß. Ich nahm eine Hand voll Sand, ließ das Wasser ablaufen, wog den Sand in beiden Händen, füllte ihn in ein Glas. Ich blieb einen Moment stehen. Dann trat ich den Heimweg an. In zwei Tagen schon würde sie Sand finden. In einem Kuvert das Rieseln von dunkelgraugelben, zimtfarbenen Körnchen zerrinnender Zeit, zu Gleichmaß gemahlene Muscheln, vor Urzeit gebrochene Felsen, Weichheit der Steine, Bett des Wassers. Der Stempel würde sagen: Sand aus Verden. Allersand, gesiebt für dich durch Hände.

Vielleicht fällt die Bombe ja doch nicht, schrieb ich in mein dunkelgrünes Buch.

Vielleicht gibt es noch eine Zeit,
die noch nicht begonnen hat.
Vielleicht fällt Regen, bildet sich eine Haut aus Kügelchen auf
dem Fenster, Zeitmaschinen, kleine Murmeln aus Wasser:
dunkles Land oben, helles Land unten im Rund,

das sich ausbiegt. Stanzschrift für mechanische Spielwerke,
die ihre Melodie schreiben beim Auftreffen,
dann verstummen. Vielleicht fällt Regen, wenn sie den
Umschlag öffnet. Vielleicht läßt sie
den Sand entlang ihrer schönen Finger wandern.

In der Schulpause saß ich in der Sofaecke zwischen Bereich B und C, dort, wo es zur Oberstufe ging, von oben zwei schwarz gesprenkelte Treppen zusammenführen und man aus dem Fenster hinaus auf das vorwinterlich zersiebte Gebirge riesiger Laubbäume blicken kann. Ich strickte.

Einmal kam Spier, unser Geschichtslehrer, vorbei. Er, so wie es seine Art war, interessiert, aber schon wissend, von der Seite, tiefsinnig:

»Na, Holtes? Was machst du in deiner Pause? Stricken?«

»Ja, äh, stricken.«

»Sieht beinahe aus wie Socken.«

»Das werden Socken.«

»Kannst du das denn?«

»Die Mädchen helfen mir ein bißchen. Links ist schwerer als rechts. Das Problem bei Socken sind die Hacken. Man muß da sozusagen um die Kurve kommen. Können Sie das denn?«

»Was?«

»Na, stricken.«

»Äh, nein, ich nicht«! sagte er und verschwand.

Nur noch eine Woche, dann waren die Weihnachtsferien.

Ich fuhr mit dem Rad zum Dom. Es war unangenehm kalt geworden, man spürte es besonders beim Radfahren. Ich stellte das Rad ab, ohne abzuschließen, zurrte meinen

Mantel frei und ging durch den Dom direkt in das Peristylium. Die kleinen Rosen und der Lavendel waren verblüht. Die Säule mit den beiden labyrinthischen Schnekken aber war noch da. Ich legte meine Hand auf den Stein, berührte das Muster, so wie ich es damals berührte hatte. Dann tasteten meine Finger hinüber zu der anderen Schnecke, folgten der Form. Ich dachte darüber nach, ob in der Zwischenzeit andere hiergewesen wären, vielleicht diesen Stein angefaßt hätten. Ich hoffte, daß vielleicht eine Spur von ihr noch auf dem Stein lag und das ganze Jahr über auf mich gewartet hatte. Und wenn man mutig ist und für einen Moment die Augen schließt, springt die Zeit über, und der Stein ist nicht nur ein Stein.

Zwei Tage nachdem der erste Schnee gefallen war, rief Josse an. Es war der Tag vor Heiligabend. Sie sei jetzt in Verden und ob ich vorbeikommen wolle.

»Willst du?«

»Ja, und du?«

»Deswegen ruf ich an.«

Wir verabredeten uns für den ersten Weihnachtstag.

Die Elster faltet einen Schwarzweißfilm über den Schnee. Die Projektion scheint einen Moment lang stillzustehen. Noch ist sie nicht gelandet.

10

Heiligabend stand mein Vater in seinem Arbeitszimmer, sammelte seine Bücher und Ordner und die Blaupausen mit den Einfamilienhäusern in Kartons, und ich wußte, daß wieder einmal etwas zu Ende gehen würde. Dann stellte er den Baum auf, wie er es immer getan hatte: alleine, und diesmal wollte er ihn auch alleine schmücken. Ich ging in mein Zimmer, hockte mich auf den Boden und starrte auf die dummen, sandverklebten Turnschuhe, die ich immer auf Terschelling angehabt hatte und die den Rest des Jahres von der Lampe herunterbaumelten und einen seltsamen Schatten warfen. Dann ging ich in die Küche und machte ein bißchen Budenzauber für Kerst. Wir kochten Milchreis und stellten einen kleinen Teller voll auf die Terrasse. Für die Wichtel, die mit dem Weihnachtsmann unterwegs waren. Klar, daß der Teller nach dem Gottesdienst leer gegessen war.

Wir spielten in der Kirche mit dem Posaunenchor *Tochter Zion*, und bei *Stille Nacht*, am Schluß des Gottesdienstes, standen die Leute alle auf, und ich mußte heulen. Wie dumm von mir, dachte ich. Nach dem Gottesdienst fiel mir Mattens in die Arme, oder ich ihm, und ich sagte bedeutungsvoll: »Ich habe morgen keine Zeit!«

Mattens sagte: »Aha!«

Es hatte an diesem Tag nicht noch einmal geschneit, aber der Schnee lag noch in einer breiten Schicht um die

Kirche. Mattens sagte: »Schön«, nur dies eine Wort, und ich dachte an Josse.

In der Nacht träumte ich, ich dirigiere Beethovens Siebte mit einem hundertköpfigen Orchester aus Christbaumkugeln, Engeln, Lübecker Marzipanbroten, Lichterkettenkerzen und Wichteln. Ich wurde mehrmals wach und schlief mehrmals wieder ein.

Am Morgen machte ich mein Zimmer klar: Ich stellte das Teegeschirr bereit. Wie zufällig verteilte ich Parperts *Philosophie der Einsamkeit* und *Des Minnesangs Frühling* auf dem Fußboden. Ich schlug das Heft mit der Lautenfuge auf, stellte es auf den Notenständer. Ich lehnte die Gitarre griffbereit an den Schreibtisch. Für alle Fälle.

Den ganzen Tag über mochte ich nichts essen, aß dann doch etwas, damit mein Magen nicht knurrte. Ich saß im Wohnzimmer an dem verstimmten *Östlind & Almquist*, auf dem mein Großvater früher Choräle gespielt hatte und das mein Vater ihm abgeschwatzt und dann doch nicht gespielt hatte. Ich nahm das alte Choralheft vom Harmonium und schlug es auf. Da waren noch Bleistiftnotizen meines Großvaters. Er hatte nach der Flucht unbedingt wieder ein Harmonium haben wollen, und nun stand es hier, und er spielte es nicht. Ich spielte *Wie soll ich dich empfangen*. Ich klappte das Heft wieder zu. Ich wollte improvisieren, aber mir fiel komischerweise nichts ein. Ich nahm ein Kamillendampfbad, weil mir meine Mutter einredete, ich hätte einen Pickel. Ich wusch mir die Haare. Ich ließ den Vorhang nach vorne fallen und kämmte mich. Ich klemmte mir die Haare hinter die Ohren. Dann nahm ich einen kleinen Karton und fuhr mit dem Fahrrad in Richtung Verden.

Die Bäume am Weg hatten noch vereinzelt fahle Blätter. Felder versteckten ihren Namen unter einer dünnen weißen Krume. Schneebleiche und Eisglitzern.

Kleiner Karton auf dem Gepäckträger.

Die Atemwolke vor dem Mund.

Drachentanz und Luftkoralle.

»Moin, liebe Weihnachtsfrau, du hast dir ja die Haare geschnitten!« sagte ich zur Begrüßung, als Josse die Tür öffnete. Sie hatte ihre Haare, die nun von einer winterlich dunkelblonden Farbe waren, im Nacken kurz geschnitten und vorne zu einem ausgefransten Pony gekürzt. Außerdem trug sie eine grüne Hose mit irgendeinem bunten Muster. »Das hat doch sicher was zu bedeuten?«

»Sicher hat das was zu bedeuten. Nun komm rein«, antwortete sie und machte einen Schritt zur Seite.

Ich trat ein, und Josse schloß die Tür hinter mir. Ich ließ meine Winterstiefel im Flur stehen und hängte den Mantel an die Garderobe. Währenddessen kam Josses Bruder in den Flur. Er lehnte sich an die Treppe und sah zu, wie ich meine Stiefel auszog.

Josse sagte: »Was suchst du?«

»Nichts!« sagte er.

»Hau ab jetzt!« sagte sie. »Los!«

Er grinste und verschwand.

»Komm mit!« forderte sie mich auf, und ich folgte ihr, in den Händen mein kleines Paket, die Treppe hoch, dann rechts herum in ihr Zimmer.

Von einem Plattenspieler erklang das *Weihnachtsoratorium*. Das Bräutigamslied. Ich nenne die Alt-Aria immer so, weil ich mir vorstelle, es sänge eine Braut, die ihren Liebsten erwartet. Ich glaube, es war Josses einzige Platte zu der Zeit. Ich habe nie eine andere Schallplatte bei ihr gesehen.

Josse schloß die Tür hinter uns und setzte sich auf den Boden. Sie bemerkte meinen Blick auf die Platte und sagte: »Ich muß endlich meinen Plattenspieler mit nach Freiburg nehmen.«

»Ich hab noch einen Julklapp für dich!« sagte ich und setzte mich zu ihr.

»Für mich?« fragte sie erstaunt.

Ich reichte ihr das Paket. Sie wog es aufmerksam, öffnete vorsichtig das Geschenkpapier, das nur lose um eine ehemalige Weinbrandbohnen-Schachtel gewickelt war. Ich wurde etwas rot. Weinbrandbohnen wären sicher kein so geistreiches Geschenk gewesen. Josse öffnete die Schachtel:

»Oh, das sind ja Socken. Hast du die gemacht?«

»Ja, du hast dir doch welche gewünscht, im Sommer.«

»Weiß ich gar nicht mehr. Ja, danke! Die sind ja schön.«

»Der eine ist etwas länger als der andere. Ich habe vorher noch nie gestrickt.«

»Eine rote Socke mit einer blauen Hacke und eine blaue Socke mit einer roten Hacke. Das sind rejelle Orgelsocken. Trinkst du Tee? Hier sind auch noch leckere Weihnachtskekse in der Dose.«

Ich griff nach einem Keks, und Josse goß mir ein.

Sie sagte: »Mein Lehrer hat mir verboten, in Socken zu spielen. Ich muß jetzt mit Schuhen spielen, wie alle anderen auch.«

Ich sah einen Moment auf den Boden, dann wieder zu ihr, wie sie die Teekanne abstellte.

»Komm, erzähl vom Studium«, bat ich. »Was spielst du gerade. Doch sicher was ganz Schweres von Bach?«

»Kennst du die Kaffeewasserfuge?« fragte sie.

»Nein«, antwortete ich etwas verwundert. Ich hatte nur etwas von einer Kaffeekantate gehört. Was sollte das nun sein?

Sie begann, das Thema nachahmend, zu singen:

»Das Kaffeewasser kocht, das Kaffeewasser kocht! Nimm den Deckel ab, das Kaffeewasser kocht, nimm den Deckel ab, das Kaffeewasser kocht!«

Dann sagte sie: »Die Fuge dauert über sieben Minuten. Man kann sich niemals ausruhen. Wenn man einmal rausfliegt, ist man draußen. Keine Chance. Man fängt an zu schwimmen, und ein Fehler zieht den nächsten nach sich. Du kannst nur aufhören und von vorne beginnen. Oder man klappt die Noten zu und geht.«

»Du mußt es mir irgendwann vorspielen«, meinte ich.

»Das wird noch dauern.«

»Und sonst? Du kannst doch nicht die ganze Zeit nur Bach-Fugen spielen.«

»Nein, wir haben auch noch Tonsatz, Improvisation, Chorleitung, Kirchenmusikgeschichte. Manchmal ist es wirklich wie in der Schule.«

Josse erzählte, daß sie sich jetzt mehr modernen Komponisten zuwende, ich meine, sie erwähnte Olivier Messiaen und Jean Langlais. Sie sagte auch, es sei sehr familiär da in der Hochschule, man kenne sich unter den Studenten gut. Sie sagte, Freiburg sei schön, der Dom größer als der in Verden.

Die Plakate hingen noch an der Dachschräge. Auf dem Boden lag ein Buch von Harper Lee. Daneben zwei geöffnete Briefumschläge. Waren es Briefe, die sie hier erreicht hatten? Oder waren es Briefe, die ihr so wichtig waren, daß sie sie mitgebracht hatte?

Einmal gingen wir gemeinsam hinunter in die große, helle Küche und trafen dort auf Josses Schwestern, Silke und Loretta. Silke, die Jüngste, trug ihre dicke, randlose Brille. Die Brille machte ihre Augen größer. Trotz der Brille hatte sie eine gewisse Ähnlichkeit mit Josse, mehr jedenfalls als Lora, die Mittlere. Silkes Haare waren vielleicht eine Nuance dunkler. Wenngleich Lora den Haaren nach, in Farbe und Frisur, mehr nach Josse kam, so hatte sie doch ein anderes Gesicht. Es war dies das einzige Mal, daß ich alle drei Schwestern zusammen antraf, und so war es kaum zu verhindern, daß das Auge die Gelegenheit wahrnahm, nach Unterschieden und Gemeinsamkeiten zu forschen. Silke blätterte in einem Band mit einer Liebesromanze – das Buch einer deutschen Bestsellerautorin, die ihren nordischen Vornamen mit einem süddeutsch klingenden doppelten, an einen Komponisten gemahnenden Nachnamen schmückte. Für gewöhnlich fand man derartige Literatur eher bei älteren Damen neben dem Strickzeug. Ich blickte etwas erstaunt, war aber eigentlich froh, daß Silke nicht wegen meines Armes fragte. Silke, meinen Blick aufnehmend, erzählte, sie hätten dieses Buch gemeinsam zu Weihnachten bekommen, und sie, Josse, Lora und Silke, würden sich, wenn auch nur zum Spaß, zuweilen, auf dem Sofa sitzend, gegenseitig Bücher von ebenjener Autorin vorlesen. Dann fragte sie, ob ich denn schon mal eines gelesen hätte, und ich mußte verneinen, wobei die drei Mädchen, besonders die beiden jüngeren, ein gewisses Kichern nicht unterdrükken konnten. Ich ertappte mich dabei, wie es mir für einen Moment wie eine erstrebenswerte Versuchung erschien, gemeinsam mit ihnen auf dem Sofa zu sitzen, um an jenen Lesungen teilzuhaben. Das Wasser in dem altmodischen Kessel kochte schon eine ganze Weile, so daß sich eine Wolke im Raum verteilte, eine feine, halb durchsichtige Patina aufs Fenster strich, und Lora sagte: »Mach die Dunstabzugshaube an!«

Josse zog ihre Nase kraus. Während Josse den Tee durch die beige Socke goß und Lora nun tatsächlich selber, wie zum Prostest, den Knopf der Dunstabzugshaube drückte, fiel mir ein, daß wir zu Hause keine Dunstabzugshaube hatten und daß meine Mutter gesagt hatte, sie brauche dringend eine, sonst ginge gar nichts mehr. Silke rutschte mit ihrem Buch halb auf die helle Ablage neben der Spüle, dahin, wo Josse die Teekanne hingestellt hatte, und las nun mit laut erhobener Stimme:

»Sie fühlte ihr Herz pochen, als sie sich an seine starke Schulter lehnte!«

Lora kicherte. Josse nicht. Ich überlegte: Wie unbemerkt, blitzschnell, ein Zeichen machen, eine Schrift, ein Wort vielleicht nur in den tauben Glunst an der Scheibe schreiben? Oder ein Cis malen über schnell gezogene Linien, dann mit dem Ärmel das Cis in die Unsichtbarkeit wischen. Später würde es zurückkehren. Josse schaltete das Summen aus. Der neue Tee war mittlerweile fertig. Wir gingen bald wieder hinauf.

Als Josse mich viel später zur Tür brachte, war es fast zwei Uhr. Man konnte die Sterne sehen, auch das breite Band der Milchstraße.

»Es sind ein paar Sterne da. Du kommst gut heim«, sagte Josse.

»Die Sterne sind immer da«, antwortete ich. »Nur manchmal, wenn es zu hell ist, dann sieht man sie nicht.«

Da fiel mir ihr Berliner Onkel ein, und ich wollte sie nach ihm fragen. In dem Moment sagte sie:

»Du hast mein Tuch noch! Bringst du es morgen mit? Ich ruf dich an.«

Wie ich nach Hause kam, war es schon ganz still und dunkel. Ich schlich ins Wohnzimmer, setzte mich einen Moment vor das Aquarium. Auch im Aquarium war es ganz still und dunkel. Dann schaltete ich die kleine Neonröhre ein. Das Licht flackerte kurz auf, wie ein Blitz, um mich

zu photographieren, der ich wie ein Einbrecher nachts in
unserem Haus herumschlich. Ich blickte in die vom
schnell zitternden Licht erhellte Nordsee. Die Scholle
rührte sich kurz. Eine dunkle fliegende Untertasse mit
Masern, die sich in den Sand schweben ließ, die Farbe
wechselte. Vater und ich hatten oft darüber nachgedacht,
wie man das Aquarium so bauen könne, daß man den Ti-
denstrom simuliert, vielleicht sogar eine Art Uferzone mit
Wattenmeer schafft. Ich starrte lange durch das Glas hindurch. Ich verspürte den Drang, an die Scheibe zu klopfen, ließ es aber. Statt dessen nahm ich eine kleine bläu-
liche Herzmuschel aus einem Glasschälchen im Regal,
warf sie ins Aquarium und sah sie zu Boden schweben.
Dann machte ich das Licht aus, putzte mir die Zähne,
wusch mein Gesicht und ging ins Bett.

Ich schlief kaum in dieser Nacht. Ich öffnete das Fenster
und ließ die Kühle herein. Ich mochte das, wenn die Luft
nach Schnee roch. Als ob etwas Neues beginnen würde.
Ich dachte an meinen Lieblingsvers von Celan:
    DU DARFST *mich getrost*
    mit Schnee bewirten.
Wenn die Leute groß sind, gehen sie fort und probieren
neue Frisuren. Nur manchmal noch kommen sie zurück,
um eine angefangene Geschichte zu beschnuppern.
    Wozu willst du ein Photo von mir? hatte Josse gesagt. *Das*
ist doch nur ein Bild. Ich bin immer jemand anders.
    Und du verstehst auf einmal, daß das Photo aus dem
Raum mit der Tafel mit den großen Kreideakkorden nur
ein Photo ist.
    Du erkennst zwar noch das Mädchen in der Mitte mit
der Posaune. Du spürst, wie dir die Wärme in den Kopf
schießt. Alles ist wieder da. All deine geheimen Wünsche
und Hoffnungen, das alles ist in einem Photo, das du

236

an die Wand gehängt hast, neben ihre Karten, neben die dunkelgraue Vogelfeder. Du schaust auf die Tafel auf dem Bild und verstehst den Sinn der Harmonien nicht. Welcher Song war das noch mal?

Draußen das dichte Ostinato des Schnees. Ein unaufhörliches Fallen. Hoffen, daß sie morgen vormittag anruft.

Doch deine Hände sind schön, laß mich deine Finger
berühren, Nachtfuge sein, dein Warten sein, bis die Kerze
verloschen ist.
Ich hätte meine Hand auf deinen Bauch legen können: Lies
dies, ohne das Licht zu gebrauchen.
Dies ist die Zeitfuge, ist die Mauer ohne Steine,
die Sand wird von dir zu mir und durch das Stundenglas läuft.
Die Mauer aus Schnee.
Nicht nötig zu sagen: Dies ist Bauch, dies sind Brüste, dies
ist Rücken, dies sind Arme, dies sind Beine, dies sind Hände,
ist ein Mund, sind Ohren, sind Haare, dies ist blau, ist gelb,
im Dunkeln ... Lehr mich sprechen!

Der Bordun ist eine Stimme, die in der Tiefe lebt. Ein Urzeittier in der See, in einer Zeit, die Pangäa heißt.

Später wird es keinen Schnee mehr geben.

In der Nacht ging die gläserne Teekanne kaputt, als ich das Fenster weit öffnete.

Am folgenden Abend saßen wir unten im Wohnzimmer, wo das Klavier stand und der Weihnachtsbaum. Josses Eltern schienen nicht dazusein.

Wir hatten Tee getrunken. Wir hatten Kekse gegessen. Wir hatten eine Orange geteilt. Wir saßen lange und schwiegen. Josse hatte ihre Beine langgestreckt, die Füße zeigten zum Klavier. Sie sah mich an. Ihre Augen, in denen ich einen türkisen Schimmer zu entdecken meinte. Ich dachte: Man sieht immer nur in ein Auge bewußt. Ich versuchte das zu denken. Die langen, schweren Takte, die verstrichen, in denen Josse ihren Blick nicht von mir ließ.

»Hej Joe?« fragte ich schließlich.

»Spiel doch etwas«, antwortete sie. »Spiel doch etwas für mich!«

»Wir können doch etwas zusammen spielen, so wie früher«, schlug ich vor.

»Gut«, sagte sie und stand auf, nahm aus dem großen Stapel abgelegter Noten auf dem Klavier das *Italienische Konzert* und schlug das Largo auf. Sie setzte sich auf den Klavierschemel. Ich setzte mich zu ihr. Sie begann mit der Baßlinie, wie damals.

»Und«, sagte sie, als meine Stimme an der Reihe war.

Ich spielte, wie damals.

Fast wie damals.

»Ich will gerne verstehen, wie sich Menschen ineinander verlieben«, sagte ich in die Musik hinein.

Sie: »Wieso willst du das verstehen?«

Ich: »Vielleicht hat das dann nicht so eine Bedeutung.«

Gemeint hatte ich etwas anderes, Joe, süße Joe!

11

Aus dem dunkelgrünen Buch (Tuliphurdium):

Fuge (von lat. fuga = Flucht)
1. kontrapunktische strenge Satzart mit nacheinander in allen Stimmen durchgeführtem, festgeprägtem Thema
2. Verbindungsstelle, schmaler Zwischenraum (von altdeutsch vuogen = festmachen, verbinden)
3. wirres Musikstück nach Beendigung des Präludiums

Deinen Namen schreiben auf eine gelbe Karte, deine Telephonnummer auf dem Tisch, Wasser heiß machen für den Tee, warten, daß die Tinte trocknet, dann aus dem Fenster sehen,
deinen Namen schreiben, Wolken zählen, auf eine gelbe Karte, wissen, daß Nordwind ist, deine Telephonnummer auf dem Tisch, die Sonne, das Blau vergleichen, Wasser heiß machen für den Tee, mit deinen Augen, warten, daß die Tinte trocknet, die Minuten zählen, noch ein Lied, dann aus dem Fenster sehen, Klüntjes in die Tasse werfen, Wolken zählen, die Wolken deuten, wissen, daß Nordwind ist, auf das Telephon starren, die Sonne, das Blau vergleichen, dann auf die Karte, mit deinen Augen, fünf Buchstaben zählen, warten, die Minuten zählen, noch ein Lied, daß es dämmrig wird, Klüntjes in die Tasse werfen,
deinen Namen schreiben, die Wolken deuten ...
Grode Tied, mi bangt vör di

... auf das Telephon starren,
likers will ik prisen din Wark
... deine Telephonnummer auf einem Tisch, dann auf die Karte,
een Memoorial gait branden in mi
... Wasser heiß machen für den Tee, fünf Buchstaben zählen,
de Tied, dat is een leddig Kark
... und warten, daß die Tinte trocknet.

Ich wollte den Nachmittag einfach nicht zu Hause rumsitzen und die ganze Zeit auf ihren Anruf warten. Darum war ich zu Großvater gegangen, und wir hatten in der Stube ein paar Stücke geübt, einen seltsamen zweistimmigen Satz aus Baß und Tenor in die Stille hineingestellt. Früher hatte man zuweilen die große Uhr oben auf dem Schrank ticken hören, aber seit mein Großvater alleine war, vergaß er meist, sie aufzuziehen. Im Schrank stand hinter dem Glas ein kleines Orchester bunt bemalter Holzengelchen, die ich als Kind, ein Engel dirigierte, ein anderer hielt eine Geige, wieder ein anderer eine Harfe, eine Gitarre oder Fanfare, ein Engel hielt ein hölzernes Blatt mit Noten und schien den Mund zum Singen zu öffnen, mit meiner Phantasie zum Leben erweckt hatte.

Mein Großvater stellte sich noch eine Flasche Jever auf den Tisch mit dem Wachstuch: »Na, Holtes, willst du noch ein Bierchen?«

»Nej, danke, das langt«, antwortete ich.

Er setzte sich wieder und öffnete seine Flasche. Wir hatten ein paar Stücke zusammen geprobt und dann Abendbrot gegessen: Stullen mit Käse und Stullen mit Honig. Heller Honig von Großvaters Immen. Draußen in den Feldern hatte er sein kleines Bienenhäuschen, und im Frühjahr duftete seine Wohnung vom Wachs der Waben. Einmal hatte ich in seiner Hütte auf dem Feld gesessen und die Waben geschleudert. Heller Honig. Lindenblüten und Raps. Er hatte dort, in jenem fernen Land, Immen gehabt, und er hatte sich hier wieder Bienen gehalten. Seine Heimat, so schien mir, lag geborgen im Propolisduft. Manchmal träume ich, daß ich wieder ein Lorbaß bin, und er setzt mich in den großen Fahrradanhänger und zieht mich den schmalen, sandigen Pfad, wo in der Mitte Kuhblumen wachsen, durch die Felder. Ich weiß, wir fahren zu den Immen. Und ich weiß, wie ich im Anhänger sitze, den Mulden des Sandweges nachspüre, daß es einen Himmel gibt und irgend etwas darüber, denn mein Großvater hat es mir erzählt, und ich sehe ja das Licht, das in glänzenden Vorhängen durch die Wolken fällt, da, wo er der dünnen Spur folgt. Ich sehe das Licht, obwohl ich doch nichts gesehen hatte, als ich beim Beten versuchte, zwischen den beiden Daumen hindurch in den dunklen Andachtsraum meiner Hände zu lugen, ob darinnen jetzt der Heidenheiland sei. Ich weiß, wir sind zusammen, auch wenn er schon weit fort ist, unterwegs zu den Bienen. Ich weiß, daß da was sein muß, während ich von ihm träume, denn er selbst hat es mir ja erzählt, und ich sehe ihn doch, wie er dem Licht folgt, das aus den grauen Schaumkronen herunterstreicht und ihm den Weg weist, während ich erwache, und ich folge ihm, so gut ich kann. Denn was verschwunden ist, ist nicht wirklich verschwunden, versuche ich zu denken. Es hat eine Spur in mich geschliffen wie die Brandung in einen Stein. Selbst die Steine sprechen auf ihre Weise von dem, was sie gesehen haben. Die Imkerzeitung lag stets in der Eßküche neben der Evangelischen und dem Hermannsburger Missionsblatt. Da lag auch das Buch mit den Losungen. An der Wand hing das Ölgemälde, das hinter einem breiten Sandweg ein Haus aus der Zeit vor dem Krieg, Wohnstatt und zugleich Tischlerei

seiner Schwiegereltern, zeigte. Daneben der kleine Ab-
rißkalender mit den Tagessprüchen. In dem dunklen Kü-
chenschrank, der den Eßtisch von der Kochnische mit
dem Waschstein und dem altmodischen Gasherd trennte,
stand dicht bei den kleinen Tüten, die sein Magenpulver
enthielten, noch immer ihr Asthmasprühdöschen griffbereit und daneben, ich wußte, daß er manchmal darin
las, das dicke Königsberger Kochbuch. Auf der Fenster-
bank lag seine Lesebrille auf dem Posaunenbuch von Kulo, direkt neben dem Blumentopf mit dem dunkelgrünen
Kragen. Es war Weihnachten, also stand hinter dem Blumentopf eine Flasche Bärenfang. Von seiner Küche aus
konnte man weit entfernt die Aller sehen, die manchmal,
in der Zeit der Schmelze oder wenn es lange Regen gegeben hatte, ein Stück näher kroch, aber jetzt war es natürlich dunkel, und alles, was im Fenster zu sehen war, war
unser eigenes Spiegelbild.

Manchmal ertappe ich mich, wie ich darauf warte, daß
mich jemand einen Lorbaß ruft. Manchmal ertappe ich
mich auch dabei, daß ich so sitze wie er, wenn er die Tuba
mit dem Trichter nach unten abgestellt hatte und abwartend auf die Noten sah, mit geradem Rücken die Unter-
arme auf die Beine abgestützt, die Hände ineinanderge-
faltet.

Großvater sagte: »Du Lorbaß. Du solltest dir beizeiten
mal die Haare schneiden.«

»Vielleicht mach ich das, wenn ich mit der Schule fertig bin«, sagte ich.

Dann mußte er kurz aufstoßen, wobei er wie zur Entschuldigung die Hände unter dem Tisch ineinanderlegte.
»Was willst du eigentlich machen nach der Schule?«

»Großvater, das hat noch Zeit.«

»Ja und? Hast du dir schon was überlegt?« fragte er weiter.

»Ich glaube, ich will Orgelbau lernen«, sagte ich.

»Handwerk ist nicht verkehrt. Aber ich dachte, du wolltest auf Pastor studieren, so wie dein Freund Mattens?«

»Wo du das sagst: Mattens wollte heute abend noch vorbeikommen. Und ich wollte auch noch ein Mädchen anrufen. Ich geh dann mal. Und: Vielen Dank auch für alles!«

Ich stand auf, packte meinen Kulo ein, griff im Flur nach der Tasche mit dem Baritonhorn und ging.

»Ja, du kannst noch vorbeikommen«, sagte Josse durchs Telephon. »So um zehn Uhr. Vorher habe ich noch Besuch. Leute aus meinem Abi-Jahrgang. Ja, kennst du auch. Annette und Prinz Eisenherz. Kommst du? Um zehn?«

Um halb neun kam Mattens. Ich saß schon eine halbe Stunde wartend auf dem Teppich in meinem Zimmer. Paul Simon zupfte einsam seine Gitarre und sang ein paar dünne Töne dazu. Ich glaube, es klopfte an der Tür *with the hush of falling leaves,* bevor Mattens hereinkam.

»Moinmoin«, sagte er.

»Moin, komm rein.«

Er zog die Tür hinter sich zu und sah mich verwundert an.

»Da, setz dich, und steck deine Pfeife an!« forderte ich ihn auf.

»Was machst du denn?« fragte er.

»Na, was soll ich machen? Ich sitze auf dem Fußboden und warte auf dich. Ich meditiere. Leben ist Leiden, sagt Buddha.«

Er setzte sich und griff nach der Flasche, die neben meinem Bett stand.

»Und dafür brauchst du mehr als eine halbe Flasche Weinbrand?«

»Was? Ist schon halb leer? Los, mach mal deine Pfeife
an! Das riecht so gut.«

Tatsächlich kramte er sein Pfeifenbesteck aus dem kleinen Pfeifentäschchen, das er fast immer bei sich trug. Er
drückte etwas Tabak in den Pfeifenkopf, legte den Stop-
fer parat und brachte den Tabak mit einem Zündholz
zum Glühen.

»Erzähl mal: Was machen wir heute abend?« fragte er,
während sich die erste süße Schwade in meinem Zimmer
ausbreitete.

»Oh, ich bin nachher noch verabredet«, sagte ich und
nahm einen kleinen Schluck aus der Flasche.

»Was ist mit dir? Du trinkst doch anders keinen Sprit?«

»Alles so gut versuchen, wie es geht, sagt Buddha.«

»Zumindest schöne Musik hast du da an. Das ist das
65er Album, stimmt's? Patterns. Schönes Stück.«

»Oh, das ist so traurig. Ich werd mal was anderes an-
machen. Was Schönes mit Schmalz und Schmus.« Ich
kroch zum Plattenspieler und unterbrach Paul Simon.
Dann griff ich nach der alten Elvis-LP, die ich meinem
Vater aus dem Plattenschrank entwendet hatte.

»Das ist komodig«, sagte ich zu Mattens, als die ersten
Akkorde erklangen.

»Wise men say ...«

» Jetzt können wir tanzen.«

»Was willst du?« fragte er entgeistert.

»Nun stell dich nicht so an. Ich will mit dir tanzen!«

»Bist du verrückt?«

»Los, Piep ut 't Muul und los!« forderte ich. »Einen
schönen Tanz mit mir. Wir sind doch alte Kumpel.«

Lachend legte er seine Pfeife zur Seite und stand auf.

»Alter Schwede, bist du besoffen!«

Wir klammerten uns aneinander wie zwei alte, geh-behinderte Männer und machten ein paar schunkelnde Schritte.

»Siehst du, geht doch: Einen schönen Klammerblues unter alten Freunden.«

Bald sangen wir mit:

»*Only fools' hearts break, take my whole life, too, but I can't help falling in love with you.*«

»Sag mal, Mattens: Wie spät ist das?«

Er sah auf die Uhr.

»So halb zehn.«

»Ich muß noch nach Verden. Ich bin da verabredet.«

»Hast dir wohl Mut angetrunken?«

»Ist das kalt draußen?«

»Das kannst du sagen!«

»Gib mir mal deinen Troyer!«

»Was?«

»Na los. Gib her! Der ist doch schön und bestimmt warm.«

Er zog sich den dicken Norweger über den Kopf und reichte ihn mir mit den Worten: »Aber den krieg ich wieder!«

»Danke«, sagte ich und streifte schnell den Troyer über. »Und nun muß ich los.« Ich sagte: »Tschüs«, als ich schon halb aus dem Zimmer war. Ich hörte noch seine Stimme:

»Was? Du kannst doch in dem Zustand nicht mit dem Rad fahren.«

Ich ging raus in den Schnee, holte mein Fahrrad aus dem Holzschuppen. Ich glaube, es war sehr klar. Man konnte gut die ganzen Lichter in der Ferne blinken sehen, nur ein paar unbedeutende Millionen von Kilometern entfernt. Der Große Bär vor einem schwarzen Tuch. Sehr

dicht, wie aus dem Gewölbe gefallen. Das Band der Milchstraße. Andromeda, die Schöne. Darunter die fünf Sterne.

Ich rief: »Moin, Kassiopeia!«

Ich glaube, der Himmel war völlig klar. Ich weiß es nicht
mehr so ganz genau. Ich weiß überhaupt nicht mehr alles
so ganz genau von diesem Abend. Um ehrlich zu sein: Ich
habe lange Zeit gar nichts mehr gewußt.

Total Blackout.

Ich hatte es eilig. Ich trat, was ich konnte, in die Pedale,
und das Fahrrad quietschte wie eine Geige, die sich an
einer Bach-Fuge versucht. Durch das heftige Gestrampel
kam der Alkohol in mir so richtig in Gang. Einmal mußte
ich anhalten und pissen. Das weiß ich doch noch. Ich ging
ein wenig vom Weg ab, zwischen die Bäume, und trat auf
eine gefrorene Pfütze. Sie barst knirschend. Sofort hatte
ich nasse Füße, denn ich trug meine Turnschuhe, die von
Terschelling. Eigentlich hätte ich jetzt besser wieder nach
Hause fahren sollen. Aber das war mir nun auch noch
pottegal. Shit!

Sie war die Treppe heruntergekommen, die zur Haustür führte. Ich machte ein paar Schritte hinein, auf die
Treppe, dann blieb ich stehen.

»Was ist mit dir? Die anderen sind noch da«, hörte ich
irgendwo ihre Stimme sagen. »Soll ich dich nach Hause
bringen? Warte, ich sag Annette Bescheid. Ich kann bestimmt das Auto von meinen Eltern haben. Soll ich dich
nach Hause bringen?«

Von der Fahrt mit dem Auto weiß ich nur noch, wie wir
über die Aller fuhren und wenig später in das Dorf ein-
bogen. Ich saß hinten auf dem Rücksitz. Josse hatte mir
eine Plastiktüte gegeben.

»Geht es?«

»Jaja«, antwortete ich, oder so ähnlich, und mußte mich übergeben. Ein Krampf durchzog meinen Körper, kühler Schweiß sammelte sich auf meiner Stirn, und ich senkte den Blick, während wir das gelbe Ortsschild und die großen, winterkahlen, im Schein der Straßenlaternen schlafenden Linden passierten.

Josse sagte wohl: »Frau de Vries: Der Holtes ist krank«, als meine Mutter die Tür öffnete. Sie brachten mich ins Bett. Josse und meine Mutter machten das Auto sauber. Sagte zumindest meine Mutter später.

Als ich langsam wach wurde und aufstand, hatte bereits die frühe Winterdämmerung eingesetzt. Mir war noch immer schlecht. Was war geschehen? Ich wußte es nicht genau. Ich wußte, daß etwas gewesen war. Ein schlechter Traum. Ich hatte noch die ganzen Klamotten an, auch Mattens' schönen Pullover. Alles verpeekt. Abends ging ich zu Mattens, und er machte mir ein kleines Abendessen. Ich hatte vorher noch nichts essen können. Dann gingen wir lange, lange spazieren. Ich brauchte viel frische Luft.

Am nächsten Tag holte ich mein Fahrrad ab. Das war nicht komodig. Josse war nicht da. Ihr Vater öffnete die Tür. »Das Rad? Das steht in der Garage. Moment, ich hole das«, sagte er sehr ernst, und ich blieb wie blöde vor der Haustür stehen und wartete.

In der Schneekruste auf dem Dach leuchtete der Bernstein des Winters, verbrannte im violetten Meer. Man fängt an zu schwimmen, und ein Fehler zieht den nächsten nach sich, dachte ich, während Josses Vater mein Fahrrad aus der Garage schob.

Als ich Josse anrief und sie treffen wollte, hatte sie keine Zeit: »Morgen proben wir für Neujahr.«

»Und Neujahr?«

»Ich hab hier eine Feier mit der Gemeinde. Dafür proben wir ja!«

»Und nächste Woche? Ich könnte etwas kochen für dich. Was Chinesisches.«

»Ich hab so viel zu tun. Und so viel Leute zu treffen.«

Neujahr verbrachte ich alleine mit Mattens. Wir kochten eine Thermoskanne voll Wildcherry. Wir wanderten eine Stunde durch die verschneite Landschaft, um uns schließlich in der Nähe der Aller zu einem gemütlichen Täßchen niederzulassen.

»Auf Öllmann!« sagte Mattens.

»Auf Öllmann!«

Der Tee roch nach einem fernen Frühling. Wir hatten keine Uhr, aber irgendwann hörten wir fern die Glocken schlagen und sahen irgendwo vereinzelt ein paar Lichter in den rätselhaften Himmel aufsteigen.

»Was ist also die Zeit?« fragte Mattens. »Wenn mich niemand fragt, weiß ich es; wenn ich es aber einem, der mich fragt, erklären sollte, weiß ich es nicht.«

»Ist das ein Gedanke von dir oder von Einstein?« fragte ich.

»Augustinus, elftes Buch der Konfessionen!«

»Hätte ich gewußt, daß du so gebildet bist, hätte ich dich nie erschossen!«

In den nächsten ein, zwei Tagen konnte ich Josse nicht erreichen. Ich fuhr sogar einmal hin. Überall war der Schnee zu großen Haufen zusammengeschoben. Das schabende Geräusch der Schneeschippe auf dem Pflasterstein.

Die Autos, die langsam fuhren, die graue Spuren halb ge-
schmolzener Zacken hinterließen.

Ich klingelte auf gut Glück. Ich dachte, das wäre besser als irgendein Gestammel am Telephon. Niemand öffnete, und eigentlich war ich ganz froh. Ich legte eine Rose
in den Schnee vor ihrer Haustür und schrieb mit den Fingern ihren Namen in die weiße, gefrorene Kruste:

Josse

Am übernächsten Tag ging sie ans Telephon.

»Was machst du heute abend?« fragte ich.

Sie sagte: »Ich bin mit Annette verabredet. Wir wollten
in ein Café gehen. Wenn du willst, kannst du mitkommen.«

Noch einmal fuhr ich mit dem Rad zu Josse. Als ich kam,
war sie schon fertig. Sie trug bereits ihren dunklen Win-
termantel und einen Schal um den Hals gewickelt. Wir
blieben im Haus vor der Tür stehen und warteten. Wir
beide mit den Händen in den Taschen verschiedener
Mäntel. Vorsichtig erkundigte ich mich nach Annette.
Josse sagte, diese habe meinen Auftritt nicht komisch gefunden, besonders, daß ich auf ihr »Moin, Holtes« nur
»Schwja« geantwortet habe, hätte sie irritiert.

»She was not amused!« fügte Josse hinzu.

Dann hörten wir das Geräusch eines heranfahrenden
Kleinwagens. Wir sahen den ausgefransten Lichtkegel
durch das Glas der Tür aufleuchten. Wir hörten das Ver-
löschen des Motors und ein einmaliges Hupen. Wir traten hinaus. Annette war bis vor die Garage gefahren. Sie
sah uns aus dem Auto zu, wie Josse hinter mir die Haustür zuschloß. Wir gingen zum Wagen und stiegen ein, wobei ich mich nach hinten setzte. Annette drehte sich um,
fragte: »Na, wie geht's?« Dann startete sie den Motor. Wir

fuhren nach Bremen, wo wir eine Kneipe unweit des
Schnoorviertels aufsuchten. Einen Moment blieben wir
unsicher im Eingang stehen, es drängten schon Neuan-
kömmlinge nach, und wir konnten uns nicht zum Bleiben entscheiden, bis wir sahen, wie gerade ein Tisch frei
wurde. Zwei junge Frauen und ihre männlichen Begleiter
hatten sich erhoben und kamen nun in unsere Richtung,
nicht ohne das ein oder andere freundliche Lächeln. Wir
nahmen sogleich den Platz ein und hängten unsere Mäntel über die schweren Stühle. Über der dunklen Holzplatte hing noch ein blaugrauer Schwaden, das metallische
Glänzen einer schwebenden Spinnwebe. Der Blick nach
draußen war durch das gelb gemusterte Fenster versperrt.
Bald kam eine junge Frau, die einen streng gezogenen,
glatten Pferdeschwanz – die Haare im darunter frei lie-
genden Nacken deutlich dunkler als die aus der feinen
runden Stirn gebundenen Strähnen – über der hellen,
aus weißem Stoff lugenden Schulter trug. Sie leerte den
Aschenbecher, und während sie hektisch die Gläser und
die Pappkarten einsammelte, bat sie um unsere Bestel-
lung. Annette nahm ein Alster und Josse ein kleines Bier.
Ich hielt mich an Tomatensaft. Ich schob mit einer Hand
das Glas verlegen auf dem massiven, dunklen Holztisch
hin und her, nahm den Pappuntersetzer, legte ihn auf
das Glas, nahm ihn wieder vom Glas, stellte das Glas wieder auf den Pappuntersetzer. Annette erzählte kurz von
der Weihnachtsfeier bei den Eltern ihres Verlobten. Wir
wärmten ein paar Geschichten aus der Projektwochenzeit
auf. Josse und Annette unterhielten sich über gemeinsame Bekannte. Prinz Eisenherz hatte seine Flying-V ver-
tickt, weil er Geld für einen Computer brauchte – der
Verräter. Josse berichtete von Hannes, der das Abitur bei
den Dogs gemacht und sich nun verpflichtet hatte, um
beim Bund Musik studieren zu können. Ich versuchte ein

paar Scherze. Sie gelangen sogar. Ich ahmte Hannes nach: *För mi as olen Fresen*. Ich sagte, ich würde gerne noch einmal dieses Lied spielen mit den zwei Akkorden. Josse sagte, sie wisse gar nicht mehr, wie das gehe.

Schließlich sah Annette auf die Uhr: »So, Josse, ich glaube, ich will nach Hause. Gehen wir?«

»Ja, gehen wir«, sagte Josse mit einem Blick auf unsere leeren Gläser. Annette rief nach der Bedienung. Noch einmal kam die Frau mit dem nachgehellten Pferdeschwanz. Wir bezahlten und standen auf. Als wir zum Ausgang kamen, saß dort an einem Tisch eine ganze Koppel junger Männer.

»Oh, guck mal, da ist Uwe«, sagte Annette. »Ich sag mal kurz Moin.«

Sie ging zu dem Tisch und begrüßte ihren alten Woherauch-immer-Bekannten. Sie redeten und redeten. Wir standen nahe der Tür und warteten. Endlich verabschiedete sich Annette. Dann rief einer von den Typen, ein Mann von Mitte Zwanzig mit einem kurzen, glatten, dunkelbraunen Pony, das war wohl der Uwe: »Annette, du weißt doch, daß ich dich liebe.«

»Jaja«, sagte sie.

Dann gingen wir hinaus und machten uns auf den Weg zum Parkplatz: zwei Frauen und ein Junge im Licht der Straßenlaternen durch den halb gefrorenen Matsch auf dem Bürgersteig, die graue Schneegrenze zwischen Trottoir und Straße.

Die Kühle auf den Wangen.

Inwendige Klaviere, die den Mond verabschieden.

Ich sagte: »Sind doch sicher anstrengend, diese Typen, die immer sagen, daß sie einen lieben.«

Josse sagte: »Es gibt auch Leute, die sagen gar nichts, und das zwei Wochen oder mehr. Das ist auch anstrengend.«

Ich sah sie nicht an. Da vorne war schon Annettes Auto.

Am nächsten Tag rief ich Josse noch einmal an.
»Hast du morgen Zeit?«
»Nein, ich fahre morgen wieder zurück nach Freiburg.«
»Um wieviel Uhr?«

Es ist nicht schwer, das Geheime zu lernen. Man liest es
in Büchern, man sieht es in Filmen, man träumt es im
Unterricht, wenn die Augen müde werden. Man träumt
es nachts, wenn sie als Schatten da ist. Man träumt es im
Licht, wenn man schweigend nebeneinandersitzt, in der
Tasse mit dem Tee rührt und die Musik hört. Und dennoch, wenn der Zeitpunkt da ist, das Geheime zu sagen,
ist es schwerer als alles andere. Der Zeitpunkt ist ganz
kurz, und du weißt, daß du ihn verpaßt, wenn du dich
jetzt nicht entscheidest, daß das Zeitfenster sich schließt.

Das Geheimnis geht so:
Du spürst ihre Nase
an deiner Nase – so mutig mußt du schon sein –, dann
schließt du kurz die Augen, legst deine Hand ganz weich
auf ihren schönen Mund. Bitte sag nichts! Öffne die
Augen.
Jetzt laß die drei Wörter los. Dann nimm die Hand fort,
damit die Wortblase Platz hat, zu ihrem schönen Mund
zu schweben.
Sieh genau hin.
Du siehst das Wort auf ihrem Mund landen,
ganz weich, tut gar nicht weh.

Ich war einfach zu feige, ja, so war's. Daran ging kein Weg
vorbei.

Tief im Psalm des Meeres schläft das Herz des Brachiopoden.
Hör genau hin. In der Brandung vernimmst du die leise
Stimme. Sie ist es. Die erste. Die eine, die du vergessen
hast. Die du nicht vergessen kannst. Nimm die Muschel,
und wirf sie zurück in die See. Am nächsten Morgen liegt
sie wieder da, sooft du sie zurückwirfst. Du wirst an einen
Strand gehen und die Muschel finden. Du wirst an einen
Strand gehen und Fußspuren finden. Du wirst ihnen
folgen.
Aber du holst sie niemals ein.

Ich hab es noch nie erzählt, niemandem, auch mir selbst
noch nicht, bis heute: Damals, auf jener Wiese, nachdem
ich eine ganze Zeit ihren Arm gestreichelt hatte ...
»Dowland«, hat sie gesagt, »kennst du?«
Und dann hat sie gesungen, während ihre Finger im Klee
suchten. So schön hatte ich bis dahin noch nie eine Frau
singen hören. Ihre Stimme war leise und klar, ganz deutlich, nur manchmal brüchig, weil sie ja auf dem Rücken
lag. Ich konnte hören, wie sie atmete, wie sie den Atem
festhielt in ihrem Körper, während sie sang:
»*Come again ...*«
Und dann habe ich, um ihr Gesicht zu sehen, meinen
Kopf erhoben, und ich habe mich auf den Bauch gedreht.
Und dann habe ich meine Hand ausgestreckt und meine
Finger auf ihre Finger im Klee gelegt. Und da hat sie sie
ganz still gehalten, ihre Hand. Und Josse hat sich auf die
Seite gedreht und den Kopf auf den Boden gelegt und
mich angeschaut. Und ich hab den Kopf auf den Boden
gelegt und Josse angeschaut. Und dann hat sie begonnen,
mit der freien Hand meinen Kopf zu streicheln, über die
Stirn und hinten am Nacken. Und ich ließ ihre Hand, an
der Gras klebte, von der einen Hand in die andere wandern. Und unsere Hände umschlossen sich. Und ich habe

begonnen, mit meiner freien Hand ihren Kopf zu streicheln. Und sie wickelte eine Strähne um ihre Finger, wie
um eine Haspel, hielt ihre Finger kurz in der Schleife gebunden und strich mir die Haare hinters Ohr. Und unsere
Nasen berührten sich. Zwischen unsere Münder paßte
nur noch eine Seifenblase, wenn überhaupt.

Ich hörte kein Flugzeug, keinen Trecker. Kein Meteorit schlug neben uns ein.

Da hätte ich es fast gesagt. Beinahe das Wort zu ihren
Lippen schweben lassen. Ich spürte, wie meine innere
Stimme die drei Wörter sagte. Immer lauter. Wie die innere Stimme in mir hämmerte. Wie die Typen einer gigan-
tischen Schreibmaschine in mir klopften. Ich konnte sie
hören, die Wortmaschine, sie war in meinem Brustraum
verschlossen und drängte nach außen. Ich hörte die Worte
in meinem Kopf hallen wie ein gigantisches Echo, das aus
der Brust kam, nach oben wollte, hinaus wollte, ans Licht,
hinaus wollte zu Josse. Ich spürte, wie meine Zunge, unhörbar für Josse, die drei Wörter formte. Ich hielt die Lippen verschlossen, aber meine Zunge sprach die Wörter
nach innen. Ich spürte meine Zunge gegen den Gaumen
drücken, um das zweite Wort nach außen zu drängen,
das zweite Wort ist das schwierigste, das drängendste, das
Wort, das die beiden äußeren Wörter verbindet. Meine
Füße formten die drei Wörter, meine Zehen krümmten
sich nach innen, öffneten sich nach außen. Meine Augen-
lider flackerten, meine Wimpern zitterten die drei Wörter.
Meine Hände fächerten die Wörter in ihre Haare, floch-
ten sie in die blonde Mehrdeutigkeit des Sommers.

Meine Hand in ihrem Haar Schneebeeren wuchsen aus
den Mündern ihre Hand in meinem Haar der Ahnen die
Kinder traten sie in den Staub der Gebeine meine Hand
in ihrem Haar besser gings auf Teer Ei wie das platzte ihre
Hand in meinem Haar die Wörter versteckten sich im

254

Sommergestrüpp meine Hand in ihrem Haar die Wurzeln waren schon lange trocken ihre Hand in meinem Haar dennoch blühte der Busch hinter der Ziegelmauer der Lodderfent meine Hand in ihrem Haar dort verschwand zwischen Nesseln der Pfad ihre Hand in meinem Haar sonntags wurde der Fisch geschuppt meine Hand in ihrem Haar die Nachbarn hatten immer ihre Nase ihre Hand in meinem Haar in der Geranienzeit und gelbe Bilder meine Hand in ihrem Haar die Erinnerungsgräten im Hals ihre Hand in meinem Haar die Sonne versank in rostiger Tonne meine Hand in ihrem Haar über die Marsch humpelte ein ihre Hand in meinem Haar armer schwarzer Kater sprang meine Hand in ihrem Haar über die rote Klinge und verglomm ihre Hand in meinem Haar aus den Häutungen kam ich gekrochen meine Hand in ihrem Haar legte den Trauermantel in den Schrank aus Glas ihre Hand in meinem Haar fand im Brachland meine Hand in ihrem Haar nur die Disteln blühen ihre Hand in meinem Haar das ließ weggehen und hoffen meine Hand in ihrem Haar ich bitte dich sei gut und küß mich endlich ihre Hand in meinem Haar dann nimm wenn du mich magst mich tüchtig nahe meine Hand in ihrem Haar zu dir aber langsam weil ich schüchtern bin ihre Hand in meinem Haar du meine Schöne meine Hand in ihrem Haar wie oft sprach ich das Wort im verborgenen ihre Hand in meinem Haar noch heute lebt es dort wo tiefer Traum meine Hand in ihrem Haar stromaufwärts fließt zurück zum dunklen Quell der ihre Hand in meinem Haar Zeit längst versunken.

Wir streichelten uns die ganze Zeit nur unsere Haare, Josse und ich. Das war alles. Bis Josse sagte: »Komm, wir müssen weiter!« An jenem Nachmittag auf der Wiese, da hätte ich es beinahe geschafft und die drei Wörter gesagt, die ich nie zu ihr gesagt habe. Bis heute nicht.

Wenn du weißt, daß es spät ist, dann mußt du tanzen.
Die Musik laut.
Dies ist die Leerstelle deiner Gedanken.

Du bist allein.
Du tanzt mit deinem Schatten im Halbdunkel.
Dein Schatten ist dir fremd.
Mach das Licht aus.
Jetzt tanz. Jetzt dreh dich. Jetzt bist du alles, was du nicht
bist:
Klavier, Gitarre, Beat, Stille.
Schmetterling, Muschel, Stein.
Affe, Elefant, Mensch.
Katze, Schwalbe, Spinne.
Fledermaus, Friedenstaube, Astronaut.
Du bist nicht allein.
Viele haben vor dir getanzt.
Einsame Tänze in ihren einsamen Zimmern.
Einsame Tänze in einsamen Höhlen.
Sie sind alle da.
Namenlos.

Flow!

Wirst du dich an mich erinnern, in zehn Jahren
oder hundert?

Und einmal werde ich als Mondlicht vor deinem Fenster
tanzen, werde zu dir kommen in einem Lied, ich werde
die Seelilie aus den Steinen pflücken und sie zum
Wachsen bringen, die längst verloschenen
Sprachen sprechen, aus deinem Namen eine Fuge machen.
Ich werde die Muscheln aller Strände sammeln und vor deine
Tür legen, die Muscheln deinen Namen lehren, in der Tiefe

des Eismeeres die Tür mit dem Brachiopodenrelief öffnen,
mir werden Augen wachsen für dich, Ohren, ein Mund,
eine Nase, Hände, Füße, alles wird verwandelt sein für
dich:

Ich werde schön sein für dich,
groß sein für dich,
klug sein für dich,
ich sein für dich
und irgend etwas tun, was dich berührt,
was dich wirklich ganz tief berührt.

12

Es war ein klarer Tag.

Ich wartete bereits eine halbe Stunde am Bahnhof. Die große Linde vor dem Gebäude war blattleer. Der Kiosk war geschlossen. Als die Uhrzeit näher rückte, ging ich zum Gleis. Dann kam sie, zusammen mit ihren Eltern, als der Zug schon eingefahren war. Sie sahen mich nur flüchtig an. Josse und ihre Eltern umarmten sich.

Ich sagte: »Adjüs!«

Josse sagte: »Adjüs!«

Ich gab ihr einen Brief. Ich sah noch einmal für einen kurzen Moment in ihre großen Augen.

Ihr Vater sagte irgend etwas. Sie stieg ein. Der Schaffner machte das Zeichen. Die Türen schlugen zu, und der Zug setzte sich in Bewegung, fraß sich mit schweren, quietschenden Rädern, der festgelegten Spur folgend, durch den Schnee, verließ den Bahnhof, das Tempo steigernd, je weiter er sich von mir entfernte, in Richtung Süden. Ich habe für lange Zeit nicht mehr von ihr gehört.

Coda

»Ist alles soweit? Können wir beginnen?« brummt der Baß
von Meister Eckhart.

»Ja, doch, ich bin soweit.«

»So, gut. Dann wollen wir mal sehen. Was haben wir
denn. Also der Reihe nach. Choral: *Wohl denen, die da wan-
deln.* Aha, hören wir gleich. Kadenzen, enge und weite
Lage. Das ist ja das einfachste. Das machen wir zum Schluß.
Zwei freie Orgelstücke. Was hat er sich denn ausgesucht?«

»Bach natürlich!«

»Zuerst das kleine Präludium aus dem Büchlein mit
den acht Präludien. Die acht, die nicht von Bach sind.«

»Was heißt: Nicht von Bach?«

»Oh, Holtes, das wußtest du nicht?« höre ich Achim
Böhms Stimme. »Das habe ich vergessen dir zu sagen.«

Meister Eckharts Gesicht bleibt ruhig, beinahe unbe-
teiligt.

»Nej, die sind nicht von Bach«, sagt er. »Die haben sie
ihm früher nur zugeschrieben.«

»Aber«, frage ich, »wer hat das denn geschrieben?«

»Das wissen wir nicht. Vielleicht ein Vetter von ihm,
irgend jemand aus dem Umkreis der Bach-Familie. Von
Johann Sebastian Bach selber ist das nicht. Ist viel zu
leicht für Bach.«

»Nicht von Old-Joe? Zu leicht?«

»Ach was, mein Junge«, sagt Meister Eckhart. »Spielt
keine Rolle, wer das geschrieben hat. Ein kleines Meister-

werk ist das trotzdem. Hab ich lange nicht mehr gehört. Nur zu, mein Junge, nur zu!«

Ich drehe mich zu den Manualen. Über den beiden Reihen stehen meine zerknitterten Noten auf dem schmalen, hölzernen Pult.

Und dort steht immer noch *Präludium und Fuge in g-moll BWV 558*. Darüber scheint das schwache Licht einer elektrischen Birne. Ich höre aus der Orgel den dumpfen Summton des Gebläses. Ich muß einen Moment an die Steine denken. Und draußen sind die Krähen in den leergewehten Bäumen. Draußen wartet ein Winter. Ich ziehe die Register. Die beiden 16Füße, den Prinzipal und den Subbaß für die Pedale, dazu den 8Fuß und auch einen 4Fuß. Ich greife nach dem Prinzipal für das untere Manual, dazu die Gedacktflöte, die 2Fuß-Waldflöte, die 4Fuß-Oktave und die Mixtur. Ich sehe nicht auf die Noten. Sie sind nur da, damit ich irgendwohin schauen könnte. Meine Finger kennen bereits jeden Ton. Mein linker Fuß tastet sich vor. Gleich ist er beim G. Ich halte die Hände bereit. Meister Eckhart sieht mich von der Seite an. Ich spüre seinen Blick. Bald ist Winter, bald ist Schnee, verspricht die Luft, lachen die Krähen. Aber ich gehe nicht nach draußen, nicht zurück. Meine Hände berühren das geschwärzte Holz. Ich atme tief durch ...

Und los. Ich spiele. Ich bin das.

Ich danke

I

Saanje Björkson, Hans Helge Ott, Jochen Schütt,
Birte Kretschmar, Martin Schröder,
Martin Hielscher, Uwe Heldt, Andreas Paschedag,
Hans Georg Lundahl, Hannes Popp,
Ingo und Ina

II

....

III

Siebeld Meier, Sidsel Endresen, Rolf Petersen,
dem Mädchen im Zug in Visselhövede,
Eleonore Eschen, Elfriede Stahmer, Kerstin, Ricarda,
Gerhard Biederbeck, Heinrich Kröger,
Guido und Ville

... um nur einige zu nennen.

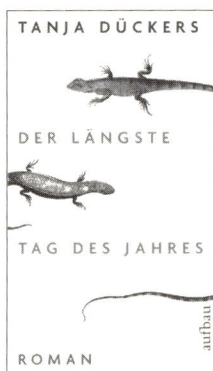

Tanja Dückers
Der längste Tag des Jahres
Roman
213 Seiten. Gebunden
ISBN 3-351-03068-1

Ein Roman, der unser aller Leben betrifft

Das Läuten des Telefons reißt vier Geschwister aus ihrem Alltag: Gerade ist der Vater, das »Zentralgestirn« der Familie, gestorben. Was die Todesnachricht bei den Geschwistern auslöst, fügt sich subtil zu einem scharfsinnigen Familienporträt zusammen. Selten ist dieser einschneidende Moment eindrucksvoller eingefangen worden als in dem neuen Roman von Tanja Dückers. Unter dem Eindruck der Todesnachricht erkennen die längst erwachsenen Kinder auch den eigenen Lebensweg in unerbittlicher Schärfe. In ihrem raffiniert erzählten Roman blickt Tanja Dückers hinter die Kulissen einer Familie, in der Erfahrungen und Lebensstile zweier Generationen aufeinanderprallen.

»Tanja Dückers erzeugt einen Erzählsog, dem man sich nicht entziehen kann.« Die Weltwoche

Mehr von Tanja Dückers im Taschenbuch:
Café Brazil. Erzählungen. AtV 1359-0
Himmelskörper. Roman. AtV 2063-5
Spielzone. Roman. AtV 1694-8

aufbau
VERLAG

Weitere Informationen erhalten Sie unter
www.aufbau-verlag.de oder in Ihrer Buchhandlung

THOMAS LEHR

Thomas Lehr
42
Roman
368 Seiten. Gebunden
ISBN 3-351-03042-8

Thomas Lehr – Der Einstein der Literatur

Nicht weit von Genf, der Stadt der Atomphysiker, Diplomaten und Uhrmacher, liegen die unterirdischen Anlagen des Kernforschungszentrums CERN. Als an einem sonnigen Augusttag eine Besuchergruppe wieder ans Tageslicht tritt, ist die gesamte Genfer Region, ja ganz Europa in einen Dornröschenschlaf gefallen. Die Besucher bewegen sich wie in einer »Fotografie der Welt«. Steht die Zeit still? Einer der wichtigsten deutschen Gegenwartsautoren begibt sich mit diesen grandiosen Roman auf die Suche nach der Zeit.

»Thomas Lehr ist einer unserer klügsten und brillantesten Schriftsteller.« F.A.Z

»42, das ist die direkte Übersetzung der Einsteinschen Relativitätstheorie in Literatur.« DIE ZEIT

»Eine kaltblütige Gesellschaftssatire, eine sprachstarke Reflexion über die Zeit.« BRIGITTE

aufbau
VERLAG
Weitere Informationen erhalten Sie unter
www.aufbau-verlag.de oder in Ihrer Buchhandlung

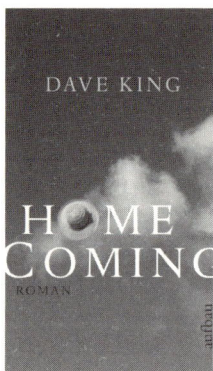

Dave King
Homecoming
Roman
Aus dem Amerikanischen von Edgar Rai
471 Seiten. Gebunden
ISBN 3-351-03070-3

Ein Roman wie großes Kino

Erzählt wird die Geschichte eines Außenseiters und seiner
Rückkehr ins Leben. Howard hat seit 30 Jahren kein Wort
gesprochen. Zurückgezogen lebt er im Haus seiner verstorbe-
nen Eltern. Sprechen und Schreiben sind ihm seit einer
Kopfverletzung unmöglich. Da bittet ihn seine alte Liebe
Sylvia, auf ihren neunjährigen Sohn aufzupassen. Der Junge
verändert ganz langsam sein Leben. Plötzlich öffnet Howard
sich anderen Menschen, genießt Ausflüge, Sport und erlebt das
liebevolle Gefühl einer echten Familie. Als Sylvia ihren Sohn
zurück will, überschlagen sich die Ereignisse ...
Ein beeindruckender Roman, der in den USA hymnisch gefei-
ert wurde und von Warner Bros. Pictures unter der Regie von
Akiva Goldsman (»A Beautiful Mind«, »Der Da Vinci Code«)
verfilmt wird.

aufbau
VERLAG

Weitere Informationen erhalten Sie unter
www.aufbau-verlag.de oder in Ihrer Buchhandlung

ARMIN
MUELLER-
STAHL

HANNAH

Erzählung

Aufbau-Verlag

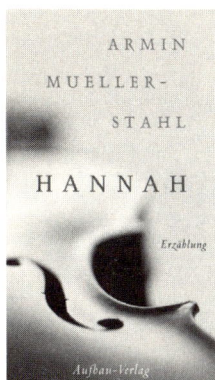

Armin Mueller-Stahl
Hannah
Erzählung
128 Seiten. Gebunden
ISBN 3-351-03024-X

Eine meisterhaft komponierte Liebeserklärung an das Leben und an die Musik

»Ich hörte sie sagen, wenn ich Bach spiele, weiß ich, was Unendlichkeit ist. Bei Bach gibt es keinen Tod.«

Hannah, die junge Geigerin, ist tot – verunglückt. Da bittet ihr Vater, der Schriftsteller Hermann, seinen Jugendfreund Arnold um eine Aussprache. Was als Anklage beginnt, gerät zur Lebensbeichte. Hermann offenbart ein Geheimnis, das beider Leben seit langem überschattet.
Armin Mueller-Stahl, seinem Publikum seit langem nicht nur als großartiger Schauspieler, sondern auch als Erzähler bekannt, hat eine tief berührende Geschichte über verlorene Illusionen, die Liebe zur Musik und eine lebenslange Freundschaft geschrieben – voll poetischer Spannung und Melancholie.

Auch als Hörbuch:
Armin Mueller-Stahl liest Hannah. Ungekürzte Autorenlesung.
3 CDs. 195 min. DAV 295

aufbau
VERLAG

Weitere Informationen über Armin Mueller-Stahl erhalten Sie unter www.aufbau-verlag.de oder in Ihrer Buchhandlung

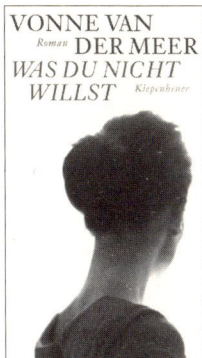